Dorit Rabinyan
*Unsere Hochzeiten*

Dorit Rabinyan

# Unsere Hochzeiten

ROMAN

Aus dem Hebräischen
von Helene Seidler

Wolfgang Krüger Verlag

Die Originalausgabe erschien 1999
unter dem Titel »Ha-chatunot schelanu« im Verlag Am Oved, Israel
© 1999 by Dorit Rabinyan
Deutsche Ausgabe:
© 2000 Wolfgang Krüger Verlag, Frankfurt am Main
Gesetzt aus der Perpetua Korpus 12,5 auf 15,5 Punkt
in QuarkXpress 4.04 im Verlag
Druck und Bindung: Clausen & Bosse, Leck
Printed in Germany 2000
ISBN 3-8105-1275-3

*Für unsere Mutter und für unseren Vater*

# Inhalt

# I
## Matti Asisyans Geburtstag,
## halb sechs Uhr morgens

Und dann entzündete sich nach alldem das Licht doch, und der Tag brach an. Aber Matti war schon vorher wach gewesen. Bevor ihr Vater sich aus seinem traumlosen Bett erhob und zum Meer aufbrach, bevor der blaue Säugling ihrer Schwester Sophia erwachte und die Wohnung unter seinen Hustenanfällen erbebte, bevor ihr Bruder Maurice vor den Augen der nackten Frauen an seinen Zimmerwänden wutentbrannt aus dem Schlaf fuhr, bevor ihre Schwester Lisi, von der Nachtschicht im Krankenhaus zurück, auf hohen Absätzen über die Wohnzimmerfliesen hämmerte und unter ihrem weißen Schwesternkittel ein ausgeschnittenes, glänzendes Kleid und bläuliche Blutergüsse zum Vorschein kamen.

Matti wachte auf und wusste sofort, dass sie etwas Schlimmes geträumt hatte. Aber was es war, daran konnte sie sich nicht erinnern.

Mama war von ihrem verzweifelten Gebetsreigen in der Synagoge noch nicht zurück. Ihr Tränenlager war leer; auf der Marmorplatte in der Küche flackerten die sechs Kerzen, die sie angezündet hatte, bevor sie ging. Mattis geschiedene Schwester Marcelle hatte die Helden des aus der Stadtbibliothek entliehenen Liebesromans beiseite gelegt, das Licht im Wohnzimmer gelöscht und sich auf die Fensterbank gesetzt. Durch das offene Fenster trug der Herbstwind die Frische des Morgens und den Duft von Guaven in die Wohnung. Marcelles traurige Augen sehnten sich nach der Ferne, die jenseits der Straße und jenseits des Hauses von Großmutter Turran lag, wo Sophia auf ihrer vergeblichen Suche nach Schlaf durch die leeren Zimmer geisterte. Der tiefe Schlummer, dem sie sich jahrelang überlassen hatte, half ihr jetzt nicht. Sophia Kadosch, die Schönheitskönigin des Berufsschulverbandes, lag mit offenen Augen und unruhig lauschend in einem lila Seidennachthemd allein im Bett ihrer verstorbenen Großmutter.

Soli Asisyan stieg barfuß und kurzwüchsig aus seinem Eisenbett, und die rostigen Sprungfedern stöhnten dazu wie ein erschöpfter Liebhaber. Er dachte daran, dass seine Mutter gestorben war. Lautlos schlich er durch den Korridor der indischen Götter. Wäre nicht das Seufzen des elterlichen Bettes gewesen, hätte Matti nicht geahnt, dass der schmale Schatten ihres Vaters in diesem Augenblick über die Steinfiguren huschte. Soli konnte frühmorgens vom Bett ins Badezimmer gleiten, ohne die Luft um seinen Körper aufzurühren, die Staubschicht auf den Götterstatuen zu stören oder den warmen, von seiner Frau und seinen Kindern aufsteigenden Atemhauch zu verquirlen.

Er trieb auf dem dämmrigen Lichtstreifen, der aus dem Wohnzimmer fiel, geräuschlos dahin; vor lauter Behutsamkeit schienen seine Schritte fast zu schweben, und nur das Gluckern des Wassers im Waschbecken zeigte an, dass er im

*12*

Badezimmer angelangt war und bald zum Meer aufbrechen würde.

Matti hielt Gedanken und Atem an, als der Schatten ihres Vaters plötzlich stillstand und das helle Rund seines Gesichts an der Schwelle zum Kinderzimmer aufleuchtete. Sein versengtes Fischerantlitz voller glänzender Wassertropfen, die er am liebsten an der Luft trocknen ließ, schickte ihr ein Lächeln hinüber.

Schnell schloss sie die Augen und stellte sich schlafend, nahm aber gerade noch wahr, wie auffällig ihr Vater im letzten halben Jahr, das sie im Internat verbracht hatte, gealtert war. Sie sah die neuen Zähne anstelle der verrotteten alten, die weißen Bartstoppeln in den faltigen Furchen, den dumpf und grau gewordenen Kupferglanz seines Haars. Sein Gesicht erschien ihr nackter als seine Füße, als müsse es ebenfalls mit Strümpfen und Schuhen bekleidet und vor Verletzungen auf der Straße geschützt werden. Unter den Lidern sprangen ihre Augäpfel hin und her, und ihre Wimpern bebten, aber Matti rührte sich nicht. Sie hielt still, als ihr Vater, mit dem verlorenen Ausdruck von Eltern, die ihren Kindern nicht helfen können, ihr Gesicht streichelte und das Haar glattstrich. Und sie wartete darauf, dass er wieder ging.

Aber er wollte nicht fort. Soli war voller Sehnsucht, nicht nur nach ihr. Er sehnte sich nach seiner Mutter, nach Großmutter Turran, die gestorben war, bevor Matti ins Internat gesteckt wurde. Er sehnte sich nach Irani, nach seiner Frau, die sich vor ihm mit dem Kopftuch der Frommen, mit Psalmengesang und Seelenkerzen verhüllte. Er sehnte sich nach Maurice, seinem Erstgeborenen, der verschlossen und grollend im Nebenzimmer schlief. Und er sehnte sich nach Mattis älteren Schwestern, nach Sophia, Marcelle und Lisi, einstmals abenteuerlustige, kichernde kleine Mädchen und heute bittere, enttäuschte Frauen. Er sehnte sich nach den Kindern, wie sie vor Jahren einmal gewesen waren, als es noch in seiner Macht lag, ihren Schmerz zu lindern, so wie er kochend heiße Milch mit reichlich Honig süßte und zum Abkühlen von Tasse zu Tasse goß.

Verstohlen atmend erspürte Matti den Salzgeruch seiner Kleider und das Algenaroma seiner Haut. Fast war sie versucht, die Augen aufzuschlagen, sich mit einem Ruck im Bett aufzusetzen und zu sagen:»Papa, komm her, komm nur, ich bin schon wach.« Aber sie hielt sich zurück. Gestern Abend, als sie zur Feier ihres Geburtstags aus dem Internat heimgekommen war, war ihr Vater noch auf dem Meer gewesen, und sie war zu Bett gegangen, ohne ihn zu begrüßen. Heute Abend, wenn sie ins Internat zurückfahren müßte, weil ihr Geburtstag vorüber war, würde er noch auf dem Großmarkt von Netanja hinter seinem Stand stehen und den Fang verkaufen, das wusste sie.

Soli schwankte zwischen seinen Sehnsüchten hin und her. Gerade als er sich entschieden hatte, Matti zu wecken, und die Kleine durch die geschlossenen Lider bereits sein heranschwebendes Lächeln spürte, begann Sophias Säugling zu husten. Die Vorfreude auf den Kuss, den er ihr aufdrücken, und auf seine Arme, die sie gleich spüren würde, störte

*14*

Mattis Sich-schlafend-Stellen ein wenig, aber Soli bemerkte es nicht. Er hatte sich abrupt umgewandt. Die heftige Drehung versetzte ihr eine luftige Ohrfeige.

Matti spähte verstohlen durch ihre Wimpern, und morgendliche Helle sickerte in sie hinein. Aus Sorge um das Baby hatte der Vater ihr seine Aufmerksamkeit jäh entzogen, und ihr blieb nur der Anblick seiner kantigen Glatze. Er ließ sie allein und ging ins Wohnzimmer.

Dort hustete das Baby heiser, empört und hartnäckig. Vom Wohnzimmer aus hallte das gequälte Bellen ins Treppenhaus, hüpfte von Stock zu Stock ins Freie und pochte auf der anderen Straßenseite an die Tür des Hauses, das bis vor kurzem Großmutter Turran gehört hatte und in dem Sophia jetzt vor Angst, ihr Sohn könnte ersticken, kein Auge schloss.

Durch die Blätter der Guave sah Marcelle ihre Schwester Sophia in rosa Fellhausschuhen auf Beinen, dürr wie Flamingostelzen, über die schmale Straße hasten. Marcelle ging in die Küche, um Wasser aufzusetzen, und Matti lauschte dem Chor ihrer klirrenden Armreifen.

»Hast du ein bisschen geschlafen?« flüsterte Soli seiner eintretenden ältesten Tocher zu, als hätte er Angst, sie aufzuwecken. Sophia antwortete nicht. Sie nahm ihren kranken Sohn hoch und wiegte ihn an ihrer Schulter. Ihr Körper schwankte dabei wie eine Schaukel im Wind, so schwach war sie. Soli musterte ihr graues Gesicht, die Züge einer dreiundzwanzigjährigen Schönheitskönigin, und sie verrieten ihm, dass das unter dem Satinumhang hervorlugende, lila schimmernde Seidennachthemd ihr nicht zum Schlaf verhalf.

Das Baby hustete unentwegt. Mit jedem heiseren Röcheln alterten Sophias Züge. Im schwach hereinströmenden Schein des fahlen Himmelslichts funkelten die vielen Diamanten, die ihr Mann an ihre Finger gesteckt hatte. Das glänzende Gold der Ringe schien direkt aus ihren gekrümmten Fingern zu fließen. Im nussbraunen Haar leuchteten blondierte Strähnen. Zwischen den Hustenstößen brachen hastige Seufzer aus Sophia hervor, zu hastig, um ein Weinen zu werden. Mutter und Kind verkrampften sich ineinander.

Marcelle kam mit zwei Bechern heißem Kaffee aus der Küche. An ihren Handgelenken klirrten Dutzende von schmalen Silberreifen, die sich nicht mehr abstreifen ließen, und ertasteten ihr wie vorgeschobene Fühler den Weg. Sie bewegte sich mit der übertriebenen Vorsicht von Krüppeln, die ohne Behinderung geboren wurden. Um nicht über die Möbel zu stolpern, schlich sie zögernd voran, als balancierte sie an einer Uferböschung entlang, wo sie jeden Moment stolpern und abrutschen konnte. Sie stellte beide Becher auf den Wohnzimmertisch, einen vor ihren Vater, einen für ihre Schwester; als Unterlage dienten ihr die Kreuz-Drei und das Karo-As, die sich am Vorabend im Gespinst der Spitzendecke verfangen hatten.

Maurice spielte endlose Patiencen gegen einen Phantasiegegner. Die Karten lagen meistens in langen Reihen auf dem Wohnzimmertisch. Früher hatte er nur in der Schwer-

16

mut des Schabbatausgangs nach ihnen gegriffen, in den seichten Stunden des Wochenendes, wenn seine Schwestern mit ihren Verehrern in die Tanzclubs verschwanden und seine Eltern vor den Schaufenstern geschlossener Läden spazieren gingen. Aber seit der Tränenregen durch die Wohnung spülte, trat seine Einsamkeit allabendlich gegen sich selbst an.

Marcelle kehrte ans offene Fenster zurück, durch das der Herbst hereinfloss. Die Gläser des ausgefallenen Brillengestells, das sie seit ihrer Hochzeit und Scheidung trug, vergrößerten ihre traurigen Augen, als wären sie die Linsen eines Mikroskops, durch das sie ihrem Kummer nachspürte. Um weniger leiden zu müssen, hatte sie ihren Job im Brautmodensalon gekündigt und betreute jetzt eine in der Nähe wohnende gelähmte Frau. Mit ihrer Rückkehr in die elterliche Wohnung hatte sich ihr Blick verdunkelt. Die türkischen Filme, die sie sich tagsüber ansah, und die Liebesromane, die sie nachts verschlang, bleichten das Schwarz ihrer Pupillen. Sie las in jeder Nacht zwei, manchmal sogar drei Schundromane, die sich alle glichen. Vor ihren erblindenden Augen häufte sich die Verlogenheit ihrer Träume an, und in ihrer Nase saß der fettige Staub der Leihbibliotheken.

Nachts brach aus Marcelle in ihrer Einsamkeit ein Wimmern hervor, das durch Mark und Bein ging. Sophia, die unablässig auf die Lungen ihres kranken Babys lauschte, war entsetzt, wenn das hohe, Glas zerschmetternde Winseln unvermittelt aus der Wohnung ihrer Eltern drang, aber es verstummte jedesmal, bevor sie die Straße überqueren konnte. Der kreischende staubtrockene Jammerlaut löste sich immer dann gewaltsam aus Marcelles Innerem, wenn ihr Blick auf das gerahmte Hochzeitsfoto fiel oder wenn sie unversehens an sich selbst denken musste. Aber sie unterdrückte es auf der Stelle und versank rasch in die nächste Seite ihrer Lektüre, als sei nichts geschehen.

Marcelle Asisyan war so lange Jahre in Joel Chajbi verliebt gewesen, dass jenseits dieser Liebe nicht mehr viel von ihr übrigblieb. Sie war inzwischen fast zweiundzwanzig, von Liebeshändeln und Romanhelden durchzogen, ein Gewebe aus Adern und Knochen, übersät mit den blauen Flecken der Fehlsichtigen, und in der Mitte gähnende Leere. Im Gerüst ihres Körpers schwebte fahler, staubiger Dunst, wie ihn ein wunderbarer Traum zurücklässt, an den man sich morgens nicht mehr erinnert.

Soli stand zwischen seinen beiden Töchtern, ehemaligen Friseusen, und umklammerte den Kaffeebecher, ohne zu trinken. Das dunkle Gebräu schmeckte bitter, denn die Zuckerdose war seit einer Woche leer, und niemand hatte sich die Mühe gemacht, sie aufzufüllen. Soli süßte seinen Kaffee normalerweise mit zweieinhalb Löffeln Zucker und tunkte liebend gern einen Keks hinein, aber in letzter Zeit war der Backofen kalt geblieben und hatte, wie der Körper Iranis, das Brennen und Summen aufgegeben. Iranis Kummer verbitterte das Aroma ihrer Kuchen, und so ließ sie das Backen sein. Sogar die Kolibrischaren, die früher vor dem Schlafzimmerfenster herumflatterten, um einige süße Krümel aufzupicken, blieben aus.

Einstmals hatte ihn all diese Schönheit, die Schönheit seiner drei heranwachsenen Töchter, der Fruchtbäume, die im bescheidenen Garten seines Lebens gediehen, verwundert und ergriffen. Sophia, Marcelle und Lisi, drei hell klingende Glocken mit lachenden Klöppeln. Einen Sohn und drei Töchter hatte Irani ihm geboren. Als letzte kam dann Matti ohne ihren Zwilling zur Welt. Und dazu all diese Schönheit. Soli geriet angesichts der Pracht, die da aus seinem Samen gesprossen war, ins Stammeln oder verstummte ganz und gar. Drei Mädchen wuchsen zu Frauen heran, und der Glanz erlosch, bevor der Vater sich richtig an ihn gewöhnt hatte. Seine drei Gladiolen erblühten, bekamen Bäuche, so rund und dick wie die Wohnzimmervasen, und verfielen. Ihr köstlicher Duft hing noch in der Luft und war doch schon schal geworden.

Papas drei Puppen, fuhr es ihm wieder und wieder durch den Kopf, seine Litanei. Was soll aus euch werden? Drei Puppen.

Der Säugling in Sophias Armen war voll von Speichel, Tränen und Schleim. Beängstigend scharf sog er Luft in die Lungen. Wie stets, wenn ein Anfall abklang, war sein Atemholen von gequältem Ächzen begleitet. Sophia blickte zum Himmel auf. Sie suchte dort nach Gott, damit er die Lungen ihres Sohnes besänftigte, oder nach einem Flugzeug, das ihr ihren Mann Izik von seinen Geschäftsreisen aus Afrika zurückbrachte.

Seit sie nicht mehr so maßlos schlief, war sie gar nicht mehr so schön. Jede Erinnerung an ihre Tage als Königin der Berufsschule schien weggewischt. Nach ihrer Genesung von einer schweren Lungenentzündung zogen sich ihre Augen täglich tiefer in immer dunkler werdende Höhlen zurück. Ihrem Vater fiel auf, wie dünn sie geworden war. Sie ist zu dürr, dachte er, beinahe hässlich.

Soli Asisyan bebte vor Mitleid. Er musterte seine älteste Tochter, sein Angsthäschen, ihre krummen Finger, die das Baby hielten, die angenagten Nägel, die abgebissenen Lippen, und sah die Angst, die mit dem Kind aus ihrer Gebärmutter gekrochen war und die doch schon immer in ihrem Bauch gesteckt hatte.

Auch nachdem die Erstickungsanfälle des Kleinen abgeklungen waren, rührte sich niemand. Sophias kraftlose Lider konnten sich weder heben noch schließen. Sie weinte mit halb offenen Augen, wie jedes Mal, wenn sie sah, dass der Tod kühl nach seinem hündischen Begleiter pfiff und auszog, um sich ihr Kind zu holen. Marcelles glasiger Blick war in die Ferne gerichtet, als müsste sie eine schwierige Gleichung lösen. Der Herbstwind zog an den Wurzeln ihrer vom Bleichen gekräuselten Haare.

In der lastenden Stille überlegte Soli, ob er seine kleine Matti wecken und küssen oder auf Irani warten und sie küssen sollte. Am Ende blieben seine Gedanken bei seiner verstorbenen Mutter hängen.

Je weiter seine Frau sich von ihm entfernte, je tiefer sie sich in ihren Schmerz hüllte, je öfter sie um die Gräber der Gerechten strich, desto heftiger wurde Solis Sehnsucht nach seiner Mutter. Seine Frau betrog ihn mit Gott, seine

Mutter war zu Ihm gegangen. Er betrauerte sie in aller Stille, um niemandem weh zu tun. Schweren Herzens flüchtete er zu ihr, wobei er sicher war, dass Turran hellwach und einsam rauchend im Totenreich auf das Echo seiner Sehnsucht wartete, so wie sie nachts in ihrem Haus auf ihn gewartet hatte, wenn er spät heimkam.

Was Irani anging, so plagte ihn Eifersucht. In ihrer wirren Verzweiflung war sie an diese Scharlatane von Rabbinern geraten, die sie zu ihrem willenlosen Werkzeug machten und ihm wegnahmen.

Mit tastenden Zärtlichkeiten versuchte er, sie wieder an seine Liebe zu erinnern. Aber ihre weichen Schultern zuckten zusammen, wenn er sie nur berührte, und ihre schönen Augen flackerten, als fiele es ihr schwer, in dem glatzköpfigen alten Mann mit den Porzellanzähnen den Geliebten zu erkennen, der fünf Kinder und all diese Schönheit in ihren Schoß gelegt hatte.

»Jeden Tag bleibt sie länger weg«, murmelte er, »wird immer verrückter, eure Mutter.«

Soli wusste, dass die Flut stieg und nach ihm rief, aber seine Frau hatte über ihren Gebeten die Zeit vergessen, und er beschloss, auf sie zu warten. Seufzend und gedankenverloren führte er den Becher zum Mund, wollte sich mit einem Schluck Kaffee trösten und fuhr zusammen, als die heiße Bitterkeit zuschlug.

Draußen auf der Straße quietschten Autoreifen, ein Motor ratterte und schnarrte. Marcelle riß ihren Blick vom Horizont los, Sophia wandte sich von den Wolken ab, und beide sahen Lisi aus dem Taxi steigen, nach Kleingeld kramen und es dem Fahrer in die Hand drücken. Die Augen der Schwestern begegneten sich kurz und fielen dann auf ihren kleinwüchsigen Vater, der wie eine Einfassung für sein neues Gebiss dastand und den Kaffee in seiner Hand kalt werden ließ.

Lisis hohe, spitze Absätze schlugen wie unheilbringende Geschosse auf den Bürgersteig, hämmerten die Treppen hoch und hielten drohend vor der Tür, als hätte sie zehn entschlossene Männer im Gefolge.

»Ist Maurice schon wach?«, flüsterte sie über die Türschwelle.

Ihre Schwestern schüttelten den Kopf.

»Ah, gut.« Erleichtert schlüpfte sie hinein und schälte erst einen, dann den anderen Schuh von den Füßen. Dabei ließ sich das feine Klingeln der Bronzeglöckchen an ihrem Fußgelenk vernehmen.

Als sie ihren Vater erblickte, fuhr Lisi zusammen. Langsam, als würde sich ein riesiger Fingerabdruck eingraben, legte sich Solis Stirn in Falten.

Seine kaum zwanzigjährige Tochter trug ein viel zu kurzes Abendkleid mit zu vielen vulgären, in der Morgendämmerung matt schimmernden Pailletten. Ihr grasgrüner Lidschatten war vor Müdigkeit verschmiert. Von ihren Ohrläppchen baumelten Piratenringe, an ihrem Hals hing unordentlich ein verrutschtes Samtband. Unter dem Schwesternkittel, mit dem sie die bloßen Schenkel wärmen und die letzte Station ihrer Nacht verbergen wollte, lugten blaue

Schandmale hervor, die ihr betrogener Ehemann geschlagen hatte.

Lisi kam aus dem Tanzclub »Mars« in Ramle. Aus ihrem Mund schwallte eine Cognacfahne – das Cognactrinken hatte sie an Schabbatabenden von ihrem Vater gelernt –, aber betrunken war sie nicht. Ein sentimentaler Song der Club-Band dröhnte in ihren Ohren. An den Herz- und Schmerz-refrain erinnerte sie sich nur schwach, aber der Schweiß-geruch des bis zum Nabel entblößten Solisten zog ihr noch die Kehle zusammen. Er hatte sie zu sich hochgehoben und mit ihr auf dem Tisch getanzt. Die Musiker umringten sie und schlangen ihr ein Tuch um die Hüften, um das kreisen-de Mahlen ihres Hinterteils zu betonen. Bis zum Ende der Show hatte der Sänger sie nicht angerührt, er sang bloß tief in ihren Ausschnitt hinein und schwenkte eine weiße, mit seinem Achselschweiß getränkte Stoffserviette vor ihrer Nase herum. Lisi wurde schwindlig.

Vier Tage lang ließ sie sich weder in der Wohnung ihrer Eltern noch bei ihren Schwiegereltern sehen. Zu kurze Miniröcke rollten sich in ihrer gescheckten Kunstleder-tasche; Schminkstifte beschmierten das Futter. Anders als ihre beiden Schwestern pflegte Lisi ihre Schönheit noch, obwohl auch sie schon verwüstet war und ihr in den letzten Tagen nur aus zersprungenen Spiegeln fremder Badezim-mer entgegen gestarrt hatte.

Lisi lebte, ohne Tag und Nacht zu unterscheiden. Ihre Arbeit im Krankenhaus hatte den inneren Schlaf- und Wach-rhythmus durcheinander gebracht. Bei ihren Schwiegereltern, wo sie mit ihrem Mann vorerst wohnte, um Geld zu sparen, tauchte sie selten auf. Kam sie jedoch von dort, wussten alle, warum sie blaue Flecken hatte und die Stunden zwischen ihrem Schichtdienst und ihren Eskapaden lieber bei ihren Eltern verbrachte. Der billige Parfümdunst, der sie beständig umgab, konnte den Geruch nach Sex nie ganz aufsaugen.

Seit Lisis Heirat waren die Asisyans am Ende ihrer Kraft. Niemand verteidigte die Familienehre noch gegen Lisis tiefe Ausschnitte, niemand zählte die Zigarettenschachteln, die sie kettenrauchend leerte.

Zwei Monate nach der Hochzeit witterte Irani ganz unerwartet das Lisi eigene Aroma überreifer Bananen. Sie hob ihre Augen von der tränenbefleckten Psalmenseite und schaute für einenm Moment nichtsahnend zu ihrer Tochter auf. Der schwangere Bauch unter Lisis abweisenden honigfarbenen Augen und halterlosen Prachtbrüsten war wieder genauso flach wie vor ihrer schroffen Ankündigung, dass sie heiraten würde.

»Lisi, wo ist dein Baby?« Mühsam fügte Irani ein Wort ans andere.

Lisi wölbte die Unterlippe vor: »Das war nur eingebildet.«

»Und wofür das alles? Wofür die Hochzeit?« Die entsetzliche Frage brach aus Irani heraus.

Aber Lisi hörte ihre Mutter nicht. »Das war eingebildet«, wiederholte sie. »Das gibt es, das ist so eine Art Erscheinung, das war alles nur im Kopf.«

Als Irani Asisyan endlich in ihren Holzsandalen aus dem Bethaus heim schlurfte, steckte Lisi noch in ihrem schändlichen Kleid, und Maurice schlief. Unter ihrem Wollschal und dem nach Lavendel duftenden Kopftuch, das sie sich neben anderen Altersschrullen zugelegt hatte, kroch Irani wie ein Käfer über die Erde, ein dem Boden nahes Insekt, und in ihrer Seele wucherte der Aberglaube.

Auf ihren Lippen lag noch das gemeinschaftliche Morgengebet, aber aus allen Nischen ihrer Gedanken sprudelte bereits ihr persönliches Flehen zu Gott. Bei allen Anrufungen des Ewigen hatte sie ausschließlich ihren Sohn Maurice, ihre verheirateten Töchter Sophia Kadosch, Marcelle Chajbi und Lisi Muzafi, Matti, ihre Jüngste, und ihren kranken Enkelsohn im Sinn. Allein ihretwegen wandte sie sich an Gott, und die morgens, mittags, abends und im Traum hervorgebrachten Litaneien verheerten ihre Seele. Irani Asisyan machte sich mit ihren langen und breiten, manchmal gestammelten, dann wieder kunstvoll gewundenen, auf herkömmliche Weise deklamierten oder im Rhythmus des Herzens hervorgestoßenen Gebeten selbst den Garaus. Ihr Leben erlosch wie die sechs Kerzen, die sie montags und donnerstags anzündete, wenn im Bethaus die Thorarollen geöffnet werden. Ihr Herz verströmte, um am nächsten Morgen aus dem verkrusteten Blut erneut zu entbrennen und zu klagen.

Selbst die Wahrsagerinnen machten sich über ihr Unglück lustig. »Madame Irani, ich koch Ihnen jetzt 'ne gute Tasse Tee, die trinken Sie aus, dann beruhigen Sie sich und gehen wieder nach Haus«, versuchte die Kaffeesatzleserin sie loszuwerden.

»Wollen Sie die Wahrheit wissen, meine Liebe?«, flüstertete die Sterndeuterin, »die Astrologie ist ein Schwindel, reine Augenwischerei.«

»Warum kommen Sie schon wieder?«, zischte die Kartenlegerin, »wollen Sie mich vor meiner Kundschaft blamieren?«

Sie nahmen ihr nicht einmal mehr Geld ab, denn trotz all der Ratschläge, die sie Irani wichtigtuerisch erteilt hatten, trat bei keinem einzigen der Sorgenkinder Besserung ein.

Sie fiel den weisen Frauen zur Last. Anfängliche Geldgier war in Mitleid und dann in Verachtung umgeschlagen. Sahen sie Irani mit hilflos flatternden Armen herantrippeln, verriegelten sie die Türen, löschten das Licht und verschlossen dem flehentlichen Klopfen ihr Ohr. Aber die Ärmste kam wieder. Kummervoll schob sie Schmerz um Schmerz über die Schwelle ihres Hauses, nahm einen Bus, stieg in einen anderen um, und erniedrigte sich bitterlich weinend am Busen überheblicher alter Weiber.

In den Karten suchte sie nach einem guten Omen für Maurice, der keine Braut fand, im Kaffeesatz nach einem Wunder für Sophia, die ihre Lebenskraft eingebüßt hatte; von mysteriösen Einflüsterungen erhoffte sie Heilung für Marcelle, deren Liebe gestorben war, und wer würde sie jetzt noch nehmen wollen; von den Sternen erwartete sie eine Lösung für Lisi, die wie eine hungrige Hure herumstrich und von ihrem Mann eines Tages wohl tot geschlagen würde. Für den hustenden Säugling erbat sie den Segen echter Rabbiner, und an der Klagemauer ertastete sie einen Spalt, um eine Bitte für Mattis verirrte Seele hineinzustopfen.

Mehr als einmal fiel sie in ihrer Verzweiflung auf völligen Unsinn herein. Man trug ihr auf, Eselstränen in einem Glasflakon zu sammeln. Sie deklamierte in jedem Zimmer ihrer Wohnung lautstark ungereimte arabische Sätze, um die Geister zu vergraulen, die sich dort eingenistet hatten. Aber ihr Geschrei vermochte das Unglück ihrer Kinder nicht zu vertreiben, auch nicht, wenn es in isfahanischem Persisch, bengalischem Indisch oder mühsamem Hebräisch aus ihr hervorbrach. Für jede aufgefangene Eselsträne vergoß Irani zehn eigene. Ihre vernachlässigte Wohnung roch nach Enttäuschung und dem verfaulenden Inhalt zweifelhafter Amulettsäckchen. Hier wurde die Liebe zwar oft sehnsüchtig heraufbeschworen, aber die Liebe selbst war ausgeflogen. Kolibrischaren hatten ihr Fenster umschwirrt, als Soli und Irani vor siebenundzwanzig Jahren ihr Schlafzimmer einweihten. Seit die Kinder erwachsen waren, zogen Ahnungen und Gerüchte über die Liebe durch die Wohnung. Verehrer und Bräutigame erschienen, ein Enkelkind kam zur Welt. Aber das war alles nur Abklatsch, Nachklang und Widerhall. Draußen auf den Stufen waren die Schritte der Liebe zu hören, sie stieg immerzu hinauf, klopfte jedoch nie an die Tür.

Deshalb hatte Irani beschlossen, sich jegliches Vergnügen zu versagen. Sie verzichtete darauf, Zuckerwürfel auf der

Zunge zergehen und genüsslich in den Gaumen tropfen zu lassen, bevor sie einen Schluck Tee schlürfte. Sie legte ein Gelübde nach dem anderen ab, doch ihre Kasteiungen und verschrobenen Wetten mit dem Schicksal blieben wirkungslos. Die Vorsehung selbst übersah die kleine Frau, die bitteren Tee schlürfte, Salz auf die Pfirsiche und schwarzen Pfeffer auf die Birnen streute und gelobt hatte, nichts Süßes zu sich zu nehmen, bis das Glück bei ihren Kindern einkehrte.

Mittlerweile knotete sie rote Baumwollfäden, die man vorher siebenmal um die Grabsteine legendär gerechter Rabbiner geschlungen hatte, an die Handgelenke. Die Hüter der heiligen Stätten befreiten sie für einen Augenblick von ihrer schweren Last und salbten ihr Leid mit dem duftenden Öl der Versprechungen.

Vor lebenden Rabbinern erbebte Irani. Im frühen Morgendunst schlurfte sie zu den armseligen Behausungen wundertätiger Weiser und nahm ihren Platz unter den Verzweifelten ein. Sie traf immer wieder auf die gleichen Gesichter, wenn sie vor düsteren Eingängen wartete, und jedes Mal ergab sich die gleiche erstaunliche Anordnung, der Erste zuerst und der Letzte zuletzt.

Den ganzen Sommer verbrachte sie mit diesen Menschen, und die Ausdünstungen fremder Qual blieben an ihr haften. Morgen um Morgen sog sie sie ein, wenn die Unglücklichen ihre Sorgen aufzählten. Der Anhauch ungekannten Leids, verdünnt mit dem Kräutertee, den man ihr aufdrängte, tränkte Iranis Kleider. Ihrem Urin entströmte der Geruch des Selbstmitleids. Wurde sie endlich hineingerufen, bahnte sie sich mühsam ihren Weg, um vor einem Rabbi zu erzittern, der auf Anhieb das in ihrem Innern verborgene kleine Mädchen und das Ausmaß ihrer Angst erkannte. Empört breitete sie ihr Unglück vor den gelehrten Männern aus, als beschwerte sie sich in einer Winternacht im Bett ihrer Eltern über einen bösen Traum. Manchmal trug sie Sophias Verlobungsbild bei sich oder eine Aufnahme von Marcelle und Joel Chajbi während der Henna-Zeremonie, den Geruch von Maurice in einem verschwitzten, aus dem Wäschekorb gefischten Unterhemd, einen Tropfen blauen Speichels von der Zunge des kranken Säuglings, eine Lisi im Schlaf geraubte Locke. Wenn sie aus den finsteren Löchern hervorkroch, war es bereits Abend. Kälte- und Hoffnungsschauer trugen sie heim. Ihren Mann hatte sie völlig vergessen.

Irani näherte sich dem Haus. Die Guavenzweige breiteten ihren Schatten über sie und malten feine Leuchtlinien auf ihr Gesicht. Sie hob ihre Nase zum dritten Stock hinauf, und der schwüle, süße Duft sich selbst überlassener Früchte strömte ihr entgegen. Am Himmel türmten sich hohe Wolken, aber Irani sah sie nicht. Ihr fiel ein, dass Matti, ihre Jüngste, heute elf Jahre alt wurde und nach den unzähligen, im Internat für verrückte Kinder verbrachten Nächten endlich wieder einmal zu Hause schlief. Irani sehnte sich danach, Matti in die Arme zu nehmen, und hastete hinauf.

Sechzig Stufen trennen die Wohnung der Familie Asisyan von der Straße. Während Irani eine nach der anderen erklomm, beherrschte sie nur ein einziger Gedanke, so ein

Gedanke, der nicht nur den Kopf, sondern den ganzen Körper durchfährt, ein einfacher blitzartiger Gedanke, der jede Faser erfaßt.

Iranis Körper erinnerte sich an den einstigen sorglosen Kontakt zu ihren Kindern. Wie unbeschwert hatte sie die Kleinen abgeküsst und auf ihrem Bauch gewiegt, wie unbelastet ihre Haut gestreichelt, als sie alle noch zart und rosig waren.

Iranis Sehnsucht eilte rückwärts, in Gegenrichtung zur Zeit, die alles verworren und verdorben hatte. Es verlangte sie nach den Tagen, da Liebkosungen keinen Anlass brauchten, nach ungezwungenen Umarmungen, die keine Leiden brachten. Nach den zahllosen, nie endenden, nie genügenden Küssen, die nichts außer Küsse waren, nach der maßlosen mütterlichen Macht, die alle Kränkungen wegwischen, alle Schwermut verscheuchen, alles Leid auflösen konnte. Sie sehnte sich in die Kindheit ihrer Kinder zurück, als sie alle gemeinsam ein einziger warmer Körper, ein Fleisch gewesen waren. Sie sann über die Aufrichtigkeit nach, die verlorengeht, wenn Familien reifen, und über die Fremdheit, die sich einstellt, weil Einzelne sich absondern. Sie dachte an Schabbatmorgen, an denen sich das Eisenbett mit Kindern, Gekitzel und Gelächter gefüllt hatte. Sie dachte an Abschiede und betrat ihre Wohnung.

»Siehst du! Bitte sehr, da habt ihr's«, schrie Maurice beim Anblick ihres tränenfeuchten Gesichts. »Sie fängt morgens damit an und weint, bis sie schlafen geht. Heult den ganzen Tag, und das alles deinetwegen!« Er konnte nicht wissen, dass Irani in diesem Augenblick einzig und allein um sich selbst weinte.

Es war Montagmorgen um halb sechs, Mattis Geburtstag und der Todestag ihres Zwillingsbruders, aber für eine Sekunde verwandelte sich die Wohnung der Familie Asisyan wieder in die Diamantenschleiferei, die sie gewesen war, als Irani und Soli sie vor vielen Jahren für 5754 Perlen erwarben. Iranis Tränen wurden zu geschliffenen Juwelen, in denen sich das Licht des Regenbogens brach. Durch ihre kristallene Klarheit sah sie Lisi träge mitten im Zimmer stehen, die Brust vor ihrem Bruder schützend, der laut fluchend zum Schlag ausholte. Sie sah Marcelle, die ihn zu beruhigen versuchte und um Nachsicht für Lisi bat; sie sah Sophia betteln, er möge Erbarmen mit ihrem Säugling haben und Lisi verschonen. Und sie sah ihren Mann, hilflos ohne sie, müde und verlassen.

»Schau sie dir an! Schau dir an, was du aus deiner Mutter gemacht hast, du taubes Luder du!«, kreischte Maurice. Er starrte auf Lisis Busen, als wäre seine Schimpftirade gegen ihn gerichtet.

»Schau dir an, was du aus deiner Mutter gemacht hast. Du brichst ihr ja das Herz, du läufige Hündin, siehst du das nicht?« Seine Stirn legte sich in Falten, und seine Augenbrauen verschwanden unter dem Toupet.

»Hör auf, ich bitte dich. Das darfst du Mama und Papa nicht antun«, heulte Marcelle.

»Laß mich los, sag ich dir, laßt mich beide sofort los.« Wütend befreite sich Maurice von den vier schwesterlichen

Armen, die ihn mit ringgeschmückten Fingern, klirrenden Silberreifen und roten Baumwollfäden umschlangen.

»Hörst du mich, du Luder? Geh zu deinem Mann, los, pack dich. Wir haben hier auch ohne dich genug Sorgen, du dreckige Nutte ...«

»Denk an mein Kind, Maurice, mein Kind. Hör auf!« Außer ihrem Sohn zählte für Sophia nichts mehr.

»Was denkt die sich eigentlich? Kommt hier im Krankenhausfetzen an, und ich soll die Cognacfahne und den Parfümgestank nicht riechen, eh? Und all die Zigaretten, eh? Reichen dir seine Schläge nicht? Nein?« Maurice glühte vor Zorn, seine Schultern, seine Arme, seine Handflächen glühten, und er schleuderte seinen Brand mit einer Ohrfeige in Lisis Gesicht.

Als seine Schwester unter den Schlägen still zusammensank, beugte er sich über das Paillettenkleid und drosch auf ihren Kopf ein. Sie versuchte nicht mehr sich zu schützen. Ihre Augen waren so leer wie die eines Bauchredners, der mit starren Lippen Lachlaute aus seinem Innern hervorlockt. Ihre Hände flatterten über der Brust, und ihr Kopf sank zu Boden.

»Warum verstehst du das nicht, warum?« Er spuckte die Worte durch Zähne und gespitzte Lippen. »Warum siehst du nicht ein, dass ihr die ganze Familie kaputtgemacht habt? Dass meine Mutter Blut weint, weil ihr so blöde Weiber seid. Eine schlimmer als die andere.«

»Maurice, Maurice, hör auf! Bitte! Genug.«

Die Schreie ihrer Schwestern schrammten nur an Lisis

Ohr, aber das Wimmern ihrer Mutter zerriss ihr Trommelfell.

»Oh, mein Gott, oh, mein Gott, womit hab ich das verdient? Guck sie dir an, Gott, meine Kinder …« Eine vierundvierzigjährige Frau, die sechzig oder älter schien, rang die Arme zur Decke, um einen Zipfel von Gottes Umhang zu erhaschen, jammerte mit persischem Akzent und weinte hemmungslos.

»Was tun, lieber Gott, was? Was mit ihnen machen? Wie ist das alles gekommen?« Die Hände sanken ihr auf die Brüste, die jedes ihrer Kinder im Übermaß gesäugt hatten, und trommelten, rupften und kratzten dort, wo der große Schmerz saß.

Ihr Gesicht brannte, als hätte sie einen glühenden Topf berührt. Sie griff immer wieder nach ihm und versengte sich jedes Mal mehr. Die Schramme, die ihr eine Affenklaue tief in die Stirn gekratzt hatte, als sie ein Kind war, pochte leuchtend rot.

»Sag mir, mein Gott, wer ist schuld? Warum sind sie so und ich so? Ich bring mich um, ist es dann gut?«

Aus ihrer Kehle stiegen Schreie auf, die von sehr weit her kamen. »Was wollt ihr? Soll ich mich umbringen? Ist dann Ruhe?«

Ganz, ganz vorsichtig schob sich Matti, auf den Tag elf Jahre alt, aus dem Bett, so vorsichtig, dass sie sich verstohlen zum verlassenen Lager umdrehen musste, um zu sehen, ob etwas von ihr liegen geblieben war. Erschauerte sie vor Schreck oder vor Kälte? Sie wusste es nicht. Leise, leise schlich sie aus dem Kinderzimmer, huschte an den indischen Göttern vorbei, die auf dem Flur Staub schwitzen, und stahl sich, ein Glied ums andere, in die Küche.

Auf der Marmorplatte weinten Iranis Kerzen talgige Tränen. Neben ihnen brannte stolz und ungerührt das Seelenlicht für Großmutter Turran, und das Flämmchen zur Erinnerung an ihren toten Zwilling erschrak flackernd über die Schreie aus dem Wohnzimmer. In der Nähe der Tür schnupperte Matti den süßlichen Schimmelgeruch der Guavenfrüchte. Sie sah, wie ihre Mutter die Zimmerdecke in zwei Teile zerbrach und wie die Glaszapfen am Kronleuchter bebten; das Weinen, die Schreie und die Schläge dagegen hörte sie kaum.

»Halt einfach den Atem an, Muni«, flüsterte sie ihrem toten Zwilling zu, der sich hinter ihr duckte, »wenn man den Atem anhält, dann schließen sich die Ohren. Schschsch … komm.«

Mit gesträubtem Haar schlich Matti aus der Wohnung. Behutsam und ungesehen drückte sie sich an die Tür der Nachbarwohnung und überlegte, ob sie anklopfen sollte. In ihrer Vorstellung klopfte sie. Überaus sacht. Kein Laut antwortete ihr. Unter ihren streichelnden Händen bewegte die Klinke sich von allein, und die Tür gab nach. Matti steckte ihren Kopf in die leere, stille Wohnung. Zwei Personen wohnten dort, ein kinderloses Paar, Mann und Frau, die einander umsorgten, als sei sie seine Tochter und er ihr Sohn.

Das Schlafzimmer lag im Dunkeln, nur zwei glühende Heizspulen erwärmten die träge Luft. Matti drückte sich zwischen den Körper der Frau und den des Mannes, die nahe beieinander lagen. In ihrer Mitte fühlte sie sich klein, sogar noch kleiner, als sie war.

»Mattile.« Beide wachten gleichzeitig auf und flüsterten sanft wie aus einem Mund: »Bist du wieder bei uns, kleine Matti?«

## II.
*Wir über uns*

# 1

Am Tag, als sie versprach, ihn zu heiraten, brachte Soli Asisyan seiner Verlobten Irani Eliaspur eine riesige, tiefe Schatulle aus honigbraunem Holz dar. Auf ihren Grund legte er einen einfachen schmalen Silberring und versicherte Irani, dass er sie eines Tages bis an den Rand mit Kostbarkeiten füllen würde.

In ihrer Hochzeitsnacht war sein Gesicht dem ihren so nah, dass sie jede Pore, jedes zartgrüne Äderchen auf seinen Augenlidern, jedes eingewobene Lachfältchen sah. Seine jungfräulichen Lippen küssten ihr Gesicht wieder und wieder. Sein Bärtchen verwischte die an ihrer Haut haftenden Speichelspuren, und sein heißer Atem blies sie trocken. Bevor er sich zu ihr legte, streifte er ihre Schuhe ab. Ihr Hochzeitskleid, von ihrer Mutter aus 5854 Perlen und einem einzigen weißen Faden gefertigt, schimmerte vor seinen Augen wie leuchtendes Elfenbein.

Als sie an jenem Abend über die Tanzfläche des Hochzeitssaals in Jaffa glitten, begleitete das kostbare helle Klirren aufeinander schlagender Perlen die Klänge des Orchesters und den jubelnden Beifall von Iranis Geschwistern. Später, auf dem Lager in der Asbesthütte, raschelte das schwere Kleid im Rhythmus der tiefen Atemzüge der Braut.

Solis zitternde Finger schälten die vielen Knöpfe aus ihren Schlaufen, und der muschelweiße Glanz der jungen Brüste traf seine Augen wie ein Schlag. Die rosa Knospen, die die sanften Hügel krönten, waren nicht größer als die Perlen des Kleides. Er beugte sich über sie und küßte sie, als müsse er sie wie ein Taucher aus der Tiefe des Meeres heraufholen.

Jetzt trennte sie nur noch die feine weiße Nylonstrumpfhose und ein Unterhöschen von ihrem Mann. Sie fühlte sich nackter als je zuvor. Das hauchdünne Gewebe spannte sich über ihre Schenkel wie eine zweite Haut. Solis Hände glitten von den Brüsten hinunter zu ihrem Bauch, aber als er das in Hüften und Nabeltal einschneidende Gummiband herunterrollen wollte, faßte Irani nach seiner Hand und beruhigte mit sanftem Streicheln den Sturm, den sie in seinen Fingern spürte.

»Bitte, lass sie mir nur diese eine Nacht«, flüsterte sie, und ihr flehentlicher Widerstand war ihm süßer als verführerisches Raunen. Er antwortete mit Liebkosungen und ließ ihr ihre Hülle.

»Morgen ziehe ich sie aus. Ich schwöre«, versicherte sie mit persischem Akzent in indischem Tonfall. Wie ein Schmetterling, der sich noch nicht ganz aus seinem Kokon befreit, wand sie sich in ihrer nylongeschützten Jungfräulichkeit. Die ganze Nacht lang küßte Soli seine Frau, bis sie, fest in ihr dünnes Netz gewickelt, bebend und stöhnend vor Lust, die Finger in das neben ihr liegende kostbare Kleid krallte.

Die erste Perle, die sich löste und auf die Erde glitt, hörten sie nicht. Aber die zerrissene weiße Schnur gab auch alle anderen frei, und sie prasselten in einem prächtigen Strom zu Boden. Ein Teppich tanzender kleiner Kugeln sprudelte von Wand zu Wand. Das junge Paar sah dem Treiben verwundert zu, bis auch die letzte Perle ihren Platz gefunden hatte und zur Ruhe kam. Am Morgen las Irani sie alle auf. 5754 händigte sie ihrem Mann aus, die restlichen hundert schüttete sie mit jungfräulichem Lächeln in ihre leere Schatulle.

Als wir in der für 5754 Perlen erworbenen Wohnung auf die Welt gekommen waren und heranwuchsen – zuerst wir vier und dann noch Matti ohne ihren Zwilling –, tauchten wir unsere Hände liebend gern in den Schmuckkasten, ließen die Perlen, die von Mamas Hochzeitskleid übriggeblieben waren, durch unsere Finger rinnen, und versuchten, das feine kühle Klirren des Kleides aus der Tiefe der Schatulle aufsteigen zu lassen. Dann erschien stets noch einmal jenes jungfräuliche Lächeln auf ihren Lippen.

## 2

In den ersten Monaten ihrer Ehe, dem Winter ihrer Flitter-wochen, wohnten Soli und Irani Asisyan in einer Wind und Wetter ausgesetzten, von keinem Baum beschützten Asbest-baracke. Die Tür öffnete sich zum öden Strand, und der Seewind schlug sie knallend ins Schloss. Den Asbestwänden entströmte stickiger Geruch nach verbranntem Öl; Sand-körner drangen durch jede Ritze, in jede Öffnung, in die kleinen Löcher des Reibeisens und in die Gehörgänge. Nachts wanden und schmiegten Soli und Irani sich umein-ander wie ein Schlangenpaar in seinem Erdnest und teilten ihre Körperwärme miteinander.

Lang und leer erstreckten sich die Stunden vor Irani, bis ihr Mann vom Meer heimkehrte. Sie saß auf den versiegel-ten Kisten, die ihre Mitgift enthielten, blickte durchs Fens-ter auf die Wellen, spielte mit dem schmalen Silberring an ihrem Mittelfinger und schlief darüber ein. Gegen Abend schlug sie die Augen auf, blätterte die Rezepte durch, die ihre Mutter ihr ohne Mengenangaben diktiert hatte, und zog die Pfropfen vom fest verschlossenen Kräuterschatz, den sie geerbt hatte.

Wenn Soli die Baracke am Ende des Tages betrat, schlu-gen ihm die würzigen Düfte ihrer scharfen Gerichte und ihrer ungestümen Erwartung entgegen. Flugs verschlangen sie ihr Essen und begannen, sich in Liebesspielen zu üben. Schweigend erkundete Soli die Zahl ihrer Knochen, die ihm zart wie Fischgräten erschienen, und erforschte die Geschichte aller ihrer Narben. Iranis Mund schloss Bekanntschaft mit jedem Haar seines Körpers, ihr Gedächtnis prägte sich die Sternenkarte seiner Muttermale ein.

Unberührt und verschämt waren beide, aber sie kannte Küchengeheimnisse und er kannte das Meer. Deswegen ahmte Solis Zunge die sanften Muskeln der Seekatzen nach, wenn sie flüchtig wie ein Aal über Iranis Glieder glitt; unter seinen sacht reibenden Fingerspitzen erzitterten seidige Goldfischflossen. Sie erprobte an ihm Rezepte, entblößte ihn so geschickt, wie sie geröstete Paprika schälte, liebkoste seinen stachligen Hals, wie sie Hibiskusblüten zupfte, schlug auf seine schwitzende Brust wie auf gewaschene Spinatblätter; dann ein wenig schaben, ein wenig beißen, und, wenn die Haut erschauert, Brustwarzenerbsen und Knoblauchzwiebelhoden vorsichtig durchkneten, seinen Mangosaft dazugeben, umrühren und probieren. Gelegentlich kann man auch alles trockenpusten, aber nur ganz sacht.

Sie trugen keine Erinnerungen an andere Betten in sich; weder kannten sie die Geheimnisse fremder Lagerstätten noch deren Leid. Deswegen kosteten sie einander immer und immer wieder. Sie seinen Salzgeschmack, er das Strömen ihres dunklen Flusses. Tauchten sie schwer atmend aus der Tiefe des Meeres auf, riefen sie einander zu, was sie dort gefunden hatten. Sie hatte nicht geahnt, dass sich in der Pfirsichspalte ihrer Scham eine Saftquelle verbarg, und entdeckte fast erschrocken ihren in Fältchen gebetteten süßen Dorn. Er hatte nicht gewusst, wie viel Honig seine Lippen enthielten, wozu sein Bärtchen imstande war und dass seine Achselhöhlen, wenn ihre Zunge mit allen Haaren spielte, kochendheiße, überschäumende, duftende Teeschalen wurden. Natürlich gönnten sie einander keine Ruhe.

»Schlaf noch nicht ein, Liebling, bitte noch nicht …«

Nicht jetzt, wo ihre glatte Pflaumenhaut glänzt wie ein Delphin, und er ihre schwarzen Augen mit klarem Karamellicht überfluten kann. Nicht jetzt, wo sie mit ihrem Mund seinen Honig kosten, die Aprikosenhinterbacken spalten, aus seiner Kehle tiefe Oboentöne hervorlocken will.

»Wie Zucchini?«

»Ja, wenn das an meinen Händen trocknet, fühlt es sich an wie nach dem Zucchinischälen.«

»Seeanemone, wieso?«

»Du öffnest und schließt dich wie eine Seeanemone, meine Schöne, meine Seele.«

Als sie gelernt hatten, sich richtig zu lieben, ging jener Winter zu Ende, und sie erwarben mit 5 754 Perlen eine Wohnung an der ›Straße der Unabhängigkeit‹ in Givat Olga. Soli baute das eiserne Ehebett unter dem Schlafzimmerfenster auf und schob statt einer Frisierkommode einen Stuhl daneben, auf dem Iranis honigbraune Schmuckschatulle ihren Platz fand.

# 3

Drei Stockwerke hatte das Gebäude an der ›Straße der
Unabhängigkeit‹, in jedem Stock drei Wohnungen, in
jeder Wohnung drei Zimmer. Eigensinnig und breit hockte
es auf Elefantenbeinsäulen und spreizte mächtige Beton-
schenkel wie eine stämmige Frau, die ihren Rock über die
Fersen hebt und sich im Schatten der Guavenbäume hin-
hockt. Im Verlauf der Jahre wuchs um sie herum ein neues
Wohnviertel und schaute ihr dabei zu.

Die Fundamente des Hauses waren vor siebzehn Jahren in
die Erde gewühlt worden. Bevor neun Familien ihre per-
sönliche Habe die Wendeltreppe hinaufwuchteten, die wie
eine krumme Wirbelsäule an seiner Rückseite aufstieg, hatte das Gebäude siebzehn Jahre lang eine Diamantenschleiferei beherbergt. Von dieser Vergangenheit zeugten Türen, so
dick und schwer wie die eines Tresors. Kleine vergitterte
Fenster erinnerten an das zusammengekniffene Auge eines
Diamantenschleifers, der seine Arbeit unter der Lupe prüft.
Die neuen Eigentümer zogen mit Äxten und Schmiedehäm-
mern ein, rissen die Gitterstäbe aus den Rahmen und brachen große, breite Fensterlöcher in die Wände. Frisches
Licht und jungfräulicher Wind durchfegten die dunklen,
kalten Räume.

Zwischen den Guavenbäumen, die das Gebäude umringten, standen Loquatensträucher. Nachdem die Bewohner
des dritten Stocks dem Sonnenlicht einen Weg in ihre Zim-

mer gebahnt hatten, folgten ihm die Guavenzweige wie umarmungssüchtige Glieder und trieben strahlend weiße Blüten. In den ersten Herbstnächten drang der frische, herbe Geruch der Früchte ins Haus. Alle Jahre wieder stand er vor unseren Fenstern und versetzte Mama und Papa in die Tage zurück, als sie ungeduldig auf die Geburt ihres ersten Kinds gewartet hatten, um sich zu vergewissern, dass ihre Art zu lieben die richtige war.

Soli schleppte Aussteuerkisten die Treppen hinauf, und Irani packte sie aus. Zwischen Kissen, Handtüchern und der Tischwäsche fand sie die Tigerdecke ihrer Kindheit in Isfahan und Kalkutta; die breitete sie über das Ehebett. In den Küchenschränken verstaute sie ihr Rosenmusterporzellan. Ihren Gewürzschatz füllte sie in Gläser aus der Apotheke, deren Bäuche Etiketten mit lateinischen Buchstaben trugen. Soli schlug Kleiderschränke mit Papier aus und hängte die Gobelins, die Irani als junges Mädchen gestickt hatte, an blendend weiß gekalkte Wände; sie spannte gehäkelte Deckchen, fein wie Spinngewebe, über die Lehnen der Sofas. Zusammen polierten sie die Messinggefäße mit Zitronenhälften, und hinter die Glastüren des Geschirrschranks stellten sie das Bild, das sie unter dem Hochzeitsbaldachin zeigte.

Über die ganze Länge des Flurs, der zum leer hallenden Kinderzimmer führte, brachte Soli ein Bord an, und hier ließen sich die indischen Götter nieder, die Irani auf der Wanderschaft von Kalkutta nach Givat Olga begleitet hatten.

Als die letzte Kiste geleert war und der Mond über dem Balkon stand, zeugten sie Maurice in einem langen, langsamen Liebesakt unter der Tigerdecke.

# 4

Maurice kam im dunklen Treppenhaus zur Welt. Acht Stufen stieg Irani schwer atmend hinab; ihre Pantoffeln tasteten sich unter dem Ballon ihres Bauches den Weg. Auf der neunten Stufe brachte eine Wehe sie zu Boden. Breitbeinig saß sie auf dem kalten Stein. Mit jeder Wehe rutschte ihr Gesäß eine weitere Stufe hinab, bis sie auf dem Absatz des zweiten Stocks niederkam.

Hilfeschreie waren es nicht, die den unbekannten Nachbarn aus seiner Wohnung zu ihr hinausriefen. Er hörte vielmehr ein haarsträubendes metallisches Kreischen, öffnete die Tür und erblickte eine sich vor Qual und Scham windende junge Frau. Ihr schweißnasser Fuß hatte eine der schweren Holzsandalen am Metallgeländer entlang geschleudert und gegen seine Wohnungstür geknallt. Er schaltete das Flurlicht ein und sah, dass sie ihre Finger um die Eisenstäbe krallte, als wären es die Hände ihres Mannes, und sie schier aus dem Rahmen reißen wollte. Der Schmerz verwandelte ihre Augen in schwarze Löcher.

Er war Zahnarzt mit einem Mund voller Goldkronen, die

er sich anstelle der selbst gezogenen Zähne einsetzte. Wortlos half er Maurice aus dem dunklen Schoß heraus, wobei die vor Anstrengung verzerrten Züge sein Goldgebiss entblößten. Seine Hände, so erinnerte sich Mama, waren warm, weich und glatt wie die einer verwöhnten Frau, und ihre irreführende Berührung brachte Mamas Verlegenheit zum Schweigen. Bis dahin hatte sie vor lauter Verschämtheit ihrem Nachbarn nicht einmal die Hand gegeben. Selbstverständlich war es ihr niemals in den Sinn gekommen, eines Tages könnten die Finger eines Unbekannten ihr feuchtes Haar streicheln, ihr Kleid heben und ihr Kind ans Licht der Welt ziehen.

»Ein Sohn?«

»Ja, ein Junge.«

Der Schmerz verflog schlagartig. Mama stemmte ihren Rücken hoch, der Mann lachte, das Baby schrie.

Als sie die zwölf Stufen, die sie hinabgerutscht war, wieder hinauftaumelte, lag Maurice, in einen Zipfel ihres weiten Kleides eingewickelt, still in ihren Armen. Ihre Schenkel zitterten vor Schwäche. Erschüttert presste der Zahnarzt die Holzsandalen an sich und folgte ihr. Seine Glatze stieß dabei fast gegen die Stufen, denn mit seinem rasch abgestreiften weißen Kittel wischte er die Schleppe aus Blut und Mutterkuchen auf, die hinter ihr her tropfte.

»Danke«, stöhnte Mama und nahm ihm die Sandalen, die Nabelschnur und den befleckten Kittel aus der Hand.

»Wenn ich den wasche, ist er wieder wie neu. Wirklich vielen Dank.«

Hinter ihrer Wohnungstür zog Mama sich aus und sank vor Erschöpfung zitternd in die Badewanne, um sich und den Säugling abzuspülen. Der Zahnarzt versprach ihr, gleich zurückzukommen und sie und das Kind ins Krankenhaus zu bringen. Beim Abtrocknen betastete Mama die Glieder ihres Sohnes, um sich zu vergewissern, dass er vollständig und heil sei. Alles war in Ordnung, die Hoden an ihrem Platz, die Finger zu fünfen vereint, die Ohren fehlerlos und fein geformt. Nur ein Herz schlug nicht zwischen den Rippen.

Erschrocken verriegelte sie die Tür und kniete sich nackt über ihr Neugeborenes. Eine Hand legte sie auf seine linke Brust, die zweite auf ihre eigene. Sie wechselte die Hände, suchte aber vergeblich nach dem Flattern eines winzigen Herzens. Nur ihr eigenes pochte lautstark zwischen ihren Fingern, vor Schreck für zwei schlagend, während das Klopfen des Nachbarn an der Tür immer dringlicher wurde.

Mama öffnete ihm nicht. Verängstigt blieb sie auf dem Teppich sitzen, wandte den Blick zur Decke und wartete darauf, dass Gott den Fehler, der ihm unterlaufen war, bemerkte. Ab und zu gelang es ihr, das dumpfe, ferne Echo eines Pochens aus seinem Brustkorb zu vernehmen, doch befürchtete sie, dies könnte der Widerhall ihres eigenen Pulsschlags sein oder ein Klopfen aus den Nachbarwohnungen.

Dass Maurice weinte, war für sie wie ein Wunder, sein Appetit auf ihre Milch ein Himmelszeichen.

Als Papa nach Hause kam, fand er seine Frau entblößt und schluchzend auf dem Boden kniend. Sein Erstgeborener, der Mutter wie aus dem Gesicht geschnitten, lag mit geschlossenen Augen still in ihren Armen. Ergriffen zog auch er sich aus, brach nackt an der Schulter der geliebten Frau, deren aus Indien mitgebrachte Trauerrituale ihm das Herz zerrissen, zusammen und beweinte seinen bei der Geburt gestorbenen Sohn. Trauernd und unbekleidet, den Säugling zwischen sich, umarmten Mama und Papa einander auf dem persischen Teppich, bis Maurice die Augen aufschlug und in ihr Heulen einfiel. Papa lief vor Schreck rot an. »Weswegen hast du eigentlich geweint?«

»Wegen der Aufregung«, beschwichtigte sie ihn, bedeckte ihr Gesicht mit den Händen und bemühte sich, den nicht enden wollenden Tränenstrom herunterzuschlucken.

Sieben Tage lang schrie Maurice – wie alle Neugeborenen, ohne Tränen abzusondern. Mama suchte in seinen Augen nach Feuchtigkeit, so wie sie zwischen seinen Rippen nach dem Herzen suchte, und fand weder das eine noch das andere. Mit schlaflosen, geröteten Augen erforschte sie seine Lidfalten. Ihre Finger klopften die winzigen Höhlen ab, als wären sie entzündete Wunden, und ihre Zunge benetzte die Lider, um ein Nass hervorzurufen. Vom unablässigen Betasten seiner Augen schwoll das Geschrei des Babys an, Tränen zeigten sich jedoch nicht. Nur von Mamas Brüsten tropfte Milch.

Er wurde ihr unheimlich. Herz- und tränenlos, trocken und böse brüllend, umklammerte er ihren kleinen Finger wie ein brünstiger Mann, und seine Nägelkrallen erinnerten sie an eine liebestolle Frau. Wild und begehrlich sogen seine Kiefer an ihren Brustwarzen, und seine Nabelwunde starrte ihr entgegen wie ein unmenschliches, stechendes grünes Auge.

Schuldgefühle zerrissen unsere unschuldige siebzehnjährige Mutter, aber das Geheimnis vom verschwundenen Herzen kam nicht über ihre Lippen.

Sie vertraute sich weder ihren Schwestern noch ihrem Mann an. Ganz allein versuchte sie zu ergründen, was bei ihren Liebesakten falsch gewesen war, und flehte Soli an, den Säugling ja nur nicht ins Krankenhaus oder zu einem Arzt zu bringen.

»Aber warum, meine süße kleine Frau, warum weinst du so viel? Sie werden ihn untersuchen, feststellen, dass Gott sei Dank alles in Ordnung ist … was soll daran so schlimm sein?«

Auch bei der Beschneidungszeremonie war ihr Gesicht in Tränen gebadet.

Die Vorhaut ihres Sohnes schluckte sie in der Küche mit einem Glas Wasser herunter, ein herkömmliches Heilmittel für die Schwermut nach der Geburt. Einmal, als Mama eingeschlafen war, gelang es Papa, Maurice aus dem Haus zu schmuggeln, um ihn Großmutter Turran vorzuführen. Als Maurice zehn Tage alt war, riss Papas Geduld.

»Weint und weint und weint und sagt nicht, warum. Jetzt bringe ich euch beide ins Krankenhaus. Vorwärts, steh auf, Irani, wir gehen zur Notaufnahme. Dort werden sie wohl auch einen Seelenarzt haben, der mir sagen kann, warum du weinst anstatt dich zu freuen.« Er riss ihr Maurice aus den Armen und machte sich mit ihm auf den Weg. Schnaufend und sprachlos lief Irani hinter ihnen her.

Die Ärzte fanden das Herz des Babys auf der rechten Seite.

Ihre Stethoskope erlösten es aus seiner Verborgenheit, und es raschelte ihnen fröhlich entgegen. Die Mediziner hätten fast vergessen, Irani zu erzählen, dass aus den Kammern ein leichtes Säuseln, so fein wie das Säuseln eines trockenen Blattes im Wind, aufstieg, denn sie gerieten über ihre Entdeckung in Entzücken, riefen aufgeregt Kollegen und Studenten aus allen Abteilungen herbei und beugten sich vereint über die wundersame winzige Brust. Mama musste sich durch das weiße Kittelzelt zu Maurice vordrängeln. Sie blinzelte vor Glück über das plötzlich gefundene Herz und zitterte gleichzeitig vor Furcht über den fremden Ort, an dem es Wurzeln geschlagen hatte. Als die Ärzte den dunklen, an ihre Taschen streifenden Kopf bemerkten, schoben sie ihre Brillenstege zurecht, hüstelten geziert und erklärten, dass das Herz des Kindes schwach sei und wie eine Flöte mit zugestopften Löchern pfeife.

»Aber er hat eins? Ja? Er hat eins?«, schluchzte Mama. Die Krankenschwestern wollten sie trösten und beteuerten, dass ihr kleiner Bruder am Leben bleiben werde.

Auf dem Heimweg kamen Soli und Irani am Markt vorbei und ließen fünf Sühnehennen für Maurice schlachten. Zu Hause durchbohrten Iranis Finger die leblosen Körper und rissen ihnen die Herzen heraus. Gerupft und halbiert lagen sie auf der Marmorplatte und warfen ihr einen letzten beleidigten, glasigen Blick zu. Sie bleichte die bläulich-roten Herzchen mit grobem Salz, bis sie eine rosa Färbung annahmen, dann bräunte sie sie in der Pfanne mit Zwiebeln und Ingwerbrocken. Zuletzt schwammen sie zu fünft in einer Pfütze gelblichen Öls, und sie verspeiste sie ganz allein, glasigen Auges in der Küche stehend. Solange sie Maurice stillte, nahm sie täglich Hühnerherzen zu sich. Als sich seine ersten Zähne zeigten, bereitete sie ihm Herzbrei. Aber das seltsame Organ in seiner Brust blieb schwach und am falschen Fleck.

## 5

Erinnerungen erstgeborener Söhne an die Zeit, da sie gestillt wurden, sind so dunkel wie ein verschlossener Schrank. Manchmal, wenn der Rosmarin seine blauen Blüten treibt, glüht und dampft das Herz vor Maurice, ohne dass er wüsste, warum. Wie schwelende Asche glimmt ein Nachhall jener Nächte im dunklen Kinderzimmer auf, in dem er damals noch allein lag, und erlischt gleich wieder, da niemand die Glut entfacht. Es ist keiner da, der ihm vom Säugling erzählen könnte, der er einmal war, keiner, der die Erinnerung an seine Mutter aufleben ließe, an das unsichere siebzehnjährige Mädchen, das nachts auf Zehenspitzen an das Bett ihres Sohnes schlich, den Glanz ihres Gesichts über das seine goss und wie den Lichtstrahl eines Leuchtturms in seine Träume fließen ließ.

Flink wie ein Dieb pflegte sie die Knöpfe seines Strampelanzugs zu öffnen – ganz über ihn beugen konnte sie sich nicht, dazu war sie zu klein –, und ihr Ohr huschte wie das Stethoskop der Ärzte über seine Brust. Oft ruhte das Kinn des Babys im Dickicht ihres Nackens, und der Ansatz ihrer wallenden Haarflut erbebte unter seinen Atemzügen; dann erhellten ihre Augen Scheinwerfern gleich in langen Strahlenbündeln den Horizont.

Nachts lauschte sie dem Rauschen des Blutes in seinen Adern, der Symphonie seiner Atemzüge, dem Flüstern des sich spannenden Zwerchfells. In der Stille der Mitternacht summte sie in sein schlummerndes kastanienbraunes Ohr. Ihre Milch schob sich durch sein Gedärm, die Magensäfte brodelten, und seine Nieren schieden frischen Babyurin aus. Stolz lauschte Mama dem Gurgeln der Gallenblase, dem kichernden Echo in der Milz, dem verhaltenen Blubbern der Bauchspeicheldrüse. Allmählich verklang das Konzert der Flüssigkeiten im Resonanzraum des winzigen Körpers, und das Stampfen des widerspenstigen Herzens füllte ihre Ohrmuschel. Ein Säuseln vernahm sie allerdings nicht. Manchmal meinte sie, an trockenem Leder kratzende Fingerchen zu hören, leises Einreißen einer Bananenschale oder behagliches Katzengeschnurr. Aber kein Säuseln.

»Irani, meine Seele, komm, lass ihn schlafen ...«, holte ihr

Mann sie ins Bett zurück. Aber wenn Papa die Abwesenheit ihres kleinen Körpers nicht spürte und nicht wie mondsüchtig aufwachte und sie ins Bett zurückbrachte, vermochte Irani sich nicht von ihrem schlafenden Sohn loszureißen und schmeichelte sich in seine Träume, um sie mit ihren Einflüsterungen zu schmücken. Sie wusste, dass er sie nicht hören konnte, seine Lippen jeglicher Nahrung verschlossen waren und selbst das lustigste Fratzenschneiden nicht zu ihm fand. Deswegen bahnte sie sich durch seine Nasenlöcher einen Weg zu ihm. Vor den winzigen Öffnungen wedelte sie mit Rosmarinstengeln, schabte an nach Pfefferminz und Zitrone duftenden Seifen und spielte mit Sesamkörnern, die im Dunkeln wie Goldbrösel glänzten. Um ihn zu unterhalten, kitzelte sie seine Kehle sanft mit Rosmarinfedern; um böse Träume vom kleinen verstörten Herzen fernzuhalten, durchflutete sie seine Atemluft mit allen erdenklichen Wohlgerüchen.

»Ach, ich möchte zur Sühne für sein schönes Schwänzlein sterben!«, scherzte sie, wenn er aufwachte, und küßte das kleine Glied, dessen Vorhaut sie sich einverleibt hatte. Sie liebte Maurice, als sei er ein Gast, der sich davonstehlen würde, sobald man ihn allein ließe.

Maurice lernte Mama als Erster kennen, vor uns allen, an der Schwelle ihres Mutterseins. Er trank Milch aus schweren, festen, erst kürzlich gesprossenen Brüsten, wurde von zarten Armen gewiegt und schlief im Schoß ihrer damals noch cremig weißen Kleider ein.

Ein Kleinkind und ein junges Mädchen saßen staunend

vor der dunklen Glasluke der neuen Waschmaschine. Bettlaken und Strümpfe wirbelten an ihnen vorbei, Wasserströme trafen auf winkende Kleider, Waschpulverschaum brandete und brodelte. Das Rauschen des Spülgangs schläferte sie ein, und das Krachen des Schleuderns weckte sie wieder. Er spielte mit ihr, als sei sie seine große Schwester. Wie zwei durch den Wald irrende Kinder wanderten Mama und ihr ältester Sohn durch die helle Tageswelt, verloren inmitten verwickelter Wortgefüge und hochgewachsener Menschen. Maurice erkannte den Schrecken in ihren Augen, roch das Anisaroma des Zögerns aus ihrem Haar und streckte sich, wenn der stechende Moschusgeruch der Angst in ihrem Schweiß schmolz. Furchtsam fasste sie nach seiner Hand, die nicht kleiner als die ihre war. Neigte sie sich nachts weinend über ihn, dann tropften ihre Tränen auf seine geschlossenen Augen und quollen unter seinen Lidern hervor.

Mamas Sternpupillen schienen für uns immer aus nächster Nähe und zogen sich niemals in das schwarze Himmelszelt ihrer Augen zurück. Ihr Herz stand uns jederzeit offen, ein Kinderherz, auf Kinderkopfhöhe.

# 6

Mama nahm Maurice auf den Arm und trank bitteren Kaffee in der Küche der Hellseherin, die die Zukunft aus dem schwarzen Satz herauszulesen verstand.

»Du hast nichts zu befürchten, meine Seele«, beschied die Alte und spülte den Becher ohne Umschweife über dem Waschbecken aus. »Ich sehe eine einzige Frau im Herzen des Jungen, und die bleibt das ganze Leben lang dort.«

Seine kleinen Handflächen streckte sie einer anderen Greisin entgegen, die mit einem zugekniffenen und einem weit geöffneten Auge die am Daumen aufsteigenden Lebens- und Schicksalslinien mit den waagerechten Kopf- und Herztangenten verglich, aber nichtsBesonderes feststellen konnte. Als Mama drängte, sie sollte sich auch die zweite Hand ansehen, pries die Handleserin die schön verschlungenen Schleifen auf den Fingerpolstern und bewunderte den seltenen Schwung der Bögen.

»Genau wie bei mir«, behauptete Mama stolz.

»Nicht wie bei dir und auch nicht wie bei deinem Mann«, wurde sie belehrt, »Fingerabdrücke sind so verschieden wie Guavenfrüchte. Jede schmeckt anders.«

Von der Astrologin forderte Mama, sie möge das Herz ihres Sohnes mithilfe der Himmelskörper an seinen gehörigen Platz zurück versetzen.

»Ich kann so manches, aber das ist nun wirklich zu viel verlangt«, schalt die Sterndeuterin.

Auch die Kartenlegerin fand keine Rechtfertigung für Gottes Irrtum und konnte nicht erklären, warum er bei seiner Arbeit gepfuscht und rechts mit links verwechselt hatte.

Das Herz von Maurice blieb, wo es war, und raschelte auf Mamas Schoß wie ein ungelöstes Rätsel. Sie legte Geld beiseite und kaufte sich ein Stethoskop, um ihm nachts zu lauschen.

Bis zu seinem dritten Lebensjahr wurde Maurice gestillt und wie ein Säugling auf dem Arm überallhin getragen. Selbst wenn sie sich morgens aufmachte, um die Häuser anderer Leute zu putzen, nahm Mama Maurice mit. Dann saß er in der Ecke einer fremden Wohnung und wartete darauf, dass sie fertig wurde. Durch seine Liebe zu ihren Brüsten nahmen seine Lippen Form und Farbe der Brustwarzen an, waren milchig rosa, rund und stets zum Saugen geschürzt. Seine Beine hatten sich schon gestreckt, kräftig gewordene Knochen wollten rennen und springen, aber Mamas Arme konnten noch nicht von ihm lassen. Sie brauchte diese Umarmung; Maurice wuchs in ihr auf.

»Einen Jungen hast du mir geboren, und nun machst du ein Mädchen aus ihm!«, schimpfte Papa und drang in sie, Maurice endlich zu entwöhnen. Weder Bitten noch Drohungen vermochten etwas auszurichten. Die Ratschläge der Nachbarinnen, möglichst bald wieder schwanger zu werden, stießen auf taube Ohren. Schließlich entwöhnte sie Maurice, indem sie die Brustwarzen mit scharfem Paprikapulver einrieb. Er schnappte einmal mit seinen Milchzähnen zu, riß sich los und sprang zu Boden. Seiner neuen kleinen

Schwester schenkte er nur einen Blick und sagte: »Aus dem Fenster, Mama, wir werfen sie einfach aus dem Fenster, los, komm!«

## 7

An ihrem ersten Morgen im Kindergarten war Sophias Nase schleimverklebt, und der steife Kragen ihres neuen Kleides kratzte im Nacken. Hinter dem Rücken der Kindergärtnerin starrten lauter fremde Gesichter sie an. Doch Sophia vergoss keine Träne, als sie sah, wie Mama sich im Schutz des Bauklotzturms heimlich aus dem Staub machte. Sie hatte sich als die Neue im Kindergarten gefühlt, seit sie aus der Geburtsklinik zu Hause ankam. Maurice und Mama waren ineinander versunken wie Mann und Frau, und Sophia umgab sich mit Bauklotztürmen.

Es schien, als seien Mutter und Sohn seit jeher zusammen gewesen, sogar vor seiner Geburt, und als habe sie ihn schon immer in ihren Armen gewiegt, an ihrer Brust gestillt, ihren Kopf lachend in seinem Schoß vergraben und geschworen, sie würde ihr Leben zur Sühne für sein schönes Schwänzchen hergeben. Die Frau, die Sophia zur Welt brachte, war in erster Linie die Mutter von Maurice. Das erfuhr Sophia früh, zu früh. Sie wusste nicht, seit wann der trockene Wind ihr Herz ausdörrte.

In ihren ersten Jahren war sie ein schmales, verschlafenes kleines Mädchen, frei von allen kindlichen Begierden, und begeisterte sich weder fürs Essen noch für Spielzeug. Als Mama versuchte, sie zu kitzeln, wehrte sie sich nicht, konnte aber auch nicht lachen. Lust zu sprechen zeigte sie ebenfalls nicht, stieß so gut wie nie aufgeregte wunderliche Kinderlaute aus und hatte im Alter von anderthalb Jahren noch kein Wort von sich gegeben.

Zu ihrem ersten Geburtstag nähte Mama ihr einen lilafarbenen Samtanzug und setzte sie auf den hohen Stuhl, der seit der Bar-Mizwa von Maurice noch in der Wohnung herumstand. Unsere Onkel und Tanten umringten sie mit indischen Tänzen, schmetterten persische Glückwünsche und konnten ihr doch nicht mehr als ein Blinzeln entlocken.

Manchmal fragte Mama sich, ob ihre Tochter vielleicht im Kopf nicht ganz in Ordnung sei, verscheuchte diesen Verdacht aber rasch mit der geschäftigen mütterlichen Eile, mit der sie auf dem Markt Spinatblätter prüfte, Porreestängel abtastete und Auberginen beäugte.

Unseren Papa kannte Sophia so gut wie gar nicht, und wenn, dann nur gefühlsmäßig. Er fuhr morgens aufs Meer hinaus, bevor sie die Augen aufschlug, und wenn er vom Großmarkt in Netanja heimkehrte, schlief sie schon. Es kam aber vor, dass sie nachts in ihrem Kinderbettchen aufwachte; dann tauchte wie ein schwacher Traum das feine Hologramm seines Gesichts auf und bedachte ihren Kopf mit einem sachten Kuss. Wenn er am Schabbat, müde und im Unterhemd, in den endlosen Schlaf schwer arbeitender

Menschen sank, streiften ihre Lippen seine Stirn und saugten die Schweißperlen auf.

Bis Marcelle mit den traurigen Augen ins Kinderzimmer einzog, war Sophia sehr einsam. Dann gesellte sich schnell auch Lisi dazu. Sophia schob ihren Daumen in den Mund des Babys, lutschte selbst an Lisis Fingern und schlief so ein.

»Kriechen einander in den Hintern und kleben zusammen wie Mehl, Wasser und Salz, deine Töchter, gesund solln sie sein«, sagte Mama zu Papa.

Zwischen Sophia und Marcelle lagen fast zwei Jahre, zwischen Marcelle und Lisi nur eins. Sophia erforschte die Körper der Kleineren und die den ihren. Sophia verfügte, man müsste sich schminken, auch wenn man nur Abfall nach unten trug.

»Man kann nie wissen«, meinte sie, »vielleicht kommt dir unterwegs dein Zukünftiger entgegen.«

Sie dirigierte hüftwackelnde Paraden in Mamas hohen Schuhen und trichterte ihren Schwestern ein, dass der Taillenumfang eines jungen Mädchens die verdoppelte Anzahl ihrer Jahre nicht überschreiten dürfte.

»Okay, gib ein, zwei Jahre dazu, aber nicht mehr!«

## 8

Schon bevor Sophia Friseuse im Salon »Beauty Palace« wurde und die Geldscheine gut gepolsterter Damen in ihren Taschen knisterten, ging von ihren Bewegungen ein metallisches Klirren aus. Sie liebte das Klimpern von Münzen und das Klingeln der auf ihrer Brust baumelnden Hausschlüssel. Auch nachdem Mama aufgehört hatte, fremde Wohnungen zu putzen und zu Hause war, wenn wir aus der Schule heimkamen, bestand Sophia darauf, sich den Schlüsselbund um den Hals zu hängen.

Taschengeld, Gewinne beim Schesch-Besch und kleinere Beträge, die sie Mama nach dem Einkaufen einfach nicht zurückgab, hortete sie in einer Kuchendose unter ihrem Bett. Wenn das Kinderzimmer in Dämmerung getaucht war, zog sie die Blechbüchse hervor und rührte mit geschlossenen Augen darin herum.

Mama tat, als wüßte sie nichts davon. Jedes Mal, wenn sie unter dem Bett saubermachte, stieß der Besen scheppernd gegen den verborgenen Schatz, dessen Schwere sie auf ihren Handflächen abwog. Missbilligend verzog sie die Mundwinkel angesichts Sophias Geldgier, sagte aber nichts.

Auch als sie ihre Tochter eines Abends am Straßenrand fand, wo sie gebrauchtes Spielzeug versteigerte, mischte Mama sich nicht ein. Nur ihren Schwestern, unseren Tanten, gestand sie traurig: »Meine Sophia ist arm dran, die hängt am Geld.«

»Schade, Sophia hat keinen Mut. Eine mutige Frau kommt besser zurecht«, meinte Papa über sie.

»Sie hat keine Angst, wieso denn das?«, ereiferte sich Mama, »wovor soll sie denn Angst haben? Bisschen nervös ist sie vielleicht, aber mehr nicht. Bis zur Hochzeit ist alles vorbei.«

Um ganz sicher zu gehen, traktierte sie Sophia mit frisch eingelegten Fenchelscheiben und erklärte ihr, dass man in Aknepickeln und schlechter Laune nicht herumstochern dürfe.

»Das ist in deinem Alter nun mal so, da muss man abwarten, bis es vorübergeht.«

Also legte Sophia sich hin und wartete ab. Immerhin biss sie sich im Bett nicht mehr auf die Unterlippe, bis das bloße Fleisch zutage trat, und stellte das zwanghafte Zerren an den Fingergelenken ein. Während unter ihrem Bett der Groschenschatz ruhte, entdeckte Sophia, dass sie eine besondere Begabung zum Träumen hatte. Sie schlief und schoss dabei in die Länge.

Im Sommer ihres elften Geburtstags fing Sophia an, im Schlaf zu weinen. Nachts wurde sie von ihrem eigenen Schluchzen wach und hatte keine Erklärung dafür. Mama vermutete, dass Sophias Träume ihr ihre Zukunft zeigten, und die schien traurig zu sein. Aber dann klagte das Mädchen eines Tages über Schmerzen in den Beinknochen, in der Wirbelsäule und sogar im Schädel.

»Ich zerreiße von innen, Mama, wirklich, ich zerreiße.«

Mama erinnerte sich, ein ähnliches Weinen schon einmal von ihr gehört zu haben, als sie ein zahnendes Baby war, und massierte ihren Körper mit Öl, so wie sie damals die Kieferknochen mit Honig bestrichen hatte.

Sophia fuhr fort zu schlafen und im Schlaf zu weinen, ihre Knochen streckten sich und durchbohrten ihr Fleisch. Sie wuchs im Liegen; ihr Bett wurde zusehends kürzer. Mama war sicher, dass die Ursache des wilden Wachstums in der übertriebenen Ruhe lag, und versuchte, ihr schlafsüchtiges Kind aus den Laken zu zerren. Sie schmetterte Lieder, warf Kochtopfdeckel auf die Erde und Türen ins Schloss, schüttelte die Schlafende und behauptete bei jeder Gelegenheit, sie müsse die Bettbezüge wechseln.

»Und wenn ich sie erst gestern abgezogen hab, was ist dabei, nun steh schon auf!«

Mama blieb unnachgiebig, als wäre sie eifersüchtig auf die fernen Schauplätze, zu denen Sophia sich in ihren Träumen entfernte.

»Was siehst du denn nur immerzu? Das Ausland? Steh auf, sag ich dir!«

Aber Sophia erwachte eigentlich nur, um zu weinen, und schlief gleich wieder ein.

»Wozu bist du denn auf die Welt gekommen, Sophia? Steh um Himmels willen auf! Vor lauter Faulheit kriechen dir noch Würmer in den Hintern! Nun steh schon auf!«

Mama trichterte ihrer Schlafmütze schwarzen Kaffee ein und entzog ihr jodhaltige, wachstumsfördernde Fischgerichte. Sie selbst wurde nachts von der Frage wachgehalten, woher sie einen so riesigen Bräutigam nehmen sollte. Dabei konnte ihr auch der Hahn nicht behilflich sein, den sie zu diesem Zweck im Garten von Großmutter Turran an einen Apfelsinenbaum zurrte.

Als die großen Ferien zu Ende waren und Sophia wie eine Schlafwandlerin in die Schule zurückkehrte, entdeckten ihre Mitschüler, dass sie um dreißig Zentimeter in die Höhe geschossen war, und sahen verwundert zu ihr auf. Sophias schöner Kopf überragte ihre Lehrerinnen, die Wandtafel und die Spiegel in den Mädchentoiletten.

»Was hat dieser Traum zu bedeuten, Mama, kannst du mir das erklären?«, maulte Sophia allmorgendlich, gleich nach dem Aufwachen, noch ganz im Bann der nächtlichen Bilder, den Kissenabdruck auf der Wange. Mama bestrich bedächtig acht Brotscheiben mit Frühstücksresten, und Sophia setzte die Miene eines Menschen auf, der sich gegen den Strom stellt. Wenn die vier Stullen eingewickelt und in vier Ranzen verstaut waren, erwischte Sophia ihren Traum gerade noch am Rockzipfel.

»Nun sag doch schon, was das bedeutet.«

»Dass du eine dumme Kuh bist«, spotteten Lisi und Marcelle. Maurice erklärte kategorisch, Träume seien Weibersache, denn seine eigenen brachten ihn mächtig in Verlegenheit.

Nur unser Vater wunderte sich, wenn wir alle ihn am Schabbatmorgen auf seinem vor Lachen stöhnenden Eisenbett durchkitzelten, über Sophias lebhafte Nachtgesichte und interessierte sich für jede Einzelheit. Er, der im Schlaf mehr Worte murmelte als er im Wachen von sich gab, konnte sich niemals an seine Träume erinnern. Traumlos und leer erhob er sich jeden Morgen, unbeschrieben wie ein neues Heft zu Beginn des Schuljahres.

»Es bedeutet, du solltest heiraten«, entschied Mama.

»Wirklich? Ich soll heiraten?«

Des Rätsels Lösung!

»Oder ...«, Mama besann sich eines Besseren, »manche sagen, wenn ein Mädchen von ihrer Hochzeit träumt, das bedeutet, dass sie sich Sorgen macht.«

»Sich Sorgen macht?«

»Ja, wegen dem, was kommt. Aber in ein paar Tagen träumst du von einer schweren Geburt, und danach fühlst du dich dann viel besser. Und jetzt genug davon, Sophia, los, du kommst zu spät.«

Wenn sie morgens daheim oder in einer fremden Wohnung beim Putzen allein war, sann Mama über ihr müdes Mädchen nach und versuchte, Sophias Wesen mit Hilfe ihrer Träume zu erschließen, denn dies war der einzige Weg, der ihr offenstand. Meistens gelangte sie dann zu dem Schluss, dass ihre Tochter sich am Ende einer leeren dunklen Nacht verrückte Sachen ausdachte, um Aufmerksamkeit auf sich zu ziehen. Mama sah ihr die Flunkerei gutmütig nach, und Sophia, den Schulranzen geschultert, wartete schlaftrunken darauf, dass das alles vorübergehe. Denn Mamas Deutung traf zu. Sophia machte sich tatsächlich Sorgen.

Uns vertraute Mama an, dass das Schicksal, weil Sophia so am Geld hing, jetzt entschied, ob sie einmal sehr reich oder sehr unglücklich werden würde. Bis sie auf den Mann traf, der sie sowohl reich als auch unglücklich machte, träumte Sophia ihre Träume. Nach der Geburt ihres Sohnes blieben ihr nicht einmal die.

## 9

Seit sie als kleines Mädchen ihren ersten silbernen Armreifen von Mama geschenkt bekommen hatte, sammelte Marcelle einen nach dem anderen, bis Dutzende dünner klirrender Ringe ihre Arme von den Handgelenken bis zu den Ellbogen bedeckten. Sie hinterließen rötliche Abdrücke auf der sich streckenden Haut und waren schon nicht mehr abzustreifen, denn auch die Handflächen wuchsen. Nicht einmal die Armbanduhr fand noch einen freien Platz.

Wenn Marcelle sprach oder die Schesch-Besch-Würfel warf, brach an ihrem Arm metallischer Jubel aus. Beruhigte sie sich wieder, ließen ihre silbernen Begleiter ein feines zufriedenes Klingeln hören. Doch erst im Morgengrauen, zwischen ungefähr fünf, wenn Papa zum Meer aufgebrochen war, und Punkt sieben, wenn Mama aufstand, um das Wasser in den Vasen zu wechseln, versanken sie in tiefem Schweigen.

Als Vierjährige verließ Marcelle das Kinderzimmer und quartierte sich im Wohnzimmer auf dem Sofa ein. Vom Tag ihrer Geburt an hatte ihre Aufgewecktheit die Nachbarinnen in staunende Bewunderung versetzt und Mama in den Nächten aufs Äußerste erschöpft. Marcelles traurige Augen waren stets weit geöffnet, auf ihren Wangen lächelten zwei Grübchen. Als sie heranwuchs, verwandelte Mamas Stolz sich zunächst in Sorge und dann in Katastrophenahnungen. Alle Versuche, die widerspenstige wilde Wachheit ihrer Tochter zu bändigen und sie zum Schließen ihrer maßlos traurigen Augen zu veranlassen, schlugen fehl. Nachdem sie drei Jahre wie besessen gekämpft hatten, gaben unsere Eltern es auf und legten sich schlafen.

Sie hatten Marcelle in den Armen gewiegt, bis die Muskeln reißen wollten, sie räumten ihr ein Plätzchen im Ehebett ein, um es ihr am Ende ganz und gar zu überlassen. Sie summten Wiegenlieder in allen ihnen bekannten Sprachen, raunten Legenden und erfanden furchterregende Geschichten. Sie schlugen sie. Sie versuchten, sie mit Tränen und Bitten zu erweichen. Sie flößten ihr alle erdenklichen Getränke ein und fütterten sie mit allen möglichen Obst- und Gemüsesorten. Abends spazierten sie mit ihr durch die trostlosen Straßen von Givat Olga, steckten ihr Schnuller, Sauger und abwechselnd alle Finger in den Mund und tauchten sie in duftende Bäder. Sie versteckten Kartenschnipsel in ihren Kleidern, schmuggelten Amulette zwischen ihre Laken, befestigen Bilder von Heiligen und Gerechten über ihrem Kopf, rückten ihr Bett in alle möglichen Himmelsrichtungen und ersetzten sogar die Matratze.

Als sie alles ausprobiert hatten und keinen Rat mehr wussten, ließen sie Marcelle endlich zufrieden, und damit fanden ihre Leiden ein Ende.

Marcelle hatte begriffen, dass ihr Schlaf böse und kapriziös war und sie nichts tun konnte, außer auf ihn zu warten.

Früh um fünf, wenn Papa sie geküsst hatte und zum Meer aufgebrochen war, legte sie sich aufs Wohnzimmersofa und schloss die Augen; dann kamen allmählich auch ihre Silberreifen zur Ruhe. Luftige Schleier breiteten sich nach und nach über ihren Körper, ein warmer innerer Wind bewegte milde die Gedankenbahnen, und sie lernte, auf den flachen rötlichen Wellen ihres hellen, leichten, zweistündigen Schlummers dahinzutreiben.

Die Schlaflosigkeit hinterließ Spuren. Ihr Gehör wurde so scharf wie das junger Wildkatzen, die jedes täuschende nächtliche Geräusch zu deuten wissen. Ihre Augen leuchteten im Dunkeln und suchten die Freundschaft der in den Loquaten hängenden Fledermäuse. Bevor sie sich selbst das Lesen beibrachte und bei Versen und Tagebüchern Trost fand, rannte sie hinter Eidechsen her und zerquetschte Kriechtiere mit der flachen Hand. Sie beobachtete die Mondphasen und verfolgte die Bahn der Sterne. Sie kannte alle Uhren in der Umgebung, wusste, wem die Kuckucksuhr gehörte, die zu spät schlug, und wem die Pendeluhr, die vorging. Sie musste sich die Streitereien der Nachbarn anhören, das Zerschmettern der Teller und das gebrochene Weinen. Sie erzählte uns von Verrücktheiten, denen manche

Leute nachts anheim fielen, von hungrigen Männern, die zum Kühlschrank taumelten, und von Frauen, die bei Mondschein anfingen, ihre Häuser zu putzen.

Manchmal versuchte sie, in unseren Träumen herumzustöbern und uns mit allerlei Listen aus dem Schlaf zu locken. Aber es gelang ihr nicht. Traurig lauschte sie unseren langsamer und leiser werdenden, ineinander strömenden Atemzügen, einem letzten Lachen und sah im Dunkeln unsere Körper Muskel um Muskel erschlaffen.

»Vergraulst du etwa schon wieder den Schlaf deiner Geschwister?«, schrie Mama erbost, wenn Marcelle das Licht im Kinderzimmer anknipste und eins von uns in Weinen ausbrach. Dann versetzte sie Marcelle einen Klaps aufs Hinterteil und zog sie hastig fort, als wäre sie von einer ansteckenden Krankheit befallen.

»Raus hier, oder ich reiß dir beide Hände ab.«

Die warme Milch, die Mama ihr abends eintrichterte, widerstand ihr längst, und den grünen Salat und Sellerie, die ihre schlaffördernde Wirkung bei ihr ohnehin verfehlten, hatte sie von Anfang an gehasst. Das Nippen am süßen roten Schabbatwein, der ihr so manche einsame Nacht vor dem Balkonfenster erträglicher machte, war ihr verboten worden.

»Weil du meine Tochter bist und ich kein betrunkenes Kind in den Kindergarten schicke, deswegen!«, verkündete Mama im gleichen getragenen Tonfall, in dem sie uns Gutenachtgeschichten vorzulesen versuchte. Aber sie merkte ziemlich schnell, dass die Märchen, die sie auf Empfehlung der Kindergärtnerinnen anschaffte, nicht uns einschläferten, sondern sie selbst. So legte sie die illustrierten Bände beiseite, und anstatt uns Begebenheiten aus dem Leben Fremder, die hinfort glücklich und zufrieden lebten, vorzutragen, hockte sie sich auf eines der Betten im Kinderzimmer und malte uns unsere Hochzeiten aus.

»Heute bitte noch mal von meiner Hochzeit«, bettelte ein jedes.

»Wieso du? Du bist heute nicht dran«, beschied sie Sophia, »von deiner Hochzeit habe ich euch doch erst gestern erzählt.«

»Stimmt«, schrien wir, »heute bin ich dran. Mama, bitte, heute ich…«

»Ich hab schon wieder alles vergessen«, maulte Sophia, »und außerdem bin ich in der Mitte eingeschlafen.«

»Dann erzähl ich jetzt ganz schnell von Sophias Hochzeit, und dann machen wir mit Lisis weiter, gut?«

Jeden Abend schneiderte Mamas Zunge weiße Kleider für ihre Töchter und einen schwarzen Anzug für Maurice. Über ihre Lippen flossen lange Spitzenschleier, sprudelten Champagnerperlen, rollten Eheverträge. Wenn wir dabei eindösten, drang das hypnotische Geflüster in unsere Nachtgesichte und in Marcelles Wachträume. Etliche Jahre später wurde der Zauber wirksam. Er bemächtigte sich unserer Wünsche, wie sich würgende Hände um einen Hals schließen. Wir brannten darauf zu heiraten. Aber der Nimbus verlor sich in einem einzigen Sommer, und alle kamen wir wieder heim.

Auf die abendliche Rückkehr unseres wortkargen Vaters vom Meer harrte Marcelle im Wohnzimmer und wir anderen in unserem verdunkelten Raum. Die Wellen, die Mama in ungeduldiger Erwartung ausstrahlte, summten in unseren halb eingeschlummerten Ohren wie Lieder einer schnarrenden Radiostation und ließen uns nicht zur Ruhe kommen.

»Sie merken, dass mein Fleisch mit Marcelle im Wohnzimmer auf dich wartet«, flüsterte Mama Papa eines Abends zu, nachdem sie sich geliebt hatten. »Obwohl sie zusammengerollt in ihren Betten liegen, sind sie ein Stück von mir. Die merken genau, was ich will, deswegen können sie nicht einschlafen.«

Hörten wir Papas Schuhsohlen Stufe um Stufe hinaufscharren, öffneten sich im Kinderzimmer drei Augenpaare und erhellten die Dunkelheit.

»Papa kommt, Papa kommt«, rief Marcelle uns zu. Wie ein Mann sprangen wir aus den Betten und galoppierten hinter ihr und Mama her zur Tür. Mama hatte genau die gleichen Schreie zwischen ihren Zähnen eingefangen und in ein verlegenes Lächeln verwandelt.

»Moment mal, laßt ihn Luft holen«, schalt uns Marcelle. Sie betrachtete ihn als ihr eigen.

Papa ließ sich mit einem dumpfen Aufprall ins wacklige Plüschsofa fallen, riß dabei die geplatzten Nähte weiter ein und erschütterte die Holzwürmer in ihren Gängen. Er machte es sich bequem und verströmte den Geruch behaarter männlicher Glieder und gestählter Muskeln. Wie ein aufgestoßenes Fenster brachte sein Gähnen neue Luft ins

Zimmer, seine müden Augen schützten sich sekundenlang hinter bebenden Lidern.

Papa streichelte Lisis Kopf auf seinem Schoß und lockte aus Sophias Bauch, der sich in Reichweite seiner Fingerspitzen wand, Gelächtertrauben hervor. Maurice lag auf dem Teppich und beobachtete von dort Papas gewaltiges Gegähne, das uns, Mama, die Möbel mitsamt der gerahmten Gobelins, der neuen Tapeten und der Gipswände in eine dunkle Höhle zu saugen und zu verschlingen drohte. Marcelle kauerte wie ein treuer Hund zu seinen Füßen und zog ihm die Schuhe aus.

»Vorsicht, aus dem Weg, sonst verschütte ich den Tee über euch«, warnte uns Mama, wenn sie mit dem großen Glas heranschaukelte, dem sie durch stetiges Umrühren von der Küche bis ins Wohnzimmer ein glockenartiges Klingeln entlockte. Schwebte der durchsichtige Becher über Marcelles Kopf hinweg aus Mamas Fingern zu Papas Handflächen, sah sie auf seinem Grund den lautlosen Sturm der Teeblätter und den Schleier sich im süßen Strudel auflösender Zuckerkörnchen. Seinen Morgenkaffee servierte sie ihm in dunklen getöpferten Bechern.

»Danke, meine Seele«, sagte Papa und machte Mama in seiner Armbeuge ein Plätzchen frei, in das sie sich hineinschmiegte. Dabei achtete er darauf, die Beine, über die Marcelle sich beugte, nicht zu bewegen. Schritt für Schritt löste sie die Schnürsenkel, lüftete die lederne Zunge und zog den Schuh mühsam von Papas Fersen. Er bedachte ihre Sorgfalt mit einer Fülle wohliger Seufzer, wie er sie auch

Mama schenkte, wenn er ihren süßen Tee genüsslich vom Rand des Glases schleckte. Marcelles kitzelnde Finger rollten die dampfenden Socken von seinen Füßen, und von seinem Gelächter erbebten Mamas Brüste in seinen Armen. Waren die Nächte kalt, stülpte Marcelle karierte Hausschuhe über seine nachlässig auf dem Tisch ruhenden Zehen; in heißen Nächten richtete sie die Ventilatorflügel auf ihn, damit die windigen Wellen seine Lippen öffneten und seinen Schnurrbart zum Leben erweckten.

»Soli, Soli, steh auf und geh ins Bett, so machst du dir den Hals kaputt!«, mahnte Mama, wenn er in unserer Mitte einschlief.

»Los, kschscht, jetzt gehen alle in die Falle!«

Sie schloss die Haustür ab, und Papa schaltete überall das Licht aus. Nur die Wohnzimmerlampe ließ er brennen.

»Gute Nacht, bist mein liebes Kind, Papa geht jetzt schlafen.« Er beugte sich über das Sofa und gab Marcelle einen Gutenachtkuss.

In jeder Nacht fluteten Mamas schwere und Papas leichte Atemzüge durch die Wohnung; sie schnarchte, und er sprach im Schlaf, erinnerte sich jedoch nie an einen Traum. Marcelle blieb allein.

»Papa, Papa, schläfst du schon?«, erkundigte sie sich mit der Vorsicht eines verkrüppelten Kindes, das seinen Klumpfuß abtastet und zu hüpfen versucht.

Manchmal weinte sie lautlos vor sich hin und sehnte sich dabei zurück nach ihrem Babyweinen, das Mama und Papa wachhielt; damals hatten sie der Kleinen, verwundert über die sich nicht schließen wollenden Augen, stundenlang den Kopf gestreichelt.

»Papa, schläfst du schon?« Sie versuchte es noch einmal, vielleicht würde er ihr ja etwas vorlesen.

»Schlaf, Kindchen, schlaf«, murmelte Papa, »morgen früh, meine Seele, morgen früh.«

Er drehte ihr den Rücken zu und wühlte seinen Kopf zwischen Mamas Brüste. Er wollte sich nicht erweichen lassen. Sie war imstande, zu jedem Satz eine Unmenge von Fragen zu stellen, und sein Nacken würde immer schwerer in die Sessellehne sinken.

Marcelle umkreiste das Kyklopenauge, das im Wohnzimmer brannte und eine silbrige Aura von Motten anzog. Deswegen wurde sie so schnell älter und ihre traurigen Augen noch trauriger. Ihre Jahre krochen nicht voran wie unsere. Sie wuchs, während wir schliefen. Dazu bekam sie noch die Abende mit Mama geschenkt, die im Lichterkarneval auf Papa wartete, sowie die Stunden mit Papa, der ihr als Letzter gute Nacht sagte und sie in aller Frühe unter der Spüle in der Küche wiederfand, wo sie vor Langeweile an Dattelpflaumen und unreifen Avocados knabberte.

»Du bist mein gutes Kind«, lobte er, wenn sie ihm in der Dämmerung seinen Morgenkaffee brachte, mit zweieinhalb Teelöffeln Zucker und einem Keks versüßt.

Marcelle sprach Persisch besser als wir anderen, denn bevor Mama und Papa sich ins Bett zurückzogen, lauschte sie ihren Unterhaltungen, knackte die Syntax der Erwachsenen und die Grammatik ihrer Streitereien. Auch nachdem

Mama und Papa ihr gute Nacht gesagt hatten, hörte sie ihnen zu und lernte Mamas verhaltenes Liebesgestammel und Papas Traumgemurmel auswendig, alles auf Persisch, damit Marcelle es nicht begriff.

So lernte sie, die persische Sprache zu verstehen. Hebräische Lesekenntnisse erwarb sie sich, wenn sie nachts vor Sehnsucht nach uns auswendig aus dem Märchenbuch deklamierte und Mama nachahmte, indem sie sich gähnend übers Haar strich. An einem Schabbatabend, als Papa den Segen über Wein und Brot las, verbesserte Marcelle ihn.

»Woher weißt du das?« Fragend sah er sie über den Tisch weg an.

»Steht doch da«, sagte Marcelle und zeigte auf die schwarzen Buchstaben.

Am Montag erklärte Mama ihm, Marcelle sei, Gott behüte, vor einer Existenz als Phantastin bewahrt geblieben.

»Phantastin?« Ungläubig rümpfte Papa die Nase. »Was soll das heißen?«

»Ja, Soli, ich hab mit der Schwester von der Krankenkasse darüber gesprochen. Und jetzt guck nicht so, als ob ich nicht weiß, wovon ich rede.«

»Ich hab nicht gesagt, dass du nicht weißt, wovon du redest«, rechtfertigte sich Papa. »Aber ich bin der Meinung, dass unsere Marcelle ein kluges Kind ist. Das ist alles. Das wird man ja wohl noch sagen dürfen. Ein kluges Kind.«

Am Donnerstag, als Mama merkte, dass Marcelle in ihrem Worthunger die Rezepte ohne Mengenangaben, die Etiketten der Honiggläser, Olivendosen und Suppenwürfel studierte, ging sie mit ihr wieder zur Schwester von der Krankenkasse und wurde in die städtische Leihbibliothek geschickt.

Nun blinkte die Wohnzimmerlampe nicht mehr hilflos, sondern leuchtete die ganze Nacht. Das leise Rascheln des Umblätterns löste das Patschen nackter, auf staubigen Fliesen herumirrender Füße ab. Marcelles Armreifen klimperten fein, wenn ihre Zunge gierig die Fingerkuppen beleckte. Später kratzten zwitschernde Bleistifte Wortreigen auf Tagebuchseiten. Anstelle von Tränen vergoß Marcelle Gedichte.

## 10

Von uns allen war Marcelle das einzige Kind, das Papa wirklich kannte. Sie trafen sich frühmorgens, zur kältesten Tagesstunde, wenn die Seelen sich aneinander reiben, um warm zu bleiben und sich einander tröstend vergewissern.

Täglich küsste er sie im Morgengrauen und errötete. Die Küsse seiner fleischigen Lippen waren lang und feierlich. Sein voller, sinnlicher Mund unter dem Fischerbärtchen brachte ausgewachsene Männer in Verlegenheit und zog Kleinkinderherzen unwiderstehlich an. Mama pflegte er mitten auf ihren lebenstrotzenden Mund zu küssen, Großmutter Turran, deren Fleisch weich wie Käse war, streifte er sanft über die durchfurchten Wangen, und uns drückte er Schmatzer auf die Handrücken.

»Sind Sie verheiratet, gnädige Frau?«, fragte er dann wohl, formte aus fünf Fingern einen tiefen Teller und goß eine kleine Hand hinein. Wir mussten jedes Mal schrecklich lachen.

»Ihr Mann wird es doch nicht verübeln?« Er tauchte sein Gesicht in den Handteller wie einer, der sich zum Trinken über die Uferböschung beugt, und sog den Duft unserer Haut ganz tief in sein Inneres ein. Fest zugedrückte Augen und hoch in die rötliche Glatzenbucht fliegende Brauen erzählten uns, wie herrlich der Kindheitsgeruch war, der ihm in die Nase stieg.

»Mmmm …« Seufzend schmolz er dahin.

Anders als Mama, die jede Falte unserer Glieder eines schnellen feuchten Lutschens für würdig hielt, rundete Papa seine Lippen zu zwei Hügelchen, stopfte die Bartspitzen in die Nasenlöcher und setzte zu einem langen köstlichen Kuss an, wobei er vor Wonne mit dem Kopf wackelte. Waren seine Sinne gesättigt, schnalzte er mit offenem Mund und errötete.

An Schabbatabenden, wenn er ein halbes Glas Cognac getrunken hatte und seine Lippen ölig glänzten, vertiefte sich das kräftige Purpurrot seiner sonnenverbrannten Wangen um einige Schattierungen.

Außer billigem Cognac beherbergte das Getränkebord im Geschirrschrank Bananenlikör, der von der Bar-Mizwa übriggeblieben war, längst gegorenen Weißwein, von dem Mama hartnäckig behauptete, er würde durch langes Aufbewahren veredelt, sowie eine vergessene Champagnerflasche, an die sich das schwarzweiße Hochzeitsbild von Mama und Papa anlehnte. Aber nur die hoch aufragende, feistbäuchige Cognacflasche wurde an Schabbatabenden mit leichtem Schnarren geöffnet. Papa goss das goldene Getränk in einen einfachen Glasbecher, schnitt feierlich zwei Gurken der Länge nach auf und ließ Salzkörner auf die bleichen Kerne rieseln. Wenn der letzte Cognacrest den Glasboden benetzte, war seine Glatze mit Schweißperlen übersät.

Während der ersten Wochen ihrer Ehe in der Asbestbaracke stellte Soli einen langstieligen Pokal aus falschem Kristall vor Irani auf und knackte für sie zwei Pistazienkerne.

»Auf das Leben, meine schöne Frau, la Chaiim!«, prostete er ihr zu, schob eine grüne Nuß in ihren Mund und schickte zwei Schlückchen Cognac hinterher. Dann sah er, dass ihre Augen sich verwirrten, und ihr Kopf sank langsam auf seine Oberschenkel. In jeder Schabbatnacht ließ sie ihn allein und entfloh in fernen Schlaf.

»Komm, meine Seele, komm ins Bett, so machst du dir den Hals kaputt, steh auf!« Er streichelte ihr Haar, trug sie zu ihrem Lager und begann auf einen Sohn zu warten, mit dem er trinken könnte.

Maurice war zehn, als Mama Papa erlaubte, ihm Cognac einzuschenken. Dem großen Augenblick zu Ehren füllte Papa den silbernen Schabbatbecher.

79

»Schluck runter! Du bist deines Vaters Sohn! La Chaiim!«
Papa zerzauste den dünnen Haarschopf und ließ Liebkosungen und brillenförmige Salzbrezeln auf Maurice niederrieseln.

»Was ist los, Maurice, scharf? Das ist gut, das macht warm. Was hast du denn?«

Maurice verzog das Gesicht, schloss Mund und Augen wie jemand, der alle Kraft zusammennimmt, und übergab sich in Papas Schoß.

Seitdem schlürfte Papa seinen Cognac am Schabbatabend ohne Gefährten. Seine Töchter tummelten sich auf seinem Schoß. Marcelle tauchte ihre Nase ins Glas, um zu schnuppern, Sophia amüsierte sich mit dem schnarrenden Schraubverschluss, Lisi steckte ihren Daumen ins verdächtige Nass und lutschte ihn schaudernd ab.

»Nimm noch ein bisschen!« Sein samtiger Schnurrbart glänzte, als er eines Abends einige Tropfen in den blauen Verschluss der Flasche träufelte und uns davon anbot.

»Wirklich, Soli, das ist kindisch«, lachte Mama und befreite einen Kohlrabikopf von seiner Schale. »Sollen sie dir noch mal in den Schoß reihern?«

Maurice stopfte sich Kohlrabi in den Mund, und Mama stach ihr Messer in ein Radieschen.

»Ich finde, es schmeckt irgendwie nach Beleidigung«, meinte Sophia. Marcelle war auch nicht begeistert; sie zog den süßen roten Schabbatwein vor. Nur unsere Lisi brauchte Papa nicht zu nötigen, und als sie heranwuchs, machte sie sich die Hinterlist des Getränks zunutze, um Verehrer zu jagen und ihnen das Herz zu durchbohren. Die jungen Männer meinten, es sei der Alkohol, der Lisis Augen trübte und ihre Ohren versiegelte, und glaubten, es läge am Cognac, dass sie so bereitwillig die Beine spreizte.

## 11

Papas Anblick war mit der Dunkelheit verbunden. Stets spiegelten sich in seinen Pupillen Glühbirnen, und seine Anwesenheit verkündete: Schabbat. Aber es gab auch herrliche, unerwartete, wunderbare Werktage, an denen er früher nach Hause kam, weil er wegen seiner Zahnschmerzen einen Termin beim goldmündigen Arzt hatte, Mamas Geburtshelfer aus dem zweiten Stock. Wir waren meistens vertieft in unsere Nachmittagsspiele, und die Nacht schien so weit weg wie der nächste Tag, wenn er von unten heraufrief:

»Madame Asisyan!«

»Was?« Mama spurtete zum Balkon.

»Ist Ihr Mann zu Haus?«

»Nein.« Sie schmiegte sich ans Geländer.

»Gut, dann komm ich rauf.«

»Papa! Papa! Papa!«

Außer Rand und Band stürmten wir durch den Gang der indischen Götter, umringten den Küchentisch und verfolgten jeden Bissen in seinen Mund hinein. Wenn Mama eine zweite und eine dritte Portion aus den Alltagstöpfen auf seinen Teller häufte, lehnten wir uns kichernd an ihn und tauschten angesichts seines unersättlichen Appetits zufriedene Blicke.

»Papa, willst du noch mehr?«

Wir drängten Mama, ihm noch einmal aufzufüllen.

War er satt, mussten wir ihm aufgeregt alles zeigen, alles mit ihm machen, alles schnell noch schaffen. Wir alle schmiegten uns an ihn, zogen an seinen Händen, hingen an seinem Hals. Wir fassten sein Kinn und schleppten ihn nach unten. Denn dort wuchsen wir auf, in der unendlich weiten, dem Himmel geöffneten Welt.

Nachmittags schickte Mama uns hinaus. Dann mussten wir allein miteinander fertig werden, Wettbewerbe bestehen, um das Herz eines Freundes kämpfen. Siegen, verlieren, erwachsen werden. In diesen Stunden durften und mussten wir wir selbst sein. Papas plötzliches Auftauchen verlieh uns ungeahnte Kraft. Mit stolz geschwellter Brust und zum Himmel gereckter Nase führten wir ihn kreuz und quer durch die Gegend und streiften immer wieder absichtsvoll an unseren guten Freunden vorbei. Denn in jenen Augenblicken, in denen wir uns sehnlichst wünschten, er möchte auch nur für eine Sekunde auftauchen, kam er ja nie. Wenn plötzlich Blut von den Knien spritzte, eine Beleidigung auf der Zunge brannte oder ein Nachbarskind, seinen gerade aus dem Mittagsschlaf erwachten Vater im Schlepptau, leichtfüßig vorbeitänzelte.

Nur an Feiertagen tauchte Papa in die häusliche Atmosphäre ein. Dann beäugten wir unseren Helden, wie er im Unterhemd bis zum Schabbatausgang schlief. Stand er auf, schienen die Zimmer für ihn zu klein zu sein. An Werktagen war er weit weg; in der Ferne, die uns trennte, flossen die salzigen Wasser des Mittelmeers. Dort gab es Fische, und für die Fische gab es Geld. Zuhause war Vater, in Nebel gehüllt und vor Müdigkeit fast unsichtbar, ein Besucher aus dem Land der Seefahrer und Walfänger, in dem für uns kein Platz war. Wir sehnten uns immerzu nach ihm, auch wenn wir ihn in greifbarer Nähe wussten.

Er kam nachts im Mondschein heim, und der Schatten, den er warf, verbarg uns seinen Augen. Unsere Liebe zu ihm blieb rein und unbefleckt vom täglichen Kleinkrieg. Das Schreien, Schlagen und Strafen, die mit kaltem Blick gewährten Gnaden gehörten zum Reich, in dem Mama die Kaiserin war und Papa ein Gast. Von Mama lernten wir, welche Art Mensch wir sein sollten, und wir liebten sie, wie man jemanden liebt, mit dem man ein Geheimnis teilt, aber an Papas Bild richteten sich unsere Träume aus.

Marcelle war die einzige, die ihn täglich sah, frühmorgens, wenn am Himmel das letzte Mondlicht verblasste und die ersten Sonnenstrahlen aufleuchteten. Deswegen sehnte sie sich heftiger nach ihm als wir anderen, und sie hatte keine Nachsicht mit Mama, als die ihn vergaß und die toten Rabbiner vorzog.

## 12

In der Stadt Maku, die an der türkischen Grenze liegt, erforschte Michael Asisyan im Licht des rauschenden persischen Mondes die Schlaufen und Ösen am Nachtgewand seiner Cousine Turran. Fünfzehn Jahre war sie damals alt. Die Werkstatt ihres Vaters, bei dem Michael das Gerberhandwerk erlernte, lag im Dunkeln, wenn er Schmetterlingsschleifen aufzog und Knöpfe aus ihren Schlingen befreite. Im Schatten der Zobel-, Bären- und Hirschfelle lag ihre mit Sommersprossen gesprenkelte Haut hell wie ein weiß bewölktes Himmelszelt vor ihm. Michael streichelte ihre Schultern, an ihrem Hals lasen seine Finger verlorene Sonnenflecken auf und beschrieben den Weg eines jeden durch die Bucht der Brüste bis hinunter in die Bauchhöhle. Seine gierige Zunge spürte den goldenen Tupfen nach, unersättliche Lippen saugten, brüchige Zähne knabberten drängend.

Schwefel, Säuren und Gerbersalze versengten die Luft. Von den Fuchsfellen, auf die er sie bettete, stieg der scharfe Geruch roher Tierhäute auf. Erst als er die Eisenkette, die ihm als Gürtel diente, aus seinem Hosenbund riss, entdeckte Turran, wie groß ihr Cousin geworden war. Als er sein Hemd abstreifte, atmete sie den Sumachdunst ein, der in den Wurzeln seiner Brusthaare, tief in den Poren seiner Haut und in den schwarzen Sicheln unter seinen Fingernägeln saß.

»Schöne, schöne, schöne Turran«, murmelte er. Wenn er sich auf ihr bewegte, wurde er noch größer. Sein Schädel war klobig und ungestalt, sein Gesicht vor Lust verzerrt.

Ein seltsamer Schmerz griff nach dem Wind, der von den Gipfeln des Ararat herab durch die schmutzigen Werkstattfenster fegte und die Tierhäute an den Haken erschauern ließ. Sie liebte ihn, wollte ihn streicheln und ihm seine Begierde mit Küssen vergelten, aber ihre Hände schliefen ein und ihre Lippen blieben träge.

Nacht um Nacht beobachtete sie durch das Fenster, wie das Licht des schmutzigen persischen Mond verblasste. Nacht um Nacht schlich sie, den Sumachgeschmack auf der Zunge, in ihr Bett zurück und träumte, dass die Werkstatt in Flammen stand.

»Mama! Papa! Feuer!«

Sie fuhr aus dem erstickenden, schwer auf ihr liegenden Traumrauch auf, rannte im Flanellnachthemd ins Freie und erbrach sich im Gemüsegarten hinter ihrem Elternhaus.

Die Schwangerschaft schmeichelte ihr nicht. Die Frauen im Badehaus, dem Nabel von Makko, die Turran Asisyan heranwachsen sahen, behaupteten, ihr Körper wäre weich und angenehm wie ein mit duftenden Laken bespanntes Bett, und ihre schönen Brüste lüden zum Ausruhen ein. Diese Frauen waren starr vor Staunen, als sie sahen, was der Tochter des jüdischen Gerbers geschah. Wurde schwanger und dann verlassen wie ein verwühltes Lager nach einer Liebesnacht. Turran quoll auf, ihre weiße Haut spannte sich und zog die Sommersprossen in alle Richtungen auseinander.

»Solche Blumen soll es geben«, tuschelten sie im Badehaus, »man darf sie nicht pflücken und in die Vase stellen. In der Ehe verwelken sie, und eine Schwangerschaft vergiftet ihren Geruch, davor behüt uns Gott!«

Der Hochzeitsbaldachin wurde im Gemüsegarten aufgespannt. Als Michael sich verspätete, wusste Turran Bescheid. Er würde nicht kommen. Sie hatte es schon gewusst, als sie ihm von ihrer Schwangerschaft erzählte und im Dunkel der Werkstatt seiner Stimme lauschte, die versprach, er würde sie heiraten. Sie kleidete sich in ihr Brautgewand, steckte wilde Narzissen in den Schleier und spürte, dass er sich von ihr entfernte, irgendwo hin, an einen fremden Ort, eine Eisenkette um die Hüften geschlungen.

Das Geschnatter der Gäste, die draußen auf den Bräutigam und die Braut warteten, hob und senkte sich. Zu den Trommelwirbeln und Geigen tanzte niemand. Nur die Flammen der Fackeln bebten im Bergwind.

»Gleich kommt dein Bräutigam. Halt die Tränen zurück. Du bist die Braut. Du darfst nicht weinen!« Ihre Mutter wandelte verlegen unter den Eingeladenen umher, der Vater ging ihnen aus dem Weg. Michaels Mutter weinte, sein Vater schwitzte. Unter den Brüdern und den Schwägerinnen, die sich ansonsten wie Schwestern liebten, brach Streit aus, und am Ende betrat Manudjer, Michaels jüngerer Bruder, Turrans Zimmer.

Kleinwüchsig, mit gesenktem Blick und langen, über den Boden streichenden Wimpern, kniete er vor ihr und griff nach ihrer Schleppe.

»Turran …«, er bebte und berührte sie leicht. »Sie haben mich zu dir geschickt, damit ich …«

Durch ihre Tränen und ihren Schleier sah Turran, dass seine Augenbrauen unter den Haarschopf geflüchtet waren. Sein Mund stand offen vor Schreck über das, was er ihr zu sagen hatte. Er stammelte mit trockenen Lippen, aber seine Stimme hallte in ihren Ohren, als käme sie aus der Tiefe des Meeres.

»Mich. Willst du mich heiraten? Anstelle von Michael …?«

Er meinte, ihren Puls zu hören, aber er sah ihn nur an ihrer Schläfe pochen und wie eine tickende Uhr die Sekunden zählen, die Michael ausblieb.

»Was?« Ihr Herz klopfte so schnell wie fliehende Schritte.

Eine Ewigkeit verging, bevor sie sich fasste und beschloss, ihm zu verschweigen, dass sie ein Kind unter dem Herzen trug. Manudjer zählte wohl hundert Pulsschläge an ihren Schläfen, bevor sie »ja« sagte.

Der gestreifte Anzug, den sein Vater für seinen Bruder genäht hatte, schlotterte um Manudjers Glieder, und man sah ihm an, dass er ein Reisender war, der sich unter den Hochzeitsbaldachin eines anderen verirrt hatte. Maku erstarrte, und Turrans Hochzeit glich einem Begräbnis. Gedämpft wie Klagelieder klangen die Ehegebete, jämmerlich quälte sich der Gesang, und aus den Segenssprüchen schrie die Schande. Die Trommeln stolperten. Die Geigen kratzten schrill. Als von den Gipfeln des Ararat der schneidende Wind herabblies, die Fackeln löschte, den Narzissenschleier aus Turrans Haar zerrte und ihn, wer weiß wohin, forttrug, gaben auch die Musikanten ihre Versuche auf, die Festfreude herbeizuzwingen. Die Gäste gingen nach Haus, und die Tore wurden mit rasselnden Eisenketten verriegelt.

Eines Nachts sah Turran sich im Traum ihr Flanellnachthemd lüften, und ihr schwangerer Bauch war durchsichtig wie Glas. Anstelle eines Kindes schwamm darin ein Fisch. Sie wachte auf. Manudjer arbeitete mit ihrem Vater in der Gerberei, als sie sich am schmutzigen Fenster vorbeistahl und ganz allein das Haus der Hebamme betrat. Sie brachte Soli zur Welt, wartete, bis er etwas größer war, und kehrte Persien den Rücken.

Soli erinnerte sich weder an seinen Vater noch an den zweifelnden Blick, den Manudjer dem Kleinen zugeworfen hatte, als ihm der Strom der Gerüchte aus dem Badehaus zu Ohren kam. Nur an den Geruch von Sumach und Schweiß, den der Vater abends mitbrachte, erinnerte sich der Junge, und an den Schnee, den seine Mutter zu Bällen formte, um seine Wangen damit abzureiben. Dann weinte Soli, und sein Gesicht verfärbte sich abwechselnd rot und blau, aber Turran blieb unerbittlich. Sie wollte ihn abhärten, er sollte nicht vor Kälte zittern. Zucker verweigerte sie ihm, damit seine Zähne nicht zu faulen anfingen, Hiebe bekam er jedoch in Hülle und Fülle, damit er ein starker Kerl würde, wie sein Vater.

Als er sieben Jahre alt war, wickelte sie ihn in Zobel-, Bären- und Fuchsfelle, legte all ihren Schmuck an und überquerte zu Fuß die türkische Grenze. Am Anfang ihrer Reise war der Mond eine Sichel, schneidend wie der trockene, böse peitschende Wind. Gegen einen Ring und einen Arm-reifen tauschte Turran Pferd und Wagen ein. Wenn Soli schlief, versuchte sie zu weinen, aber die Tränen gefroren ihr in den Augen.

Als sie den Hafen Ordu erreichten, stand die Mondsichel wieder am nächtlichen Himmel.

»Und Papa?«, fragte Soli an Bord des düsteren Kahns, auf dem sie in See stachen.

»Du hast keinen Vater mehr, jetzt gibt es nur noch dich und mich.«

»Nur dich und mich und weiter nichts?« Soli drehte sei-nen Kopf nach hinten, wo er Persien vermutete, und schnupperte am Lederarmband seiner Uhr.

»Genau, weiter nichts.«

Hätte seine Mutter ihm nicht so Leid getan, hätte der Groll ihn wohl zerrissen. Er nahm ihr übel, dass sie seinen Vater in Persien zurückgelassen hatte, dass ihre Sommer-sprossen sich so schnell in Altersflecken verwandelten, dass sie ihn ausschickte, halbe Brotlaibe, bulgarischen Käse und schwarze Oliven auf Pump zu besorgen, wenn ihr das Geld ausging, und dass er an den Kiosken von Jaffa so viele Ziga-rettenschachteln für sie stibitzen musste.

»Aber sie wollen nicht mehr anschreiben«, jammerte er auf Persisch, »in keinem Laden mehr.«

»Aber wer soll es mir bringen außer dir? Wen hab ich denn sonst noch? Lass das Heulen sein und geh ...«

Wenn Soli ihre Zigaretten anzündete, sah er die von zu vielem Zupfen kahlen Augenbrauen mit jedem tiefen Lungenzug auf und ab tanzen. Er spürte, dass sein Herz an der Liebe zu ihr, die so dick und schwer war wie die Speckfalten über ihren Rundungen, zu ersticken drohte.

Im Schein des feuchten Tel Aviver Mondes schlief er mit ihr in einem Bett. Ihr Kopf sank schwer in die Mulde seiner Schulter, und die tintenfarbigen Arterien an ihren Fingergelenken pulsten an seinem Hals. Bevor sie ihn als Lehrling zu den Fischern und aufs Meer schickte, verkaufte Soli Lotterielose in den Straßen und ging seinen Lehrern aus dem Weg. Oft fuhr er mitten in der Nacht im Bett seiner Mutter schweißnass aus dem Schlaf, denn in seinen Träumen hatten sich die Zahlen auf den Losen bis ins Unendliche vermehrt. Turran wurde von seinem Weinen wach, schrie, er solle sofort damit aufhören, er sei doch ein Mann, und stampfte mit dem Handstock aus Kirschenholz, den sie sich zugelegt hatte, energisch auf den Boden. An den atmenden Hügeln ihrer Brust beruhigte er sich wieder, auf den Ascheflocken der Sommersprossen döste er ein.

Soli wusste, es gab nur sie und ihn und weiter nichts, wie an Bord des Schiffes auf dem Schwarzen Meer, wie in ihren ersten Tagen in Jaffa, als sie beide kein einziges hebräisches Wort kannten. Turran wünschte sich außer ihm nie einen anderen Mann, weder zum Lieben noch zum Heiraten. Deswegen stellte Soli sich taub, wenn seine Frau sich bei ihm über die Merkwürdigkeiten seiner Mutter beschwerte, über ihre lächerlichen Lügen, ihre Durchtriebenheit, ihre geheuchelte Frömmigkeit. Seinen Vater hatte er in Persien zurücklassen müssen, seine Mutter im Tel Aviver Florentin-

Viertel, aber wenn Mama gegen Großmutter Turran murr-
te, dann verzog Papa sein Gesicht, als käme ein übler Geruch aus ihrem Mund, und drehte ihr den Rücken zu. Unserer Mama schenkte er all seine Liebe, aber sein Mitleid hob
er für Großmutter Turran auf.

Als Maurice geboren wurde, brachte Papa ihn zu Großmutter Turran, legte ihn in ihre Arme und sagte: »Hier,
Mutter, jetzt hast du auch einen Enkel.«

Großmutter Turran schneuzte sich, wischte die Tränen ab
und setzte zur Bitte an, dem Kleinen den Namen Michael
Asisyan zu geben. Sie hatte nicht die Absicht zu erzählen
warum, und dass Michael Solis Vater gewesen war, und wie
er die Eisenkette aus seinem Hosenbund gerissen hatte,
wenn moslemische Bengel sie auf Makus Straßen belästig-
ten.

»Wir haben ihn Maurice genannt, gesund soll er sein«,
gab Papa feierlich bekannt, »nach dem Vater von Irani, der
ein sehr anständiger Mensch war und niemandem etwas
zuleide tat.« Großmutter Turran schob sich das Mundstück
aus Elfenbein zwischen die Zähne und wartete mit finsterer
Miene darauf, dass Papa ihr Feuer gab. Schweigend beschloss sie, auf die Geburt des nächsten Enkels zu warten.
Augenbrauen zum Hochziehen besaß sie nicht mehr, und so
entging Papa, dass sie tief beleidigt war. Dem mächtigen
Doppelkinn zwischen ihren Ohren befahl sie völlige Unbe-
weglichkeit. Auf ihrem Schoß begann Maurice zu weinen.

»Bring ihn zu seiner Mutter«, sagte sie kalt. »Jedes Kind
braucht seine Mutter. Nimm ihn mit!«

Während der Geburten von Sophia, Marcelle und Lisi wurde Maurice zu Großmutter Turran geschickt. Als er darum bat, Mama besuchen zu dürfen, sagte Großmutter: »Was willst du da, da kommen doch bloß Mädchen auf die Welt.«

Aber schließlich verließ sie seinetwegen das Tel Aviver Florentin-Viertel. Maurice wäre arm dran, sagte sie, Mama kümmerte sich nicht genug um ihn. Großmutter Turran bezog uns gegenüber ein einstöckiges Haus, das Orangenbäume wie Schildwachen umstanden. Durch den Garten watschelten Enten. Alle Tage stand sie am Fenster, eine Zigarette zwischen den zusammengekniffenen Lippen, und spähte zu unserem Balkon hinauf. Dabei huschten ihre schwarzen Augen hin und her wie die Kugeln am Rechenbrett eines Krämers, der Gewinn und Verlust abschätzt. In ihren letzten Lebensjahren sprachen sie und Mama nicht mehr miteinander, und Großmutter Turran schleppte sich nicht wie früher in den dritten Stock hinauf, um Mamas Kochkünste abzukanzeln.

»Deine Frau versteht von persischen Gerichten überhaupt nichts!« Unwirsch schob sie die mit Leckerbissen überhäuften Rosenporzellanteller, die Papa ihr brachte, von sich.

»Die kocht, als wenn sie Pfeffer im Hintern hat! Sag es ihr doch noch mal, vielleicht begreift sie es dann endlich: entweder süß oder sauer. Persisches Essen muss ein bisschen säuerlich sein, und nur ein ganz klein wenig süß. Aber scharf? Das hat es bei uns nie und nimmer gegeben!«

»Ist gut, Mutter. Hör jetzt damit auf. Probier doch erst mal …« Seine massierenden Hände wollten ihren Schmerz besänftigen, ein begütigendes Brummen die unentwegten Klagen beruhigen.

»Das Gift kommt nicht über meine Lippen, das ist ja so scharf, das ist bestimmt giftig«, schrie sie.

»Irani hat gesagt, das ist gut für deine Knochen … nimm doch nur ein bisschen, es schmeckt wirklich nicht schlecht.«

»Richte ihr aus: Man macht Kinder nicht auf der Straße, damit sich keiner einmischt!«

Dann schmetterte sie Teller um Teller zu Boden.

Auch wenn sie Mamas Erziehungsmethoden erbarmungslos kritisierte, fuhr Papa schweigend fort, ihr widerspenstiges Haar zu kämmen. In den letzten Jahren vor ihrem Tod litt sie an Kalziummangel, und ihre Knochen waren brüchig wie trockene Zweige. Sie hüllte sich in ihre türkischen Bärenfelle und legte sich alle ihre Ketten auf einmal um den Hals. Papa musste ihre kahlen Augenbrauen mit einem schwarzen Stift nachziehen; er malte über ihre Lidertäler allmorgendlich Halbmondbögen, die im Naphtalinschweiß allerdings gleich wieder schmolzen. Bis zu ihrem letzten Tag bedeckte eine tiefrote Lackschicht, die ihr Sohn regelmäßig auftrug, Turrans knorrige Fußnägel.

# 13

Mamas Eltern starben, bevor wir auf die Welt kamen. Sophia und Maurice tragen ihre Namen. Mama war neun Jahre alt und klein und leicht wie eins der Gepäckstücke, als Sofie und Maurice Eliaspur alles in Blechbehälter verstauten, was sich verstauen ließ, die Teppiche aufrollten und von Isfahan nach Kalkutta aufbrachen. Um der Kleinsten keinen Kummer zu bereiten, sagten sie ihr, es wäre nur ein Ausflug, und sie würden bald zurückkommen. Deswegen verabschiedete Mama sich nicht von ihrer Geburtsstadt. Inmitten der beweglichen Habe saß sie auf dem Lastwagen und drehte dem allmählich in der Ferne verschwindenden Isfahan den Rücken zu, um durch die Scheibe des Fahrerhäuschens den Horizont zu betrachten.

»So machst du dir den Hals kaputt, meine Seele.« Die Stimme ihrer Mutter zitterte vom Rütteln der Räder und zurückgehaltenen Tränen. »Versuch zu schlafen!«

»Aber ich will nicht schlafen, Maman, ich guck jetzt aus dem Fenster.«

Erst nachdem sie eine mit Tigern bestickte Wolldecke über ihre Beine gebreitet hatte und Irani den Kopf in ihren Schoß legte und einschlief, erlaubte Sofie Eliaspur sich das leise Weinen der Wandernden. In ihren Tränen mischte sich die Sehnsucht nach der vertrauten Stadt mit der Angst vor dem unbekannten Ort, zu dem sie unterwegs war.

Im Sumpfgebiet am Nabel des persischen Reiches rumpelte der Lastwagen auf gewundenen Wegen durch tiefe Löcher. Irani wachte auf. Ihr Gesicht war feucht von Tränen, die sie nicht geweint hatte. Sie wischte sie zusammen mit dem Staub des Weges ab und sagte: »Maman, guck mal, hab ich geweint oder geträumt? Ich kann mich an den Traum nicht erinnern.«

»Auch ich nicht, mein Engel.«

»Du auch nicht?«

»Nein.« Ihre Maman streichelte Iranis Gesicht. »In diesem Alter hat jeder einen Alptraum. Das sagt jedenfalls dein Vater. Jedes Kind hat einen Alptraum, sagt er, und danach ist es dann schon kein Kind mehr.«

Seit Sofie Eliaspur verheiratet war, stand ihr Mann hinter ihrer Schulter und flüsterte ihr wie ein Souffleur alle möglichen Dinge ins Ohr. Nachdem Maurice in Kalkutta von einem Autobus überfahren wurde, stellte Sofie das Sprechen fast ganz ein und unternahm, als sie mit ihrer Tochter nach Israel kam, nicht die kleinste Anstrengung, Hebräisch zu lernen.

»Dein Vater, sein Andenken sei gesegnet, liebte Auberginen«, pflegte die Witwe ihrer Tochter zu erzählen. »›Mein Engel‹, sagte er immer zu mir, ›Auberginen esse ich für mein Leben gern.‹«

Die Trennung von ihm, von seinem Mund, der Worte in ihr Ohr pflanzte, fiel ihr so schwer, dass sie sich selbst zum Schweigen verurteilte und ihren verstorbenen Mann aus ihrer Kehle sprechen ließ.

»Im Sommer litt dein Vater unter der Hitze«, seufzte sie. »»Mein Engel‹, sagte er dann immer zu mir, ›mir ist so heiß.‹«

Kurze Zeit, nachdem ihr angegriffenes Herz erkrankte, starb auch Sofie. Beide Eltern Iranis verstummten.

Die Ursache für den Umzug nach Kalkutta war ein Brief gewesen, den Maurice Eliaspur zusammen mit einer ganz normalen Perlensendung von seinem Bruder erhielt. Darin wurde ihm nahegelegt, die Filiale des Familienunternehmens in Isfahan zu schließen. Maurice flüsterte seiner Frau die Botschaft ins Ohr, wischte ihre Tränen ab, verheiratete Iranis ältere Schwestern mit ihren Verlobten und kaufte einen Lastwagen, auf den er seine Kinder, seine Schwiegertöchter und Schwiegersöhne, seine beiden kleinen Enkel und seine Habe lud. Dann brach er auf.

In der Stadt Buschir am Persischen Golf wurde der Lastwagen verkauft, und die Familie bestieg ein Dampfschiff, das sich, dicken schwarzen Rauch ausstoßend, den Monsunwinden des Indischen Ozeans trotzig entgegenstemmte. Fünf Wochen, nachdem sie die Straße von Hormus glücklich passiert hatten, gingen sie in Bombay an Land, tauschten die Schiffsplanken gegen Eisenbahnschienen aus und gelangten nach Allahabad. Von dort trugen Flöße mit Segeln die Reisenden über die dunklen Strömungen des Ganges. Der Fluss durchdrang Iranis Wesen, überschwemmte ihr Herz und wand sich als pulsierende neue Ader durch ihr Fleisch.

»In diesen Fluten wohnt die Göttin Ganga, die Flusskönigin«, erklärten die Schiffer. Mit hölzernen Rudern streichelten sie das trübe Wasser, und Maurice streichelte Iranis Haar.

»Was haben sie gesagt, Papa?«

»Ganga soll an den Haaren des indischen Göttervaters heruntergerutscht und in dies eklige Wasser geplumpst sein. Guck mal, da springen Delphine.«

Aber Irani beachtete die blinden Säugetiere des Flusses nicht, sondern hielt angestrengt nach der auf einem Krokodil reitenden Göttin Ganga Ausschau.

Wenn der Fluss auf seinem Weg nach Mirsapur schäumte und brodelte, dachte Irani, Ganga wiche ihr aus, so wie die jüdischen Mädchen den moslemischen Bengeln in den Straßen Isfahans auswichen. Erst als sie sich Varanasi näherten, verstand die Kleine, dass Ganga ein Spiel mit ihr trieb, dass sie sich zwischen die Hügel stahl, mit angehaltenem Atem in Tälern lauerte, und, ähnlich wie Iranis kleine Nichte, die unversehens mit einem markerschütternden »Taram« hinter Türen hervorsprang, jederzeit hinter einem schroffen Felsen Gestalt annehmen und sie mit schmetterndem Geschrei erschrecken könnte. Sie wusste, Ganga war da; neugierig lächelnd schlängelte sie sich zwischen Dörfern und Städten durch die Wellen und spielte mit ihr Versteck, schnellte hervor, spähte nach ihr aus und tauchte wieder weg, ergoß sich in neue Wasserläufe und wühlte sich durch frische Flussbetten, aber am Ende würden sie einander begegnen.

In der Stadt Gehasipur erwartete Iranis Onkel seine Verwandten mit drei schwarzen englischen Limousinen. Am

97

Ende einer mondlosen Nacht erreichten sie Kalkutta. Die Stadt lag im Dämmerlicht. Nur am Ufer des Hogli, dem breitesten Zustrom des Ganges, brannten einige matte Lichter und Feuerchen, doch ihr Schein reichte aus, um träge am Ufer lagernde Kühe, im Wasser auf und ab schaukelnde Schatten, Umrisse von Tempelkuppeln und Palasttürmen aus dem Dunkel hervorzuholen.

Die Familie des Onkels empfing die Ankommenden in einem geräumigen Saal. Von der Decke wedelten bunte Stoffbahnen wie riesige Fächer. Schichten kostbarer Seidenteppiche bedeckten den Boden und schlugen unter den nackten Füßen der Diener leise Wellen. In diesem Haus lebten die beiden Familien vier Jahre lang beisammen, inmitten vielstämmiger Ficusbäume, die ihre Zweige durch die Fenster streckten; in ihren Kronen hausten gelbfellige, langschwänzige Affen.

»Kannst du mich zu eurem Fluss bringen?«, fragte Irani den Cousin, der neben ihr saß, als sich die Familie, wohlig auf bunte Kissen geräkelt, dem Wiedersehensschmaus widmete. Er hieß Jamschid, mochte in ihrem Alter sein und war der größte von fünf Brüdern. Er errötete und senkte den Kopf. Seine Blicke zog es unwiderstehlich zu seinen Zehen, die in schmalriemigen Sandalen steckten. Seine Stimme klang glockenhell wie die eines Mädchens, schlug aber in den Höhen in heiseres Krächzen um, was ihn sehr verlegen machte, als er ihr in gebrochenem Persisch antwortete. Er hatte einige Brocken dieser Sprache von seinem Vater gelernt, der Heimweh nach ihr hatte.

»Jetzt, jetzt gleich willst du?«

Sie nickte, und er führte sie durch die Gassen der Stadt. Ihr Körper war erschöpft, aber ihre Seele weitete sich. Irani sah, wie die Sonne über Kalkutta aufging, die Luft in Brand setzte und die Nachtfalter verstörte. Jamschid fasste nach ihrer Hand, als sie sich einen Weg bahnten zwischen Leprakranken, die dem neuen Tag entgegengähnten, Mönchen, die zusammengerollt noch an den Straßenrändern schliefen, und geschmückten Elefanten, die sich neben ihnen auf den Rücken wälzten.

Vorsichtig stiegen sie die glitschigen Stufen hinab und setzten sich neben der Leiche eines in der Nacht gestrauchelten Esels ans Ufer. Sie sah sich lebhaft um; er musterte sie verstohlen von der Seite und versuchte vergeblich, einen Blick ihrer großen, aufgeregt umherwandernden Augen einzufangen. Irani spürte weder etwas von diesem Bemühen noch vernahm sie das leise, feine Lied der Werbung, das sein Körper an diesem Morgen für sie zu singen begann.

Innerhalb kurzer Zeit waren die beiden Kinder von vielen Menschen umgeben. Wäscher schlugen mit erschöpften Gebärden im Rhythmus ihrer Seufzer auf Lumpen ein, Hausfrauen, die zum Geschirrspülen gekommen waren, planschten ausgelassen wie Kinder, Silber putzende, verspielte Diener fingen blendende Sonnenstrahlen ein, Kinder wuschen sich die Haare, Barbiere warfen vorübergehenden Männern prüfende Blicke zu, mitleidige Haarzupferinnen befreiten Frauen mithilfe eines Folterfadens von Barthaaren, eine Mutter knackte Läuse auf den Köpfen ihrer Töchter, nasse Zweige putzten gebleckte Gebisse, ein Ohren-reiniger stocherte mit langen Stäbchen in schmalzigen Gehörgängen herum, Hähne hüpften zum Trinken ins trübe Nass, majestätische Wasserbüffel standen bis zum Hals im Fluss, Greise ließen ihre hauchdünnen Hüfttücher an der Luft trocknen, Babys jauchzten auf, wenn ein feuchter Lachsschwanz sie kitzelnd streifte.

»Ist das ihr Schabbat heute?«, fragte Irani.

»Nein.«

»Machen sie sich für eine Hochzeitsfeier zurecht?«

»Nein, das ist jeden Tag so.«

Auch die runde, wie ein errötender Mond glühende Son-ne spielte mit dem Wasser und ließ goldene Flocken auf den Wellen tanzen. Das Mädchen schloss die Augen, damit die Lichtfunken ihre Lider streichelten. Der Junge meinte, der Weg hätte sie ermüdet, aber Irani wollte nur intensiv lau-schen. Indien raunte ins Ohr des kleinen Gastes und ver-traute ihm das tiefe Geheimnis an, das denen vorbehalten ist, die das Land lieben.

Plötzlich sah Jamschid, dass sie die Augen aufriss und ihren Kopf in die Höhe reckte wie die Kreuzottern im Korb des Schlangenbeschwörers. Der Duft war einfach zu verfüh-rerisch und die Luft so sanft.

Irani stand auf und näherte sich dem Ufer. Der Fluss schickte ihr leckende schäumende Zungen entgegen; dun-kle Strudel brodelten, als er ihre nackten Fußsohlen umspülte. Das Wasser färbte sich lila und rosa, während Irani hineinglitt; warme Strömungen streichelten ihre Haut, und der Stoff ihres Kleides schwamm wie eine große Flosse um sie herum.

»Komm wieder raus. Bitte komm raus, das ist nicht für uns, das ist schmutzig!«

Die Stimme ihres Vetters schlug von der eines Jungen in die eines Mannes um, während sie mit geschlossenen Augen viele Male untertauchte und sich wieder emportreiben ließ.

In den Jahren, die sie in Kalkutta verbrachte, übersetzte Irani ihrem Vetter alle schmutzigen persischen Witze, an die sie sich erinnern konnte, ins Bengalische. Schon damals brach sie eine Sekunde vor der Pointe in schallendes Gelächter aus, das ihr den Kopf nach hinten warf, ihren Mund aufriss, die Zähne bloßlegte und das Zäpfchen im Rachenraum tanzen ließ.

Jamschid war es, der ihr die indischen Götterfiguren im Bildhauerviertel der Stadt kaufte. Er erklärte ihr, dass der klagende Gesang, der aus dem Witwenheim aufstieg, von der Sehnsucht nach dem Prinzen Krischna erzählte. Mit Jamschid kletterte sie auf die vielstämmigen Ficusbäume und schaukelte neben der Affengesellschaft in den Ästen.

Er nahm sie jeden Tag an die Hand und saß mit ihr am Fluss. Dort falteten sie aus Bananenblättern flache Teller, schmückten sie mit Jasminblüten, stellten sich vor, dass eine mit Kampferöl gefütterte Maschine Dampf ausstieß, legten ihre Wünsche hinein und vertrauten sie dem Meer an.

»Ich möchte für immer hier bleiben. Hoffentlich fahren wir nie wieder weg. Amen«, flüsterte Irani, die langen Haare zu Zöpfen geflochten, eines Abends mit geschlossenen Augen vor sich hin und entsandte diese Bitte so ernsthaft und konzentriert, als würde sie eine Taube von der geöffneten Hand ins Weite schicken. Ein leichter Wellenschlag trug das kleine Boot und die darin zitternde Flamme mit sich fort.

Auf dem Nachhauseweg wollte Jamschid sie beruhigen: »Aber es ist doch nur ein Ausflug, Irani. In einem Monat seid ihr wieder da. Mach dir deswegen keine Sorgen.« Er strich über den jungen Flaum, der in den letzten Monaten auf seiner Oberlippe gesprossen war.

»Ich will keinen Ausflug und kein Israel!«

Das aufgemalte dritte Auge zwischen ihren Brauen blinkte ärgerlich.

In der Tat hatte Maurice Eliaspur nur die Absicht gehabt, dem Land Israel mit seiner Familie einen Besuch abzustatten und dann nach Kalkutta zurückzukehren, aber er starb eine Woche vor der Abreise unter den Rädern eines Autobusses.

»Mein Maurice wollte nach Israel fahren«, weinte Sofie, seine Frau. »Er sagte zu mir: ›Meine Seele, ich möchte nach Israel fahren.‹ Das waren seine Worte.«

Sie verstaute alles, was sich verstauen ließ, in Blechbehälter, verpackte ihre Perlen, versammelte Kinder und Enkel, Schwiegertöchter und Schwiegersöhne und brach ins Gelobte Land auf, um ihren Mann dort zu begraben.

Bevor sie in eine der großen schwarzen Limousinen ihres Onkels geschoben wurde, kletterte Irani mit Jamschid in die Ficuskrone. Zum Abschied streichelte sie die Felle der

Affen, und Jamschid streichelte ihr Haar. Bevor er sie fragen konnte, ob sie ihn heiraten wollte, denn dann könnte sie in Kalkutta bleiben, zerkratzte eine lange gelbe Affentatze ihre Stirn. Drei scharfe Krallen gruben drei blutende Furchen, die forkenförmig verschorften.

Aus dem Flugzeug, das sie und ihre Familie nach Israel brachte, sah Irani, wie der Ganges sich im Mündungsdelta in viele Arme spaltete und wie die auf ihrem Krokodil reitende Göttin mit schäumenden Strudeln und Flutwellen kämpfte und schließlich in den weiten Indischen Ozean gespült wurde.


# 14


Damals, bevor Matti ohne ihren Zwilling zur Welt kam, als wir noch klein waren und Kinderkrankheiten wie Epidemien das Haus heimsuchten, da lungerten wir in den letzten glühenden Tagen des Sommers nach einem scharfen, schweren Mittagessen oft satt und matt in Mamas Nähe herum. In der Küche glosten die leergeschöpften Kochtöpfe mit dem sengenden Wüstenwind um die Wette, eine Kolonne goldener Ameisen zog über die Marmorplatte zum schmutzigen Geschirrstapel im Spülbecken, und auf den noch nicht abgeräumten Tellern glommen Tomatensauce-fäden im orangefarbenen Sonnenschein. In diesen selten stillen, schwelenden Momenten, wenn das Haus vor Hitze flimmerte, Kinderschweiß Honigflecken auf die Hemden malte und der Durst in den Kehlen kratzte, wenn Mamas Müdigkeit und unsere Langeweile die Luft tränkten und am Mückengitter erschöpfte Fliegen surrten, kam es vor, dass Mama plötzlich laut und tief Luft holte, wie es Hausfrauen zwischen einer Mühe und der nächsten gelegentlich tun, und sich zum Kampf gegen die Kopfläuse wappnete.

Vorwiegend in den Sommermonaten, in denen der Schweiß unser Haar mit Salz überspülte, in klebrige Strähnen verwandelte und das Schwarz unserer Schöpfe noch vertiefte, pflanzten sich auf unserer Kopfhaut Unmengen von Läusen fort. Leise, leise folgte Mama unseren nackten Füßen, die auf den Steinfliesen der verdunkelten Zimmer Kühlung suchten. Wenn sie sicher war, dass Hitze und Spiele die unbändige Kinderkraft bezwungen hatten, fing sie uns in den Armen, und ihre fleischigen Schenkel, die uns wie Eisenringe umklammerten, erstickten das Echo unserer Proteste. Aufmüpfige Köpfe drückte sie in die Speckfalten ihres Bauchs, und ihre Beinklammer besiegte widerspenstige Muskeln.

»Rühr dich nicht, hab ich gesagt. Still gestanden!«

Mama nahm sich einen Schopf nach dem anderen vor. Ihr Blick verschärfte sich, als müsste sie eine unleserliche Handschrift entziffern. Der Brennpunkt ihrer vor Anstrengung schielenden Augen lag etwas hinter der Nasenspitze; ihre Nüstern erbebten unter erregten Atemzügen. Wie eilige Krebszangen krabbelten ihre Finger kreuz und quer über

unsere Schädel, scharlachrote Nägel stöberten Schuppen
auf und drangen in die Nischen der Haarwurzeln vor.

Immer wieder versuchten wir, die Fesseln der lästigen,
erzwungenen Nähe abzuschütteln, und manchmal meinten
wir sogar, ihren zupackenden Armen entkommen zu können, aber gegen ihren Jagdinstinkt hatten wir niemals wirklich eine Chance. Auch wenn wir schimpften und weinten,
presste Mama unsere Köpfe einfach gegen ihren Nabel.
Unsere Nasen stießen an ihre Bauchwand, ihr Schweiß
tropfte in unsere Tränen, und wir erschnupperten den
Geruch ihrer Scham durch die Zwiebelsaftflecken auf ihrem
Kleid.

»Da, da, da …«, murmelte sie triumphierend, wenn sie
wieder ein weißes Läuseei entdeckt hatte, und schnaufte
dazu rachelustig. Wir hielten mit ihr den Atem an. Angewi-
dert riss sie das befallene Haar aus, streifte das winzige Ei
zwischen ihren Fingernägeln ab und zerknackte es knir-
schend in der roten Lackzange.

»Hat das wehgetan? Ein bisschen? Na, bis zur Hochzeit ist
alles vorbei.«

Dann drückte sie uns zur Entschädigung fürs Wehtun und
Haarausreißen einen leichten, höchst wirksamen Kuss in
den Nacken, auf die Krone der Wirbelsäule. Von Ei zu Ei
wurden ihre fiebernden Fingerspitzen gieriger, und sie
gurrte jedes Mal angeekelt, wenn sie tastete und tötete,
drückte und knackte und die Hüllen abschüttelte.

Wer dem Würgegriff entronnen war, vergaß ihn schnell
wieder und schmiegte sich bis zum Ende der Entlausungs-

zeremonie an Mamas Hüften. Liebevoll streichelten wir die mehlige Haut an ihren Armen, schmolzen vor Wonne, wenn sie ihre Finger durch unseren Flaum spazieren ließ, und sogen den Duft ihres Achselschweißes ein, der sich während der Prozedur immer mehr verschärfte, bis er nach gekochten Linsen roch.

Mamas Arme waren fett und rund, fleischig und schwer, weich und süß und zu unserem Ergötzen angenehm kühl, selbst wenn sie schwitzte. Kleine Hände betätschelten verwundert das samtige Fleisch, winzige Wangen schmiegten sich liebevoll an träge herabhängende Speckfalten, kitzelnde Finger lösten ein glucksendes Lachen aus, in dem die Verwunderung des jungen Mädchens über den schweren, um sie herum gewachsenen Frauenkörper mitschwang.

»Jetzt reicht es aber. Nun ist gut. Schluss damit.«

Sie schüttelte uns ab wie eine Hündin ihre Jungen und gehörte wieder sich selbst.

»Nun lasst schon meine Hände los, mir ist heiß.«

Vorsichtig wie mitternächtliche Liebhaber erlösten wir Mamas Handgelenk vom Druck der Uhr und bestaunten den Vollmond, der darunter auf ihrer Haut erschien. Verschwand er allmählich, wollten unsere Daumen die Impfschnecken betasten, die sich ihren Oberarmen eingeprägt hatten, als sie ein kleines Mädchen in Isfahan war. Unbedenklich schoben wir die Ärmel ihrer Bluse hoch, küssten die rauhen Muscheln, in deren Mulden sich besonderer Glanz sammelte, und atmeten den Putzmittelgeruch ihrer Hände ein, den sie aus den Häusern anderer Frauen mitbrachte.

Sophia, Marcelle und Lisi versuchten, sich Mama vorzustellen, wie sie in ihrer Kindheit gewesen war, so klein wie wir, die Arme dünn wie Zitronenbaumzweige, in einem ordentlichen Faltenrock, das schwarze Haar brav zu Zöpfen geflochten.

»Die Mütter«, erklärte uns Papa, »bevor sie Mütter wurden, waren sie allesamt kleine Mädchen, genau so wie ihr heute. So wahr ich lebe!«

»Wir glauben dir es ja«, kicherte Marcelle.

»Und wessen Mutter war sie damals?«, fragte Sophia nach. Auch Lisi konnte sich das nur schwer vorstellen. Allein Maurice wusste, dass Mama trotz ihrer üppigen Arme, ihres Schwindel erregenden Gelächterkarussells und ihrer Donnerstimme ein kleines Mädchen ohne Busen, Ehemann und Kinder geblieben war.

»Guck mal, Sophia, guck sie dir jetzt zum Beispiel mal an«, flüsterte Papa, wenn Mama beim Witzeerzählen kurz vor der Pointe in schallendes Lachen ausbrach, die Augen zukniff wie ein Kind und dabei Zahnfüllungen und das Zäpfchen im Rachen bloßlegte.

»Jetzt, Marcelle, jetzt, sieh dir eure Mutter an. Lisi, schnell, dir entgeht was!« Er wies auf seine Frau, die inmitten ihrer älteren Geschwister wieder zum gehorsamen kleinen Mädchen wurde.

# 15

Fünfzehn Jahre war sie alt, als er sie im Licht der untergehenden Sonne am Strand von Tel Aviv zum ersten Mal sah.

Sophie Eliasfur, ihre schweigsame verwitwete Mutter, saß in den Nachmittagsstunden in ihrer Wohnung im Schabasi-Viertel und fertigte für ihre Tochter ein Hochzeitskleid an, indem sie Perlen auf eine einzige lange weiße Schnur zog. Nachts schliefen beide zusammen in einem Bett, und Irani passte auf, dass das Herz ihrer Mutter nicht zu schnell schlug, denn Sophie klagte über Schmerzen in der Brust. Irani ahnte bereits, dass die Herzschläge ihrer Mutter und die Tage ihrer Leiden gezählt waren, und weigerte sich, zur Schule zu gehen. Sie saß zu Sophies Füßen, ließ sich Rezepte ohne Mengenangaben vorraunen und schrieb alles auf. Nur Küchengeheimnisse kamen noch über Sophies Lippen, denn seit langem schon stand ihr Mann nicht mehr hinter ihr, um ihr liebevoll den Nacken zu streicheln und geflüsterte Worte in ihre Ohren zu gießen.

»Dein Vater aß so gern Spanjon«, weinte Sophie in persischer Sprache. »Wenn ich ihm Spanjon kochte, sagte er immer: ›Sophie, mein Engel, das schmeckt mir ausgezeichnet.‹ Ach, wie gern aß er Spanjon!«

Irani ging zum Markt und kaufte Lammfleisch, Walnüsse, Koriander und Granatäpfel, um die Spanjon-Zubereitung ohne Mengenangaben zu erlernen.

»Stell dich einfach vor den Verkäufer hin«, hatten ihr ihre Schwestern geraten, die sich am Schabbat einfanden, »dann zeigst du auf das, was du willst, und sagst: ka-ma.«

»Oi, oi, oi … und was bedeutet ka-ma?«, fragte Irani.

»Das heißt ›wie viel‹.«

Irani presste die Münzen in ihrer Hand, prägte sich die Zutaten ein und wiederholte unentwegt: »Ka-ma, ka-ma, ka-ma.«

Als sie vor dem Gewürzhändler stand, zeigte sie auf einen Bund Koriander, lächelte mit dem gebrochenen Herzen der Wandernden und fragte mit feuchtem Mund und starkem Akzent: »La-ma, warum?«

»Eh?«

»La-ma?«

»Was willst du, Kind? Was soll das heißen: warum?«

»La-ma?« Sie öffnete ihre Rehaugen und die verschwitzte Hand mit den Münzen.

Zu Hause briet sie das Lammfleisch in ausgelassenem Schwanzfett an, ließ Tomaten im Bratensaft tanzen, rührte gehackten Koriander hinein, übergoss alles mit Granatapfelpüree und murmelte »Ka-ma … ka-ma … ka-ma.«

»Erst zum Schluss gibt man die Walnüsse dazu.« Irani las, was ihre Mutter ihr am Morgen diktiert hatte. »Walnüsse machen die Gerichte bitter, wenn man sie von Anfang an mitkocht. Ka-ma …«

Sophie musste weinen, als sie vom Spanjon probierte.

»Aber ich hab alles gemacht, wie du gesagt hast. Die Walnüsse zum Schluss.«

»Ich weine nicht wegen der Walnüsse, mein Engel.« Sophie schob den dampfenden Teller beiseite und machte sich wieder ans Perlenaufziehen.

»Jetzt geh und such dir einen Mann. Dein Vater sagte zu mir: ›Irani soll sich selbst einen Mann aussuchen, einen, den sie lieben kann.‹ Also geh, mein Engel, geh. Ich mach dir inzwischen dein Hochzeitskleid fertig.«

Also begab Irani sich auf die Suche nach einem Bräutigam. Sie wählte den Strand, wo Paare auf dem Weg zum Hochzeitsbaldachin verweilten, wo sie, das Meer und die versinkende Sonne im Rücken, in klickende Kameras lächelten. Irani schritt in Richtung Jaffa aus. Ein bleicher Tagesmond trieb im leuchtenden Himmelsblau, und Irani sehnte sich nach ihrem fernen Strom.

Soli ruderte auf dem Meer. Er sah sie schon von weitem und errötete. Ein Mädchen glitt über den Sand, ihr volles Haar zu Flügeln gebauscht, ihr langes Kleid ein schleppender Schwanz. Der junge Mann riss den Bug seines Bootes herum, hielt auf sie zu. Irani bewegte sich mit kleinen, versonnenen, fast unmerklichen Schritten voran, und ihr schmales Becken kreiste leicht und anmutig. Je näher Soli kam, desto deutlicher erkannte er, wie schön sie war, wie zart gebaut und wie viel Angst er davor hatte anzulegen. Im Angesicht all dieser Schönheit trocknete das Salz seinen Mund aus, und seine Zunge blieb am Gaumen kleben.

So ließ er sich eine Weile schweigend neben ihr her in Richtung Jaffa treiben. In seinem Boot klatschten Fischleiber aufeinander; Iranis Haar wand sich im Wind. Rasch blitzten ihre Rehaugen zu ihm hinüber und sprangen sofort verlegen ins Meer. Auch er war unsicher und heftete seine Blicke auf den Sand zu ihren Füßen, dort, wo die Wellen ihre Spuren wegfraßen und die feuchte Schleppe ihres Kleides schäumend über die Schalen knirschender Muscheln schleifte.

Auf Höhe des armenischen Klosters riskierte er einen Blick an den Rand ihrer geröteten, glänzenden Lider. Dann guckte er rasch noch einmal. An den schmalen Schultern glänzten Impfschnecken. Soli hatte noch nie eine Frau berührt und war schüchtern. Er wagte noch einen Blick, diesmal auf ihre schönen Brüste. Der Himmel wechselte sein Blau, und das Meer folgte ihm. Iranis Haut schimmerte pflaumenfarben.

Unterdessen wanderte der Mond weiter, und der Abend senkte sich auf die Stadt. Die Brautpaare waren verschwunden, der Strand und der Sommer gingen zu Ende. Sie schwebte barfuß übers Land, und er trieb errötend auf dem Meer, bis zum Andromeda-Felsen.

»Kannst du mich zurückbringen?«, fragte Irani die Dunkelheit, und in ihren Augen leuchteten Sterne.

»Komm.« Sie rührte sich nicht. Ihre runden Edelsteinaugen hatten ihn nicht verstanden.

»Bitte, steig ein.« Er lud sie mit einer Geste ein, und die verstand sie.

»Vielen Dank.« Ein kleines Mädchen kletterte in sein schaukelndes Boot.

Selbst als sie in ihrem schweren, aus einer einzigen langen

weißen Schnur gefertigten Perlenkleid steckte, sah Soli ein barfüßiges kleines Mädchen am Ufer entlang schweben. Auch als ihre schönen Brüste sich mit Milch füllten, blieb die Frau, die seine Kinder stillte, für ihn die kleine Strandwandlerin. Sogar, als seine Töchter herangewachsen waren, die Mutter längst überragten und das Haus mit all ihrer Schönheit füllten, lähmten Salzkrusten seine Zunge, wann immer er seine Frau ansah.

Maurice' Geburt überraschte Papa; vielleicht, weil Irani ihr zum ersten Mal schwangeres Bäuchlein unter der Tigerdecke versteckte, vielleicht, weil Fremde sie selbst im neunten Monat noch für eine Schülerin hielten, die die Sportstunde schwänzt, vielleicht, weil Soli es einfach nicht glauben konnte, dass sie in Kürze ein Kind unter ihrem Kleid hervorzaubern sollte. Eines Tages kehrte er vom Großmarkt zurück und fand sie weinend und nackt auf dem Wohnzimmerteppich. Hätte er nicht geglaubt, dass Maurice tot wäre, hätte er wohl gesagt: »So ein wonniges Baby. Wo hast du es her?«

Sophia, Marcelle und Lisi machte er mit Absicht. Er liebte den Anblick der weiblichen Formen, die sich um sein kleines Strandmädchen woben. Er überhäufte sie mit Bananen, Kokosflocken und Erdnüssen, um ihren Appetit anzustacheln und ihre Hinterbacken und Brüste wie Hefekuchen aufgehen zu sehen. Mit jeder Geburt wurden ihre Schenkel üppiger, die Aureole der Brustwarzen dunkler und breiter, und in seinem Eisenbett mit den stöhnenden Federn wuchs eine handfeste Frau heran. Jahr um Jahr verdickten sich die

Krampfadern an ihren Waden, wurden die Arme schlaffer, ermattete der Glanz ihres Bauchs.

Wenn sie schlief, hob Soli manchmal die Decke hoch und küsste mitleidig die zackigen Risse, die die Schwangerschaften auf ihrer Haut hinterlassen hatten und die sich im Rhythmus ihres Atems wohlig wellten. Wenn sie lachte, biss er in die schlingernden Fleischrollen über ihrer Gebärmutter. Wenn sie sich auf ihn legte, versank er unter dem weichen Strudel, dem Malstrom ergeben erschlaffender Muskeln, dem Sog des Nabels.

»Das Finanzamt wird nie dahinter kommen, dass all meine Millionen in deinem Bauch stecken«, lachte er und griff voll Besitzerstolz in die Speckfalten. Zum Einschlafen schlang er die Arme um ihren Rücken.

Manchmal erwachte er in den Nachmittagsstunden des Schabbat und sah sie mit hochgerutschtem Rock auf dem Sofa liegen, auf ihrem Bauch ein glühendheißes Glas Tee und darin ein schaukelnder Ingwerbrocken, während wir vier Kinder durch die Wohnung tobten. Wenn die Flüssigkeit durch ihre Kehle rann, spreizte sie leicht die Beine und lehnte das leere Glas anschließend gegen ihre fleischigen Hüften. Wärme durchströmte ihre inneren Organe, beruhigte den Darm und die flüsternden Magendrüsen.

»Schick die Kinder zu den Nachbarn, sie sollen schwarzen Houmus holen«, raunte Soli an ihrem Ohr. Im Verein mit dem warmen Teeglas streichelte seine weiche Hand ihre Haut.

»Jetzt?«, murmelte sie.

»Ja, jetzt.« Er drängte sich begehrlich an sie.

»Na gut.« Sie strich ihren Kleidersaum glatt, rief die Kinder zusammen und schickte sie vor die Tür.

»Ja, geh du auch mit. Sie soll bitte einige schwarze Houmuserbsen in eine Tüte füllen. Ja, nun mach doch schon. Ja, wieder schwarze … «

Wenn die Nachbarinnen dann merkten, weswegen wir zu ihnen geschickt worden waren, lächelten sie gutmütig und hielten uns für eine Weile fest.

Unterdessen ruderte Soli, vom Jauchzen der Jelängerjelieber und dem durstigen Picken winziger Kolibrischnäbel begleitet, zwischen fadenscheinigen Laken und einer geblümten Samtdecke durch die Wellen zu seinem kleinen Einwanderermädchen, das inmitten ihrer Seufzer »la-ma?« fragte. Wenn die Flut schwoll, seine Frau erschauerte und ihre warmen Nischen bebten, schlüpfte das kleine Mädchen aus ihr heraus, schwebte barfuß über den Sand, und ihren Lippen entströmte ein anmutiger, murmelnder Bach aus isfahanischem Persisch, bengalischem Indisch und gebrochenem Hebräisch.

# 16

Ihre einfachen Baumwollkleider mit den runden Kragen setzte sie bedenkenlos der Hausarbeit aus. Früher einmal waren die gerade geschnittenen, charakterlosen, schäbigen Gewänder, die brav die Knie bedeckten, cremig weiß wie satte Sahne gewesen. Im Verlauf der Jahre waren sie ausgebleicht und vor Abnutzung schon fast durchsichtig geworden. Saucen- und Gewürzflecken hatten sich ausgebreitet, aufgestoßener Babybrei sie mit sanften Mustern bedruckt, tastende, nach Mamas Flügeln suchende Kinderfinger sie mit zarten Tupfen geziert.

Wir liebten diese anspruchslosen, alles verzeihenden Kleider, die sich fast so samtig anfühlten wie ihre Haut und bis in die letzten Fasern den Schweißgeruch unserer Kindheit speicherten. Vielleicht erinnerten wir uns daran, wie sich ihre schönen Brüste aus dem Weiß heraus uns angeboten hatten. In ihnen bargen wir unsere Gesichter und schnupperten den Vanilleduft ihrer Milch, wenn Verlegenheit oder Tränen uns überkamen. Als wir noch hinter ihr her krabbelten und Schildkröten gleich die Köpfe hoben, erblickten wir weißschäumende Kleidersäume.

Papa allerdings sah sie gar nicht gern in ihren Waisenkindkleidern, wenn er nachts heimkam.

»Eine Kittelschürze, Irani«, tadelte er sie sanft, »warum trägst du keine Kittelschürze darüber?«

Auch in den Häusern, die sie morgens saubermachte,

trug sie die bläulich verfärbten Hängekleider. Merkte sie, dass die Ehemänner der fremden Frauen sie beim Fegen des Bodens beobachteten, beschleunigte sie verlegen ihre Bewegungen.

Familienfesten zu Ehren streifte sie die Nymphengewänder ab, stand nackt vor dem Schrank und warf prüfende Blicke auf ein glänzendes Hemdblusenkleid oder einen farbenprächtigen Plisseerock. Bevor sie sich anzog, schminkte sie ihr Gesicht. Ein knalliger Stift ließ die feinen Lippen anschwellen, Rougewellen bedeckten ihre reine Haut, olivenfarbige Lidschatten verliehen ihr einen staunenden Blick. War dies vollbracht, schlüpfte sie aus den Holzpantoffeln, rollte Nylonstrumpfhosen über ihre Beine und suchte verzweifelt nach dem zweiten hochhackigen, spitzen Schuh.

»Such ihn da, wo du ihn verloren hast«, wusste Maurice sie zu zitieren.

Sie löste ihr Haar, schraubte Tropfohrringe in die Ohrläppchen, legte sich Goldketten um den Hals und steckte alle ihre Ringe an die Finger. Nur die breiten eckigen Fingernägel verrieten sie, wenn sie vor dem Spiegel ihre neue Erscheinung musterte. Sie hatte gemeint, mithilfe des feinen Lackpinsels könnte es ihr gelingen, die abgearbeiteten Hausfrauenhände zu kaschieren und den Reinigungsmittelgeruch zu vertreiben.

War sie fertig herausgeputzt, heftete Maurice sich weinend an ihren Hintern. Er wollte am liebsten, dass sie immer nur zu Hause blieb, eins der fadenscheinigen hellen Kleider trug und in klobigen Holzpantoffeln über den

Boden polterte. Er glaubte, sie könnte in allen Zimmern zugleich sein, im Schlafzimmer Kissen ausklopfen, in der Küche Messer schärfen, den Jasminstrauch neben der Tür begießen und im Wohnzimmer mit den Stricknadeln klappern. Er lebte mit dem Gefühl, aus jeder Ecke sähen ihn ihre großen schwarzen Augen an, deren Weiß kaum sichtbar und deren Blickrichtung deswegen nie genau zu bestimmen war.

Wann immer Mama zu einer Feier bei anderen Leuten eingeladen war und sich ihnen zu Ehren fein machte, befürchtete Maurice, sie könnte nicht zurückkommen, und ließ einen ihrer hochhackigen Schuhe verschwinden. Sophia, die sowieso traurig war, konnte er ohne weiteres mit seinem Kummer anstecken. Marcelle beschimpfte er wegen ihrer Gleichgültigkeit, und Lisi kniff er, damit auch sie heulte.

»Bitte, Mama, bitte, bitte, geh nicht weg!« Drei feuchte kleine Mädchen wanden sich zu ihren Füßen. Maurice stand regungslos daneben, tat, als sei er ein Mann und über die Tränen seiner Schwestern und ihre bebenden Rachenzäpfchen hoch erhaben.

»Mamilein, bitte bleib zu Haus. Du siehst doch, wie sie heulen«, bat er trockenen Auges. Wenn unsere Eltern nachts heimkamen, fanden sie die einhütende Nachbarstochter mit offenem Mund schlafend auf dem Sofa, Sophia und Lisi waren angezogen auf dem Teppich eingenickt, und nur Maurice schluchzte wie ein verwaistes Kind und las Marcelle traurige Geschichten vor.

Sie war unsere große Sonne, und wir, ihre vier kleinen Planeten, umkreisten sie. Unter den kalten Neonröhren der Läden von Givat Olga griffen wir nach ihrem Kleidersaum und sahen, wie sie verschämt zögernd auf ein Paar glitzernde Abendschuhe oder eine dicke runde Vase im Schaufenster zeigte. Die Verkäuferinnen setzten für sie ein süßes, gönnerhaftes Lächeln auf.

»Oh, Sie haben aber einen guten Geschmack. Sie haben sich das teuerste Paar ausgesucht!«

Mama lachte stolz wie eine Königin, ihr Lachen klang wie eine Börse voller Münzen. Natürlich konnte sie sich nichts davon leisten. Auf der Straße nahm sie uns fest in den Arm, als wären wir Geschenke. Sie zog aus der Schmeichelei des Ladenpersonals einen faden Trost und vergaß den Geruch der teuren Waren schnell. Abends erzählte sie Papa genüsslich, dass man ihr wieder einmal gesagt hätte, sie wäre mit einem guten Geschmack gesegnet.

»Das teuerste Paar im Laden!«, sagte sie.

»Schon wieder das teuerste Paar im Laden?«, wiederholte er und amüsierte sich köstlich.

»Ja, schon wieder«, seufzte sie zufrieden.

Ob nun mehr oder weniger Geld da war, Mama führte ihren Haushalt allezeit, wie es sich für die Tochter eines persischen Händlers gehörte. Von ihrem Vater hatte sie Verhandlungstaktiken gelernt und von ihrer Mutter das Wissen erworben, wie man dem Feilschen insgeheim Vergnügen abgewinnt.

Auf den Märkten vollführte sie an den Gemüse- oder

Fleischständen jenen lebhaften Tanz, bei dem Hausfrauen mit dem weichen Fett ihrer Arme wedeln, die Händler mit blitzenden Armreifen und Ringen blenden und für ein Extrastück oder einen Preisnachlass ein breites Lächeln versprechen. Dann flötete sie spitzbübisch, ließ die Münzen in ihrer Hand rasseln wie ein Tamburin, wählte ihre Worte listig und rollte mit den glutvollen Augen. Dazu hüpften die schwarzen Pfefferkörner auf ihren Wangen, und ihre Zunge war so scharf, als hätte sie an den Feuerfingern sudanesischer Chilischoten geknabbert.

Manchmal half das alles nichts, und Mama sah sich gezwungen, die Marktstraße dreimal auf und ab zu schlendern, um einige Groschen zu sparen. Aber meistens zogen die Händler ihre Hüte, soweit sie Hüte trugen, ließen ihre Bärte beben, soweit sie Bärte hatten, und beteiligten sich am Tanz, den Mama so perfekt beherrschte, bis der Preis heruntergehandelt war.

Wir wunderten uns sehr über unsere feurig feilschende Mutter und zogen verlegen an ihrem Rockzipfel: »Mama, lass das doch. Komm weiter.«

Wenn sie dann, glühend wie ein umworbenes junges Mädchen, mit vollen Körben vom Markt zurückkehrte, schlugen ihr die lila Veilchenblüten der Gasflammen entgegen, und die Nachbarskinder fanden sich mit leeren Tellern in unserer Küche ein.

»Die Hände einer kochenden Frau sind ihr Schwert. Das sind unsere Waffen! Speere und Kanonen!«, rief sie ihren Töchtern nach, die vor dem Spiegel Mamas Schürzen ausprobierten, es vorzogen, in Frauenzeitschriften zu blättern und sich weigerten, Rezepte auswendig zu lernen.

»Ich suche mir sowieso einen reichen Mann, der mich zum Essen ausführt, jeden Tag in ein anderes Restaurant.« Sophia klimperte mit ihren falschen Wimpern und gähnte träge.

Mama war gerade dabei, einen Truthahn, den sie mit Reis, Feigen und Nelken gefüllt hatte, zuzunähen. Sie fuchtelte mit Nadel und Faden in der Luft herum, zupfte an ihrem Ohrläppchen und befingerte verlegen die darin baumelnden Ringe. Ihr fehlten die Worte. Sie kannte keine reichen Männer und erst recht keine, die ihre Frauen in Restaurants führten.

»Ah …«, sie nahm die Erfahrung ihres kurzen Lebens zuhilfe, »ein Mann, der dich jeden Tag in ein anderes Restaurant führt, Sophia, da musst du aber gut aufpassen, dass er nicht auch jede Nacht in einem anderen Bett schläft!«

»Was ist denn so schlecht an einem Omelett?«, schlug Marcelle im Namen ihrer dösenden Schwester vor. »Sie kann ihm doch ein Omelett machen!«

»Omelett!« Mama fuhr auf, als würde sie von einem Paar Gabeln gestochen. »Mit einem Omelett, Madame Marcelle, kann man keinen Mann ernähren!«

»Und wenn er eins für sie macht, Mama?« Lisi klapperte kokett mit den Lidern.

»Ah …« Der Truthahnbauch wäre fast wieder aufgeplatzt, als Mama mit Nadel und Faden wedelte, diesmal, um sich die Nasenwurzel zu reiben und Lisis seltsamen Vorschlag zu bedenken, denn Männer, die für ihre Frauen kochten, kannte sie ebenfalls nicht. Ihr Mann fing für sie lediglich Fische, trug sie, in Pokale aus Zeitungspapier gewickelt, zum dritten Stock hinauf und ließ sie ins Küchenbecken flutschen.

»Was soll ich dazu sagen, Lisi?«

Mama riss den Faden mit den Zähnen ab, klopfte mit einer Hand auf den gefüllten Geflügelbauch und mit der anderen auf ihren eigenen, in dem ein Zwillingspärchen heranwuchs.

»Einmal hat euer Vater mir eine Kohlsuppe gekocht, die schmeckte nicht mal schlecht.« Sie blickte nachdenklich vor sich hin.

»Kohlsuppe?«

»Ja.« Irani lachte zufrieden wie eine Frau, die alles hat. »Aber Kinder machen kann er besser.«

Mama zog uns auf, wie sie selbst groß geworden war; dem System ihrer Mutter getreu sah sie in uns einen unterschiedslosen Kinderhaufen und ging mit uns so um, wie sie Nahrungsmittel einkaufte, in Sparpackungen und mit Mengenrabatt. Brach in einem unserer Körper eine Krankheit aus, Masern, Mumps oder Windpocken, sorgte sie dafür, dass sich die anderen gleich mit ansteckten. Nur Maurice, ihren Sohn, dessen Vorhaut in ihrem Inneren schwamm, umkreiste sie jahrelang auf Zehenspitzen, als ob er schliefe und sie befürchtete, schlummernde Erinnerungen wachzurufen.

Bevor ihre Töchter der Küche hochnäsig den Rücken kehrten, hatte Maurice das Kochen ohne Mengenangaben schon gelernt. Er war ja immerzu in ihrer Nähe, lief hinter ihr her, wohin sie auch ging, und klebte an ihrem Hintern. In ihren Armen, warm wie frische Brotlaibe, schwenkte sie ihn durch die Luft, und er schüttelte sich wild strampelnd vor Lachen. Auf der kühlen, von lilafarbenen Äderchen durchzogenen Marmorplatte setzte sie ihn ab und befestigte eine gelbe Zucchiniblüte in seinem Haar; sie selbst schmückte sich dann mit einem Kranz aus rosaweißen Radieschen.

Wie schön es kitzelt, wenn man Zucker und Zimt in der offenen Hand verrührt, zeigte sie ihm in ihrer Begeisterung so oft, dass den Kinderfingern alsbald der Geruch einer befriedigten Frau entströmte. Sie verriet ihm, dass Safran den Bernsteinton der Haut vertieft und wie lange man Chilbekörner aufquellen läßt, damit sich ihre Bitterkeit in Süße verwandelt und schlaffes Fleisch zur Liebe anstachelt.

»Das mag ich nicht, das stinkt …«

»Das ist ja auch nicht für dich, das kriegt Papa.«

Bevor Maurice sich auf den Balkon zurückzog, den Mama und Papa für ihn als Zimmer herrichteten, als seine Stimme brach und sein rechtsseitiges Herz sich verengte, erfuhr er, wie gut es tut, wenn man sich mit dem Messer leicht über die Haut schabt, als wäre man eine Aubergine, dass die Kerne eines aufgesprungenen Granatapfels streicheln können wie Mamas Finger und wie anmutig Makkaronischlangen im kochenden Salzwasser taumeln. Er spürte die Panik der Erbsen, wenn sie der brodelnden Hitze ausgeliefert werden, hörte den erstickten Schrei der Pekannüsse zwischen den Zangen des Nussknackers genau wie das Knacken von Apfelschalen und verstand die Angstschauer reifer Avocadofrüchte.

Als er ein Mann wurde und die Frauenkörper seiner Schwestern einer Herde weiblicher Elefanten gleich die Wohnung ausfüllten, genierte er sich, noch bei seiner Mutter in der Küche zu sitzen, und versuchte, alle Erinnerungen an diese Stunden aus seinem raschelnden Herzen zu entfernen. Nur manchmal, in den Schlafzimmern seiner verbrauchten Geliebten, deren Betten so kalt wie ihre Küchen waren, beschlich ihn die Vorstellung, er sei ein Apfelentkerner.

## 17

Außer den schwirrenden, vom Jelängerjelieberbusch vor Mama und Papas Schlafzimmerfenster angezogenen Kolibris verirrten sich ab und zu auch andere Vögel in unsere Wohnung, flatterten erschrocken gegen die Wände der engen Zimmer und suchten den Himmel in den bläulichen, von der Feuchtigkeit an die Decke gemalten Wolken. Dann erschraken auch wir Kinder, pressten uns gegen die Mauern und zwitscherten furchtsam, bis der Vogel das Fenster entdeckte und entkam.

Aber als an Sophias neuntem Geburtstag auf dem Höhepunkt des Festes ein riesiger Uhu ins Wohnzimmer flog, wild mit den Flügeln schlug und verzweifelt gegen die Wände ankämpfte, da dachten wir, er würde niemals wieder hinausfinden. Wie blind kreiste er über den Köpfen der Kinder. Die Mädchen kreischten panisch und bargen die Gesichter in den Armen, die Jungen sprangen auf wie ein Mann und verschanzten sich, einer hinter dem anderen, in einer Zimmerecke. Schwerfällig schwang sich der große Vogel zur Decke empor, vorbei am funkelnden Kronleuchter, dessen Glaszapfen klirrten. Dann stieß er mit vorgestreckten Krallen und angelegten Flügeln auf die Geburtstagstorte nieder, die prompt umkippte und mit dem Sahnegesicht zuerst auf den Teppich klatschte.

»Raus mit dir, du verflixtes Biest, hinaus«, schrie Mama und bemühte sich, Handtücher schwingend, den Eindringling zu vertreiben und gleichzeitig die kleinen Gäste zu beruhigen. Sie hieb mit der flachen Hand auf Bratpfannen ein und schlug Topfdeckel krachend gegeneinander. Der Uhu flog rüttelnd auf wie bei der Jagd und schwebte lautlos wie ein böser Geist über sie hinweg, zerschmetterte mit einem mächtigen Flügelschlag die Glasscheiben des Geschirrschranks und fegte dabei das Hochzeitsfoto und sämtliche Weinkelche vom Bord. Glassplitter spritzten durchs Zimmer und vertrieben auch die letzten Geburtstagsgäste. Vom ohrenbetäubenden Lärm erschreckt, ließ sich der Uhu mit weit aufgerissenen, riesigen gelben Hexenaugen auf der oberen Kante des Geschirrschranks nieder und rührte sich nicht mehr.

Bedächtig musterte er uns in unseren Festtagskleidern einen nach dem anderen, dann Mama, die schimpfend die Glassplitter und Sahnespritzer zusammenkehrte, zuletzt Sophia, der ohnmächtige, vorwurfsvolle Kullertränen wie Kristalle in den Wimpern hingen. Der Uhu kam ihr vor wie eine ausgestopfte Hülle, in die wider Erwarten Leben gefahren war, eine Art Alptraum, den sie in der kommenden Nacht träumen müsste. Die aufgeplusterten Federn waren sandfarben, aus dem flachen Tellergesicht ragten Haarbüschel hervor. Unter dem eiskalten Vogelblick wurde die Wohnung totenstill. Draußen ging der Mond auf.

Fast eine Stunde lang verharrte der Uhu reglos, als hielte auch er mühsam den Atem zurück und wäre seinerseits entsetzt über die Eindringlinge, die all die kleinen, Geburtstag feiernden Uhus vertrieben hatten. Dann begann sein Kopf sich mit haarsträubender Langsamkeit zu drehen, und die geschminkten Augen klappten unendlich müde auf und zu. Im engen Raum zwischen Decke und Geschirrschrank trippelte er auf gekrümmten Krallen zwischen der Vase aus falschem Kristall und einer bemalten Keramikschale hin und her wie ein dressierter Papagei auf dem Zirkusseil und wirbelte dünne Staubwolken auf, denn die Putzlappen unserer kleinwüchsigen Mama drangen nur selten so weit nach oben vor. Allerdings ließ er Vorsicht walten. Er hatte offenbar aus der Erfahrung gelernt und wollte den ohrenbetäubenden Krach vermeiden, den der Absturz einer der Gegenstände unweigerlich nach sich zog.

Plötzlich entdeckte der Uhu hinter dem Gummifarn eine

125

weiße Silhouette. Unsere bereits offenstehenden Münder wurden noch ein wenig weiter aufgerissen. Nur die Tränen, die Sophia übers Gesicht liefen und ganz sacht zu Boden tropften, störten die Stille. Wir sahen den Uhu begeistert um einen weißen Porzellanvogel herumhopsen, den wir bisher für eine Schleiereule gehalten hatten. Die schwarzen Glasaugen und der stolze Körper lagen unter blassgrauem Staub. Der plattgedrückte Schnabel schien zufrieden zu lächeln und glänzte gelblich im Schein des Kronleuchters. Der Uhu plusterte sich erregt auf, brüstete sich mit seinen ausgebreiteten Flügeln und schlug sie gegeneinander wie begeistert klatschende Hände. Die Angst in seinen Augen verwandelte sich in Balzbereitschaft. Er neigte sich zur Porzellaneule, schaukelte von Kralle zu Kralle und vollführte mit dem Schwanz einen langsamen, genau bemessenen Tanz.

So durchdringend war sein abgehackter Ruf, dass er selbst erschrak, als das Echo von den Wänden des engen Wohnzimmers zurückhallte. Die Trägheit des umworbenen Weibchens lähmte seine Fittiche keineswegs, und auch als Papa, den Geruch des Meeres im Haar, nach Haus kam, setzte der seltsame Vogel sein vergebliches Werben fort, ließ die Muskeln spielen, schlug mit den Flügeln und riss im Schein des Kronleuchters die Augen auf.

»So einer braucht Dunkelheit. Macht das Licht aus. Der braucht nur Dunkelheit«, sagte Papa und drückte auf alle Schalter. In der Finsternis, die sich über die Wohnung legte, glühten die Uhuaugen wie gelbe Leuchtkugeln.

»Der macht sich gleich davon. Lasst ihn zufrieden, dann fliegt er zum Fenster raus.«

Maurice konnte in dieser Nacht nicht einschlafen. In seinen Gehörgängen summte das Flügelschlagen aus dem Wohnzimmer wie der Wind. Mama versuchte sich zu erinnern, von wem und zu welchem Anlaß sie die Porzellaneule geschenkt bekommen hatte. Am Ende schlief sie, ohne die Antwort gefunden zu haben, in den Armen von Papa ein, der im Schlaf alles ausplauderte, worüber er am Tag schwieg. Auch Lisi nickte ein. Marcelle kuschelte sich auf der Toilette in ihre Bücher, denn nur dort hatte Papa ihr erlaubt, Licht anzuknipsen. Sophia wiegte sich in den Armen ihres Kummers über die Geburtstagsgeschenke, nach denen ihre Gäste geistesgegenwärtig gegriffen hatten, bevor sie davonstürzten. In dieser Nacht träumte sie, dass Porzellanpuppen durch die Luft flogen und seltsame Riesenvögel reglos in kahlen Bäumen verharrten.

Nur Maurice vernahm etwas von dem Feuer, das die Liebe im kalten Blut des Vogels entzündet hatte, und von der Kraft, die die Hoffnung seinen Fittichen verlieh. Die ganze Nacht lang riss der Uhu mit seinem Schnabel lange Gräser aus, brach mit den Krallen gegabelte Zweiglein, sammelte gefallene Federn und lose Wollfäden. Maurice lauschte in seinem Bett gespannt dem schwungvollen Hochflattern und dem Purren der Landungen, wenn der Vogel zu seiner ungerührten Geliebten zurückkehrte.

Im Morgengrauen hörte Maurice, wie Papa Marcelle küsste, das Wohnzimmerfenster gegen den Eindringling verriegelte und zum Meer aufbrach. Im Schutz des ersten Lichts traute der Junge sich aus dem Bett und sah oben auf dem Geschirrschrank neben der weißen Porzellanfigur, was Papa entgangen war: ein rundes, dünnwandiges Nest, einer hastig geflochtenen, haarigen Schale ähnlich. Maurice rieb sich die müden Lider mit den Fäusten und erkannte in den Glasaugen ein erstaunt lächelndes neues Licht, wie er es an manchem Schabbatmorgen auch an Mama schon beobachtet hatte, wenn sie bat, noch etwas im Bett bleiben zu dürfen.

Er rannte zu Mama, um sie zu wecken und ihr zu erzählen, dass der Uhu verschwunden war.

»Gut, dass wir ihn los sind«, meinte sie, nachdem sie verstanden hatte, was der Junge von ihr wollte, und schüttelte die Reste der Nacht ab.

»Aber das da, was ist das?« Überraschung malte sich in ihrem Gesicht, als sie die grob geflochtene Schale zu Füßen der Porzellanfigur entdeckte. »Will der verrückte Vogel seine ganze Familie hierher bringen?«

Praktisch veranlagt, wie sie war, stellte Mama einen Küchenhocker neben den Geschirrschrank, schlüpfte aus ihren Holzpantoffeln und erklomm stöhnend mit gefurchter Stirn die Wohnzimmerhöhen. Eifrig tastete sie nach dem Zweiggeflecht, um es herunterzunehmen, besann sich dann aber eines Besseren, ließ die Hände sinken und biss sich nachdenklich auf die Lippen.

Maurice spürte, dass seine Befürchtungen in Mamas alles verstehendem Herzen widerhallten. Entschlossen stieg sie vom Hocker, öffnete das Fenster, das ihr Mann verriegelt hatte, und überließ es Maurice, der klein, allein und in Unterhosen dastand, dem Geheimnis der blanken Glasaugen nachzusinnen und am Sommerhimmel nach dem Uhu Ausschau zu halten.

»Mama, darf der Uhu wiederkommen?« Maurice fand sie in der Küche in den offenen Kühlschrank gebeugt und schmiegte sich an ihren Rücken. Drei Eier nahm Mama vom Papptablett, aber anstatt sie für das morgendliche Omelett aufzuschlagen, schüttelte sie Maurice' Arme ab und trottete auf ihren Holzsohlen wieder ins Wohnzimmer.

»Gleich wirst du sehen, was ich mache.« Sie schenkte ihm ein Verschwörerlächeln, bestieg barfuß den Hocker, befingerte den Rand des Zweige- und Halmgewirrs und ließ die drei Eier eins nach dem anderen hineingleiten.

Als sie wieder auf dem Teppich stand, trug sie ihm auf, seine Schwestern zu wecken. Maurice war von der Großherzigkeit, mit der Mama den fremden Vogel bewirtete, so beeindruckt, dass er sich beeilte, ihrer Bitte nachzukommen. Im selben Augenblick ließ sich das ersehnte Flügelschlagen vernehmen, der Uhu stieß aus dem Himmel nieder und landete auf der Fensterbank. Seine schwarz umrandeten Eidotteraugen nahmen Maurice ins Visier; in seinem Schnabel hing eine kleine, graue, tote Maus. Verzaubert von der Rückkehr des wunderbaren Raubvogels und der erjagten Morgengabe, hörte Maurice weder die Schreie und Flüche seiner Mutter noch bemerkte er seine Schwestern, die ihre Porzellanvogelträume abgeschüttelt hatten und ins Wohnzimmer gerannt waren. Erregt und verlegen, als wäre er der Liebhaber, spähte Maurice zum weißen Porzellangesicht hinauf und bemerkte entsetzt ein Lächeln auf dem krummen Schnabel und Glanz in den verstaubten Glasperlenaugen.

Auch der Uhu war entsetzt, als er zum Nest hinauf flatterte und die fremden Eier sah. Seine Raubvogelaugen konnten nicht erkennen, dass es sich um rot gestempelte Hühnereier handelte, die Kondenstropfen absonderten, weil man sie aus dem Kühlschrank genommen hatte. Beleidigt schlug er mit den Flügeln nach dem betrügerischen Weibchen, schubste es vom Geschirrschrank und flog über die Scherben hinweg ins Weite.

Als Mama die Eier, die der Uhu irrtümlich für einen Beweis weiblicher Untreue gehalten hatte, in die Pfanne schlug, fiel ihr ein, dass ihre Schwestern ihr die zerbrochene Porzellaneule vor Jahren einmal geschenkt hatten; sie sollte ihr Glück bringen.

*III.*
*Matti Asisyans Geburtstag,*
*zehn Uhr morgens*

Matti kehrte aus der Nachbarwohnung zurück und legte ein Ohr an die Tür. Gähnende Stille. Es roch irgendwie verbrannt, aber von Maurice' Herumschreien, dem Läuten der Bronzeglöckchen an Lisis Fußgelenk, Marcelles Armreifengeklirr, dem Husten des Babys und Iranis verzweifeltem Stöhnen war kein Echo geblieben. Nur die Uhr seufzte. Matti klopfte an, einmal und noch einmal. Schließlich öffnete sie die Tür. Tiefe Ruhe lag über dem Raum, die gleiche lastende Ruhe, die sie immer so verstört hatte, wenn sie an Schabbatmorgen als Erste aufwachte.

Aber heute war Montag, und Matti war hereingekommen wie ein Dieb in eine fremde Wohnung.

Sie wollte rufen: »Mama? Ist jemand zu Haus? Sophia, bist du da?« Stattdessen tippte sie mit den Zehen auf den Boden und fühlte sich wie ein Besucher in einem Museum.

Gleich neben der Tür blieb sie stehen, denn ihr fiel auf, dass die beiden Bronzetänzerinnen, deren Arme den Lampenschirm aus buntem Glas trugen, die Lider geschlossen hatten. Sie wischte den Staubschleier aus den gehämmerten Augenhöhlen, und schon öffneten sie sich. Der Spiegel, der hinter den tanzenden Gestalten hing, erschien Matti wie ein Loch in der Wand.

*133*

Sie wusste nichts mit sich anzufangen und setzte sich auf den Rand des Sessels – ganz behutsam, als fürchtete sie, ihm wehzutun. Die Sofaruine stand im Zimmer wie ein Trümmerhaufen zur Erinnerung an Mattis wilde Tage, bevor man sie ins Internat steckte. Etwas in ihr wollte aufspringen und wieder von Sitz zu Sitz hopsen. Auf dem Tisch machten sich die Kartenreihen von Maurice breit, und auf ihnen standen zwei Kaffeebecher; aus einem war getrunken worden, der andere schien unberührt.

Plötzlich entdeckte Matti ihre Schwester Lisi auf den Resten des Ecksofas. Unter dem Puderpanzer auf ihrem Gesicht schlief Lisi fest und tief. Ihr Körper war von Schlägen gezeichnet, manche alt, manche neu, und sie hatte die Arme um sich geschlungen wie um ein Kind, das sie in den Schlaf hatte wiegen wollen und mit dem sie dann selbst eingeschlafen war.

Noch bevor sie in die Wiege geguckt hatte, wusste Matti, dass sie bis auf Windeln und Laken leer war. Sophia würde ihr Baby nicht mit Lisi und schon gar nicht mit Matti im Wohnzimmer allein lassen. Das Mädchen blickte suchend um sich, nach vorn, nach hinten, zu beiden Seiten; war vielleicht noch jemand anders da?

Blasse Stoffbahnen in gold gestrichenen Holzrahmen schmückten die Wände. In ihrer Jugend hatte Irani sie mit kunstvollen Bildern bestickt und nach Sitte der persischen Weber in jedes einen Fehler eingearbeitet, damit unter ihren Händen nichts Vollkommenes entstand. Aber in diesem Sommer waren die feinen Stiche verblichen; die Farben schienen durch die Glasscheiben entwichen zu sein, als hätte Irani billige Fäden verwendet.

Entschwunden war die ruhende Dame im weiten orangefarbenen Baumwollgewand mit dem wogenden Busen und den Haarschlangen; die Marmorsäulen des Rosengartens, in dem sie niemals erwachen würde, hatten sich aufgelöst; der stramme persische König in seiner Offiziersuniform hatte sich aus dem Staub gemacht, der riesige Pfau über dem Esstisch war davongeflogen.

Die leeren Rahmen hingen stumm an ihren Plätzen. Prüfend ging Matti von Bild zu Bild und sah nur ihr eigenes Gesicht, die vom Ritalin entstellten Züge. Das Lachen eines Nachbarn dröhnte wie ein Waldhorn, erklomm Stock um Stock und brach in die Wohnung ein. Matti erschrak. Lisi schlief tief, und das Kind flüchtete sich in die Küche.

Die resopalbeschichteten Schranktüren waren vor Feuchtigkeit aufgequollen, hingen schief an quietschenden Scharnieren und entblößten nackte Borde, die sich ihrer gähnenden Leere schämten. Verschwunden waren die gestapelten Zuckertüten, Reissäckchen und Teepackungen aus besseren Tagen. In den Apothekergläsern vertrockneten die Gewürze zu Klumpen; welke eingelegte Gurken schwammen im Schimmelnebel zwischen grauen Dillzweigen und faulenden Knoblauchzehen. Die Stäbe der Jalousie waren fast alle zerbrochen und ragten in die Wipfel der Loquatenbüsche, deren Früchte die Vögel und Fledermäuse aufpickten. Für einen Augenblick meinte Matti, hinter sich das Huschen einer Maus zu spüren.

An der getünchten Wand hinter dem Gasherd glänzten schmutziggelbe Fettspritzer. Die Steckdosen, die Lampe und die Fensterscheibe trugen ein feucht-graues Fell. Matti warf ungläubige Blicke auf nachgedunkelte Messerschneiden, verschlissene Handtücher, die Reste des Rosenservices. In den Ecken häuften sich Motten- und Fliegenkadaver. Sommerinsekten krochen über Spuren einer im Stehen verschlungenen Mahlzeit. In der Spüle gestapelte Töpfe und auf der Marmorplatte vergessene Bratpfannen warfen Matti ihr erschrecktes Spiegelbild entgegen, das angekohlt und schmutzig-verkratzt war vom Ruß der Gasflammen, die schon lange niemand mehr blank gescheuert hatte.

Sichtbarer und heimlicher Verfall hatte sich auf die Wohnung gelegt. Seine fleckigen Zeichen stahlen sich auf Zehenspitzen hinein. Hatte man sie an einem Ort notdürftig beseitigt, tauchten sie hämisch sogleich an einem anderen auf. Die Schlafzimmer waren kaum ihrer Staubgewänder mit den langen fedrigen Schleppen mühsam entkleidet, da puderten sie sich schon am nächsten Tag wieder ein. Tränenströme vermischten sich mit feinen Fusseln und ließen zwischen den Fliesen grünlichen Schimmel sprießen. Auf den Fußleisten glänzten kleine rosa Salzblüten. Matti ahnte nicht, wie oft ihre Angehörigen in diesem Sommer geweint hatten, und konnte sich auch nicht vorstellen, dass sich deswegen der Brandgeruch im Teppich festgesetzt hatte.

Das Mädchen bückte sich. Zu Füßen des Küchentisches lagen zwei vertrocknete kleine Leichen: Ein Paar gelber Schnecken war aus dem Abflussrohr gekrochen und im Liebesakt gestorben. Zwei weitere schleimige Kadaver klebten am Teppich. Die Kriechtiere hatten sich in der Fransenborte verfangen und im Rankenmuster verirrte, funkelnde Silberfäden hinterlassen.

Niemand begoss den Jasminstrauch. Die Kamelien ließen die Köpfe hängen. Die zarten Blätter des Fleißigen Lieschens vergilbten, und ihre roten Blüten welkten dahin wie Iranis Antlitz. Matti kam es vor, als ob der Jelängerjeliederbusch vor dem Schlafzimmerfenster ihrer Eltern weiterhin seinen betörenden Duft verströmte, aber es war nur der Geruch mit altem Schweiß getränkter Laken, die einmal tief durchatmeten. Die Glaswände des Aquariums auf der Anrichte waren zu einem Riesenei ausgebeult; dahinter schwammen die letzten beiden Überlebenden, ein Paar Goldfische mit silbrig ergrauten Flossen. Matti starrte so lange die durstig auf und zu schnappenden Mäuler an, bis ihre eigenen Augen im trüben Wasser gespiegelt erschienen und sie nichts anderes mehr sah als die verschleierten schwarzen Löcher, durch welche sterbende Zierfische trieben.

Niemand kümmerte sich noch um irgendetwas. Matti lehnte an der mit Löwenmaulblüten tapezierten Wand und roch den Klebstoff, der in der Sommerhitze schmolz. Die Papierblumen blätterten stellenweise in schlaffen Locken ab und legten die erstaunlichen Höhlenzeichnungen frei, die ihre älteren Geschwister gemalt hatten, als sie noch vor Lebenslust und Phantasie vibrierten.

Sie glitt durch den Gang der indischen Götter. Eine leichte Staubwolke folgte ihr auf den Balkon, der abgedichtet und in die Wohnung einbezogen worden war, um Maurice zu einem eigenen Zimmer zu verhelfen. Sie traf auf neue nackte Weiber, die ihr wollüstig und von Leidenschaft aufgepeitscht empört entgegenstarrten. Neben dem verwühlten, feucht-sauren Bett ihres Bruders ruhte eine Holzbüste, auf der Maurice nachts sein Toupet drapierte, und um ihren Hals baumelte das alte Stethoskop. Ein Handtuch war auf den Boden geworfen worden, daneben türmten sich schmutzige Unterhosen. Matti sprang darüber, griff nach dem Stethoskop und hängte es sich um.

Fader Fenchel- und schwerer Schweißfußgeruch trieben sie rasch wieder zur Tür. Sie zog sich in das Zimmer zurück, das jetzt ihr gehörte, nachdem es einmal alle Kinder und zuletzt ihre älteren Schwestern bewohnt hatten. Hier roch es immer nach Azeton und Haarspray; in letzter Zeit hatte sich der Dunst feuchter Kleider und tiefen Schlafs hinzugesellt. Schöne, verlebte Filmschauspieler blickten sie von offen stehenden Schranktüren und den Wänden an. Eine leidende Frau in Fesseln schrie vom Einband des Taschenbuches, das Marcelle fast durchgelesen hatte, um Hilfe.

Sie ließ sich auf dem lila Fellhocker nieder, um sich ein bisschen zu drehen. Nachdem sie den Sitz in die Höhe geschraubt hatte, betrachtete sich Matti hoch aufgerichtet im Spiegel.

Ihr Haar war vom Schlaf zerzaust, und sie verwuschelte es noch ein bisschen mehr. Fedrige, dichte Augenbrauenschlangen krönten als stachliger Haarbogen ihre Lider und stießen über der krummen Nase gegeneinander. Matti zog die Brauen zusammen, als wäre sie böse, und sie wurden zu einem gewundenen schwarzen Fluss, der ihr Gesicht zweiteilte. Oben hinter der gefurchten Stirn verbarg sich das Denkvermögen; die Sinnesorgane lagen in der unteren Hälfte. Mattis Blick wanderte über ihre schmalen Lippen, die abstehenden Ohren, die im Stehkragen ihres Hemdes zuckenden Halsmuskeln. Zwischen ihren Nabel und den Spiegel drängte sich der überfüllte Schminktisch ihrer Schwestern. Inmitten von Pinzetten und Haarnetzen, Spangen und Rundbürsten zogen zwei silbern glänzende Friseurscheren ihren Blick an. Sie nahm sich eine davon, die schmale, scharfe, ließ ihre Finger in die hohlen Eisenaugen gleiten und stutzte die Luft.

»Schnipp, schnapp, schnipp, schnapp«, schirpten die Klingen, trennten und vereinten sich, doch die Luft ließ sich nicht zerschneiden. Matti führte die gespreizten Messer an ihren Hals und schabte vorsichtig an der Haut. Auch die ließ sich nicht schneiden. Die zarte Fleischmulde zwischen dem Zeigefinger und dem Daumen der rechten Hand vertiefte sich, und die Haut an den Fingern legte sich in kleine Falten, als Matti die Finger bog. Matti öffnete die Schere ganz weit, presste in jedes Metallauge einen Daumen und beobachte, wie ihr Adamsapfel im Winkel der Klingen auf und ab zuckte.

»Schnipp, schnapp … schnipp, schapp …«, sie zerschnitt die Luftfäden, die aus ihrer Nase strömten. Ihre Arme flatterten wie schlagende Flügel, und die Schere schnipste. Die scharfen Kiefer knabberten sich an den Augen vorbei zur Stirn hinauf und bissen plötzlich in den Pony. Haarspäne rieselten auf Mattis Knie. Ihre Finger bebten. Das Scherenmaul stieß zu und wurde immer gieriger. Dünne Strähnen segelten zwischen Kopf und Spiegel durch die Luft und lösten sich voneinander, während sie zu Boden fielen. Wieder dröhnte das Waldhornlachen des Nachbarn durch alle Stockwerke zu ihr hinauf.

Wütend riss sie an ihren Haaren, kürzte vorn, kürzte hinten, immer noch einmal, immer noch mehr. Sie konnte das wilde Schnippeln und den Strom schwarzer Flocken nicht aufhalten, der über ihre Augen fiel. Die Klingen schabten, als verschluckten sie einen Schrei, und die Haare sirrten, als empfänden sie Schmerz. Die Schneiden galoppierten rastlos über den Kinderschädel und kamen auch nicht zur Ruhe, als Mattis Mähne bis auf einige Strähnen ganz und gar dahingemetzelt war. Matti starrte sich an und sah Muskelzuckungen über ihr Gesicht huschen. In ihren bebenden Fingern pfiff die Schere.

Sie legte das Instrument auf den Tisch und stand für eine Weile reglos da. Dann pustete sie vorsichtig die abgeschnittenen Haarsträhnen weg, die wie schwarze Schatten auf Wangen und Lidern lagen. Als der schwere Schleier sich hob, starrten ihr entsetzte, riesengroße, seltsam funkelnde Augen entgegen.

»Muni«, sagte sie heiser, »was hab ich angestellt, um Himmels willen, guck mal, was ich gemacht hab«, und lachte rau auf.

Sie betrachtete ihren Kopf von der Seite. An den Schläfen kräuselten sich kurze Strähnen, und über der Stirn schienen kahle Stellen auf. Matti nahm sich die Schere wieder und schnippelte noch ein bisschen mehr ab, diesmal jedoch vorsichtig, das Gesicht dicht am Spiegel. Sie sperrte den Mund auf, entblößte ihr Gebiss und untersuchte das Zahnfleisch. Die flache Nase presste sie gegen das Glas, so dass die beiden Köpfe gegeneinander stießen. Matti war dem furchteinflößenden, immer größer werdenden, schwarz glänzenden Augenpaar nun ganz nah.

»Ti-gerrrr …«, flüsterte sie. Ein fremdes Röhren stieg aus einem tiefen Ort in ihrer Kehle auf. »Ti-gerrrrrrrr …«

Die Faust, die die Schere umklammerte, hieb auf das Spiegelbild ein, und die Finger der anderen Hand spreizten und krümmten sich wie kratzende Klauen.

Matti blinzelte. Sie fuhr sich mit dem Handrücken übers Gesicht, um noch ein paar lose Strähnen wegzufegen, und erschrak wieder beim Anblick ihrer Haarwurzeln. Tiefe Stille. Sie stand auf, bewegte sich im Schneckentempo rückwärts bis zur Wand, sah sich von weitem im Spiegel und ging hinaus. Erst im Wohnzimmer spürte sie den Schmerz in den Fingern und entdeckte die Schere in der verkrampften Faust.

Matti schnippelte noch weiter, bis sie das Familienalbum fand. Sie stutzte die Fransen der persischen Teppiche, kappte die Kletteravocado und halbierte die im Koitus verendeten Weichtiere, aus deren Resten noch Lebenssaft heraussickerte. Auf der Sofaruine lag Lisi regungslos im Tiefschlaf.

Matti vergewisserte sich zweimal, dass ihre Schwester atmete und nicht an den Schlägen ihres Mannes und ihres Bruders gestorben war. Plötzlich fiel ihr ein, dass Lisi damals, bevor sie selbst ins Internat gesteckt wurde, schwanger gewesen war und deswegen geheiratet hatte.

»Lisi, Lisi …«, Matti beugte sich ganz nah zu ihrer Schwester, die Schere noch in der Hand, »wo ist dein Baby?«

Lisi schauderte.

»Dein Baby, wo ist es abgeblieben?«

»Das war nur eingebildet«, murmelte Lisi im Schlummer. »Das ist so eine Erscheinung, eingebildete Schwan…«, vor Schmerz stöhnend überließ sie sich wieder dem Schlaf.

Die Kleine dachte, dass Lisi ihr nur nicht sagen wollte, wo das Baby war, weil sie Angst hatte, Matti würde auch diesen Säugling aus dem Fenster werfen wollen. Ihre glasigen Augen glitten über Lisis geschändeten Hals, an dem wie abgetrennt der Kopf hing; eine dicke dunkelblaue Ader trat hervor. Matti konnte ihren Blick nicht von dem Samtband lassen, das locker auf der Blutbahn lag und mit jedem Schwall aus Lisis kühnem Herzen flatterte und bebte. Matti tastete ihren eigenen Hals nach einem ähnlichen Gefäß ab und spürte unvermittelt die schweren, kühlen Metallklingen an ihrem glühenden Fleisch.

Erst als sie im eisernen Ehebett mit den heiseren Federn versank und sich anguckte, was gewesen war, bevor sie auf die Welt kam, fiel ihr die Schere aus der Hand. Die Klingen klappten auseinander wie Kiefer eines Kindes, das selbstvergessen einer Geschichte lauscht. In Leder gebunden, steckten die Familienfotos in kleinen dreieckigen Laschen auf festen schwarzen Papierseiten, von einer hauchdünnen Plastikschicht geschützt. Einige waren verblasst, andere leuchteten und lockten farbenfroh.

Mama und Papa an ihrem Hochzeitstag. Die Braut in Perlenkleid und Handschuhen, der Bräutigam mit Krawatte und einer kecken Tolle. Papa trägt Mama auf den Armen. Papa schlürft Wein aus ihrem Schuh, Mama steht barfuß daneben. Mamas zarte Hände und ihre Mandelaugen. Mama und Papa mit Champagnerflaschen, von Mamas Geschwistern umringt. Großmutter Turran steht abseits, ihre Augen blinzeln ins Blitzlicht der Kamera. Großmutter Eliaspur, bevor sie starb. Andere Leute, die Matti unbekannt waren.

Maurice sitzt in einem Waschtrog, Mama schrubbt ihn ab. Maurice hockt, von Karpfen umschwommen, in der Badewanne. Maurice an seinem ersten Geburtstag, auf der Sahnetorte brennen zwei Kerzen, eine für das vergangene Jahr und eine für das kommende. Mama in Indien neben einem Fluss, ein Junge hält ihre Hand. Sophia und Marcelle als kleine Mädchen vor dem Gobelin mit der im Rosengarten schlummernden Dame. Und immer wieder Maurice, mit einem Ball, mit einem Tamburin, mit einem Plastiktelefon. Mama und Papa küssen sich in der Küche, hinter ihnen ein Taubenpaar. Sophia auf einem Klassenfoto mit dem Schlüsselbund auf der Brust. Marcelle, die Arme voller Silberreifen, beim Schulausflug. Lisi feiert im Kindergarten ihren fünften Geburtstag, ein Akkordeon spielt ihr zu Ehren. Alle außer Matti beim Picknick am See Genezareth.

Maurice unter den Guavenbäumen mit bereits beginnender Glatze. Großmutter Turran und Papa festlich gekleidet im Atelier eines Fotografen. Lisi im Mohnblütenkleid, das auf einem anderen Foto Sophia trägt, anlässlich der Bar-Mizwa-Feier von Maurice. Mama und Papa küssen sich am Meer, die Kamera hat auch Fremde eingefangen. Mama ist schwanger, Sophia geht als Königin der Nacht verkleidet in den Kindergarten, Marcelle als Clown und Maurice als Peter Pan.

Papa, ein dünner, rothaariger Junge, hält einen fetten Fisch am Schwanz und lächelt bartlos. Mama singt als kleines Mädchen im Chor einer indischen Schule. Mama stillt Marcelle auf der Samtüberdecke, Maurice steht mit Zahnlückengrinsen hinter ihr, und seine Finger setzen ihr Hörner auf. Sophia, Marcelle und Lisi mit knospenden Körpern in der Badeanstalt. Sophia, Marcelle und Lisi schlecken auf dem Jahrmarkt Eis, sitzen in einem Karussell-Schwan und strecken die Zungen heraus.

Papa beißt auf einen Pfeifenstiel, jetzt mit Bart und in Soldatenuniform. Lisi mit einem Jüngling. Lisi mit einem anderen Jüngling. Joel Chajbi, aus der Ferne fotografiert, beim Fußballspielen. Sophia und Izik Kadosch auf ihrer Hochzeitsreise in Europa. Lisi mit noch einem anderen Jüngling.

»Von dir gibt es kein Bild, Muni, du bist tot«, sagte Matti laut. Dabei fiel ihr die Schere wieder ein, die neben ihr auf dem Laken lag. Die Stahlaugen zwinkerten den im Album blätternden Kinderhänden erwartungsvoll zu und deuteten an, dass sie sich gern von ihnen packen lassen wollten. Die Klingen krochen näher und steckten sich wie zwei Ringe an Mattis Finger.

»Jetzt sehe ich eindeutig nur dir ähnlich«, erklärte sie Muni. »Jetzt bestimmt, ohne die Mädchenhaare. Schade, dass mich keiner knipst, dann hättest du wenigstens ein Bild fürs Album.«

Ein Kolibri schwirrte am Fenster vorbei und verschwand. Matti zog das Foto heraus, das die ganze Familie am Abend von Sophias Krönung zur Schönheitskönigin der Berufsschule zeigte. Die Schere brach in das Bild ein und schnitt es der Länge nach auf; als sie auf Mattis Kopf traf, beschrieb sie einen Bogen. Matti sah ihr Gesicht von Papas Schulter fallen. Nur die abgetrennten Beine blieben von ihr übrig, und trotzdem fuhren alle fort, stolz zu lächeln, und schienen es nicht weiter zu bedauern, dass mitten unter ihnen ein Loch klaffte. Anschließend stach Matti auf allen Fotos von Marcelles Verlobungsfeier die lustigen Grimassen aus, die sie damals vor der Kamera geschnitten hatte.

Sie entfernte ihr einschmeichelndes Lächeln aus Sophias Hochzeitsbildern, und enthauptete unterwegs alle Körper. Lisis Hochzeitsfotos durchlöcherte sie gleichfalls, um sich selbst zu eliminieren. Eins zeigte sie als gelangweilte Brautjungfer, auf dem zweiten gähnte sie, auf dem dritten schlief sie fest auf einem Stuhl. Von den Bildern, auf denen sie als Rinderhirte, Zigeunerin und wieder als Rinderhirte verkleidet lächelte, blieben nur die ausgehöhlten Kostüme ohne Kopf. Im Foto vom Beschneidungsfest des blauen Säuglings klaffte ein schwarzes Loch auf Großmutter Turrans fetten Knien. Dem Bild von Lisis Bat-Mizwa entriss die Schere das Baby, das sie damals in Mamas weichen Armen gewesen war.

Auf dem Bett ihrer Eltern sammelte Matti ihre verschiedenen Gesichter ein und legte sie zu einem kleinen Stapel aufeinander. »So hab ich mal ausgesehen. Guck dir das an«, sagte sie zu Muni, und ließ ihre Abbilder, falsch, albern oder nichtssagend lächelnd, durch die Finger rinnen. Sie drang in Dutzende schwarzer Augenpaare ein und forschte nach dem irren Funkeln. Aber sie fand sich selbst lieb und unschuldig. Nichts Besonderes, ein drahtiges kleines Mädchen.

Oder verrieten die abstehenden Ohren und die leicht gekrümmte Nase anderen etwas, das sie nicht verstand? Für einen Augenblick wurde sie sich selbst fremd. Tränen verschleierten ihren Blick. Dann kam ihr plötzlich der Verdacht, die Bosheit könnte sich in ihren verschiedenen Arten zu lächeln verstecken. Vielleicht müsste sie in den Gesichtsmuskeln, die Zähne, Lippen und Kiefer regierten, nach einem Hinweis auf das suchen, was alle anderen auf Anhieb zu sehen schienen?

Angestrengt fahndete sie in ihrem Lächeln nach einer Spur des Bösen. Matti wusste, dass es sich gern tarnte, und wollte ihm auflauern. Durchtrieben wie es war, verbarg es sich bestimmt in irgendeinem Gesichtsausdruck. Sie warf einen Blick auf die schönen Züge von Sophia, Marcelle, Lisi und Mama, musterte auch Maurice und Papa. Aber dort fand sich nichts Böses, denn das Schöne gewährt dem Bösen keinen Unterschlupf, sondern vertreibt es unweigerlich. Und wenn nicht, dann fällt es auf Anhieb ins Auge.

»Warte mal, Moment... «, flüsterte sie Muni zu. »Vielleicht ist es nicht das, was da ist, sondern das, was nicht da ist?« Wieso war sie nicht schon eher darauf gekommen? Vielleicht fehlte bei ihr drinnen irgendein Organ, eins, das alle anderen besaßen, nur sie nicht? Oder es funktionierte nicht, wie es sollte, oder war sogar abgestorben?

»Beruhig dich, Muni, beruhig dich. Das werde ich rausfinden, verlass dich drauf.« Matti stopfte sich die Stethoskophörer in die Ohren, steckte die zerstörten Bilder in die kleinen Laschen zurück; die Papiermünzen mit ihrem Abbild und die Schere ließ sie in ihrer rechten Hosentasche verschwinden. Sie stöberte noch ein bisschen im Schlafzimmer ihrer Eltern herum. Eine Hand irrte mit dem Verstärker des Stethoskops über ihren Bauch, die andere durchwühlte Schubladen.

Erst nachdem sie in die honigbraune Schmuckschatulle gelugt und entdeckt hatte, dass von den hundert Perlen nur acht übrig geblieben waren und ein trockenes kleines Stück Haut sich zu ihnen gesellt hatte, hörte sie Mama ihren Namen rufen; vom vielen Rufen war die Stimme schon ganz heiser geworden.

»Matti? Matti? Wo bist du, Matti?«

Matti fuhr herum, griff nach den Perlen, ließ sie in die

linke Tasche zu den sechs Ritalinpillen gleiten, und schlug den Deckel hastig zu. Das Stethoskop zerrte sie unter ihr Hemd.

Dann fand Irani sie. Für den Bruchteil einer Sekunde erkannte sie ihre Tochter nicht, aber das währte nur so lange, wie ein staunendes Blinzeln braucht, um in Entsetzen umzuschlagen. Nicht nur Iranis Mund öffnete sich, sondern ihr ganzes Gesicht lief auseinander. Matti war in ihr Vorhaben so vertieft, dass sie ihren verwüsteten Schädel vergessen hatte. Aber als sie die Brauen, Augen und den Mund ihrer Mutter auseinanderfahren sah wie eine sich öffnende Teppichrolle, erinnerte sie sich. Sie lächelte, denn sie meinte, ihre Mutter staunte vor Bewunderung.

»Ahhh!« Endlich entrang sich Irani ein Schreckensschrei. »Was hast du dir angetan?«

Sie würgte, als müsste sie erbrechen. Der mit Gemüse gefüllte Korb fiel zu Boden.

Die auf dem Bett herumflatternden grauenhaften Bildschnipsel versetzten Irani einen Schock. Sie sah die scharfen Schneiden Mattis Augen durchbohren, an der zarten Kopfhaut säbeln, die Kehle ansägen und bebte vor Angst. Matti bebte vor Enttäuschung. Sie blickten einander an, als hätten sie sich erst jetzt erkannt.

Matti hatte Irani zwar schon gestern gesehen, aber das war in der Nacht gewesen. Jetzt, wo das Licht erbarmungslos stach, sah sie, dass die Augen ihrer Mutter müde und gerötet waren, als hätte ein Messer zwei Wunden ausgehoben. Der eitrige Tränenstrom hatte die schöne Mandelform

zerstört, und unzählige Fältchen, die früher nicht dage-
wesen waren, zerknitterten die umliegende Haut. Zwei
schüchterne Matti-Zwillinge mit gestutztem Schopf standen weit, weit weg in Mamas Pupillen. Vielleicht war es das
Kopftuch, vielleicht die darunter hervorlugenden weißen
Haare: Mamas Gesicht schien ebenso weit weg zu sein wie
das Bild einer Fremden in einem Teppich an der Wand.

Irani musterte ihre jüngste Tochter. Gestern Abend war
ihr gar nicht aufgefallen, wie sehr sie gewachsen war. Wem
Matti eigentlich ähnlich sah, hatte sie immer noch nicht herausgefunden. Das Ritalin spielte mit ihren Gesichtsmuskeln.
Wie mager sie im Internat geworden war. Wie sie ihr schönes Kinderhaar zugerichtet hatte. Sie schien die Tochter
einer anderen Frau zu sein, zufällig hereingeschneit und
nicht ihrem Schoß, dessen zugeschnürte Eileiter sich unerwartet wieder geöffnet hatten, entsprungen.

»Jetzt siehst du wirklich aus wie ein verrücktes Kind.«

Missbilligend schüttelte Irani den Kopf, um Matti zu zeigen, wie enttäuscht sie von ihr war.

»Wirklich wie ein verrücktes Kind«, sagte sie leise und
traurig zu sich selbst, während sie sich nach den Kartoffeln
und Zwiebeln bückte, die aus dem Korb gekullert waren.
Matti hörte es und musste an die Kinder denken, die jeden
Morgen am Internatszaun vorbeispazierten. Sie selbst hing
dann meistens am hohen Reck und schnitt furchterregende
Grimassen.

»Idiotin! Verrückte!«, schrien sie ihr gellend zu und rannten weg, und Matti schluckte schnell eine Ritalinpille und

wurde schrecklich müde. Jetzt kamen sie sicher aus der Schule hinter den wild wuchernden Feigenkakteen zurück und wussten nicht, wo Matti abgeblieben war und wem sie ihre Schimpfworte an den Kopf werfen sollten.

*IV.*

*Unsere Hochzeiten*

## 18

Muni und Matti Asisyan schuf Gott zur gleichen Zeit. Er teilte Iranis Gebärmutter in zwei Teile, legte zwei Mutterkuchen hinein, spannte zwei Nabelschnüre und kümmerte sich Tag und Nacht um das Zwillingspärchen. Er holte die Hautrollen wieder hervor, aus denen Er vor etlichen Jahren die vier großen Kinder Iranis genäht hatte, schnitt zwei Bahnen ab und fertigte aus ihnen zwei neue Körperhüllen. In Seinem wundersamen Seelenkasten suchte er nach zwei Seelchen, nahm eine jede in Seine Hand und ließ sie, transparent und von leuchtender Reinheit, behutsam in die zarten Fleischkerne fließen. Er bildete Hände und Füße, formte Nasen und säumte Öhrchen. Er hob Augenhöhlen aus und goß Licht hinein, wand die Gedärme, wog die Leber, blies in die Lungen, verwob die Wirbel, pflanzte Finger- und Fußnägel. Nach neun Monaten war die Spule mit den schwarzen Haaren abgerollt und der Blutbehälter ausgeschöpft.

Zufrieden lächelnd lauschte Gott dem Schlagen der beiden Herzen. Er prüfte, dass die beiden Hodensäckchen zwischen Munis Beinen mehr oder weniger auf gleicher Höhe hingen, und klopfte ihm leicht auf den Rücken. Er zählte die Eier in Mattis Eierstöcken und streichelte ihr Haar. Genau in diesem Moment setzten die Wehen ein, und ein Unglück geschah. Muni kam tot zur Welt, und Matti blieb allein.

Neun Monate lang schwammen Muni und Matti im leise sprudelnden Fruchtwasser von Mamas Bauch. Aus den hellen, transparenten Aprikosenkernen, die sie zu Beginn waren, wuchsen winzige Körperchen, streckten sich Gliedmaßen, bildeten sich Augen, die sich verwundert öffnen und schließen ließen. Übermütig drängten sie sich an die Wand, die sie voneinander trennte, und schnitten füreinander lustige Gesichter. Manchmal schliefen sie ein wie zwei Handschuhe, der Rücken des einen am Bauch des anderen. Manchmal, wenn Mama etwas Gutes zu sich nahm, strampelten und schlugen sie.

An einem engen Abend, nachdem sie Erbsensuppe geschlabbert hatten, Munis Kopf schon nach unten gerutscht war und seine Zehen Mattis Nase kitzelten, setzte plötzlich ein gewaltiges Branden und Tosen ein. Die Muskeln um sie herum verkrampften sich ein Mal ums andere, was ihnen wie ein mächtiges Erdbeben vorkam. Dann floss unvermittelt das Wasser ab. Sie hörten Schreie und wollten selbst auch schreien. Eine ungeheure Kraft presste immer wieder auf sie ein. Matti drückte sich an die Trennwand, um Muni zu umarmen, bis der Spuk vorüber sei, aber sie sah, dass er sich quälte und entsetzt um sich schlug. Sie erhielt einen dumpfen, schmerzhaften Hieb, dann überflutete sie helles Licht und eine Hand zog sie auf die Welt. Matti schrie mit aller Kraft nach Muni, aber sie sah ihn nie mehr wieder. Seitdem sehnte sie sich immerzu nach ihm.

## 19

Nachdem Lisi zur Welt gekommen war, hatte Mama sich die Eileiter zuschnüren lassen und ihre Gebärmutter völlig vergessen. Sie wusste nicht, dass der Knoten aufgegangen war, bis sie eines Schabbatmorgens strahlend nackt aus den Laken stieg.

»Meine Seele, deinen Hintern hab ich für mein Leben gern.« Papa küsste sie auf die beiden warmen Pobacken und grunzte genüsslich. »Genau so groß und schön wie damals, als Lisi zur Welt kam.«

Mama drehte sich anmutig zum Spiegel um und musste beschämt entdecken, dass sie schwanger war. Wie schon viermal zuvor, wenn der Same ihres Mannes in ihrem Körper aufgegangen war, sah sie den leuchtenden Apfel der beginnenden Schwangerschaft. Sie geriet in schreckliche Verlegenheit wegen ihres Alters und genierte sich vor ihren großen Kindern; deshalb entschloss sie sich zu einer Abtreibung. Und wie vor Jahren, als sie nach der Geburt von Maurice befürchtete, er hätte kein Herz in der Brust und in den Augen keine Tränen, hielt sie ihre Bedrängnis vor ihrem Mann geheim.

»Das eine schwör ich Ihnen. Wenn Sie mir nicht helfen, mach ich mir das selbst. Mit Stricknadeln und türkischem Schnaps«, tobte und heulte sie beim Arzt. Da gab er nach. Aber als er ihr mitteilte, dass in der schon vergessenen Gebärmutter Zwillinge heranwuchsen, hatte sie nicht das Herz, beide umzubringen. Sie erzählte es Soli, und der fing wieder an, auf einen Sohn zu warten.

Maurice, sein Ältester, ähnelte Mama. Papa hätte gern einen Sohn gehabt, der die Züge seines beinahe vergessenen, zu Füßen des Ararat zurückgelassenen Vaters trug.

»Ich bekomme Zwillinge«, jubelte er seiner Mutter vor, »ein Mädchen und einen Jungen.«

Turran wusste nicht genau, was sie ihm als Erstes sagen sollte: Zwillinge sind für den Mann ein sicheres Zeichen, dass seine Frau ihm untreu war; oder: Gott sei Dank, endlich bequemt deine Frau sich dazu, Söhne zur Welt zu bringen; oder: Bitte nenn den Jungen Michael! Mittlerweile steckte sie eine Zigarette in ihren Mundschlitz und wartete darauf, dass Soli ihr Feuer gab.

»Ich habe im Bethaus ein Gelübde abgelegt; der Junge soll mit Gottes Hilfe Manudjer heißen, so wie Vater«, verkündete Soli stolz.

»Mach, was du willst«, zischte Turran, »aber eins sag ich dir, Zwillinge sind für den Mann ein sicheres Zeichen, dass seine Frau ...«

»Wirklich, Mutter, willst du damit sagen, Irani ...?«

»Mach, was du willst, hab ich gesagt!« Sie blies ihm den Rauch ins Gesicht und beschloss, auf Urenkel zu warten.

Obwohl sie sich so schämte, erfuhr Irani im Verlauf ihrer fünften Schwangerschaft etliche Freuden. Sie wurde umsorgt und verwöhnt. Auf der Marmorplatte in der Küche stapelten sich wieder Butterpakete, Dattelfeigen und Honiggläser. Soli begutachtete zufrieden das neue Fettgewebe, brach später als gewohnt zum Meer auf und kam abends früher heim. Ihre Kinder konnten die Geburt der Zwillingsgeschwister kaum erwarten.

Matti und Muni waren in Mamas Bauch schon ziemlich weit gediehen, als wir den weißen Kater mit den grünen Augen adoptierten, ohne zu ahnen, dass es eine Katze war, die ebenfalls gebären sollte.

»Nein hab ich gesagt! Weil das Dreck reinschleppt, deswegen!« Mit schwerem Bauch stand sie auf der Schwelle. Wir hockten uns in den Schatten der Zwillinge, bettelten Mamas stämmige Schenkel an und vergossen Tränen auf den Wölbungen ihrer Holzpantoffeln. Zwischen unseren Schuhen lag der Kater, weiß und flach dahingestreckt, mit unschuldigem Augenaufschlag. Sein feines Fell funkelte seidig im Schein der Treppenhausbeleuchtung.

»Bitte, Mama, bitte! Sei doch nicht so, Mama, bitte!«, jaulten wir, streichelten den Kater, so wie Mama uns zu streicheln pflegte, und zogen Mitleid heischend an ihrem Kleidersaum. Aber Mama ließ sich nicht erweichen und sah uns streng von oben herab an, so wie es Mütter tun, wenn sie entschlossen sind, den flehentlichen Bitten ihrer verzogenen Kinder diesmal nicht nachzugeben. Die plumpen Holzabsätze klopften hallend auf den Boden. Wie eine

Schildwache bezog sie vor dem Eingang Stellung, wartete darauf, dass die Erbsensuppe, unser Abendessen, kochte und passte auf, dass die geschmeidigen Schultern des Müllkübelgeschöpfes sich nicht über die Schwelle schoben. In Gedanken sah sie das flohbefallene Tier weiße Haare am Sofa abstreifen, sich auf dem Teppich räkeln und die Schlafzimmer mit dem Abfallgestank seiner Pfoten verseuchen. Auf ihrer Stirn schwoll die Forkennarbe, die eine Affenklaue ihr beigebracht hatte.

»Andere können sich meinetwegen Schweine halten!« Sie blieb unerbittlich. Als sie jedoch aus ihren Pantoffeln stieg und barfuß dastand, meinte sie: »Scheint krank zu sein, das hat uns gerade noch gefehlt. Marcelle, hol mal ein bisschen Milch.«

Der Kater blinzelte und schlabberte die Milch, die Marcelle ihm in den Schatten des Jasminstrauchs brachte. Anschließend leckte er Mamas sehnige Füße. Seine verschämte Schmeichelei entlockte ihrer Kehle ein kitzeliges Mädchenlachen. Sie beugte sich über den Kreis unserer Köpfe und entdeckte unter dem weißen Fell, dass der Kater eine hochschwangere Katze war. In den grünen Augenschlitzen erkannte sie den ermatteten Blick kurz vor dem Gebärenmüssen, der auch ihr aus dem Spiegel entgegenstarrte.

»Oiii, das ist ja eine Katzenfrau, na, da wird's hier bald hoch hergehen!« Sie tauschte das Milchschälchen gegen einen Teller Erbsensuppe aus, trug die Katze aus dem Jasminschatten ins Versteck unter dem Wohnzimmerfarn und bereitete ihr dort ein Lumpenlager.

Sophia und Lisi waren vor Glück ganz betäubt, verschlangen eine Portion Suppe nach der anderen und schliefen, von Dankbarkeit und Aufregung erschöpft, sofort ein. Maurice ging wie jeden Abend zu Großmutter Turran, denn damals war der Balkon noch nicht abgedichtet worden. Nur Marcelles traurige Augen standen offen. Sie beobachtete Mama, die sich mit gespreizten Beinen über das Farndickicht beugte und die weiße Katze in die Wiege ihres ausgebleichten Kleides hob.

»Du bist ganz schön schwer. Wie viele hast du da drin, sag mir mal?«

Mama ließ sich aufs Sofa sinken und legte sich die Katze auf den Bauch.

»Du bist richtig niedlich, weißt du das, ein liebes kleines Tier.«

Mama näherte ihre Nase den Katzennüstern und begann zu flüstern und zu tuscheln.

Fünf Katzenembryos ließen auf Anhieb das Strampeln sein, denn sie spürten Munis und Mattis Herzchen klopfen, und die Zwillinge drückten sich gegen Mamas Bauchwand, um dem galoppierenden Puls der Katzenjungen zu lauschen. Prall gespannte Haut und prall gespanntes Fell rieben sich aneinander, sanfte Blicke aus grünen Augenschlitzen streichelten Mamas schwarze Mandelaugen. Marcelle beschrieb die Szene in ihrem Tagebuch. Sie sah die beiden eindösen, eine harkte mit den Fingern liebevoll durch den schneeigen Pelz, die andere beschleckte mit ihrer Zunge die dunkle Olivenhaut. Bis die Wehen sie weckten.

Im Kreißsaal quälte Irani sich maßlos. Die Ärzte beschlossen, ihren Bauch mit einem Messer aufzuschneiden, und fischten einen toten Jungen und ein lebendes Mädchen heraus. Ihre Nasenwurzel war eingedrückt, und aus den Nasenlöchern floss Blut. Der männliche Kinderleib hatte dem weiblichen den Weg in die Außenwelt versperrt. Bevor er starb, hatte er noch Zeit, dem Mädchen mit flatternder Ferse ins Gesicht zu treten. Iranis Bauch schloss sich mit einer bartähnlichen Narbe.

Als sie aus der Narkose erwachte und erfuhr, dass der Junge gestorben war und nur das Mädchen gerettet werden konnte, grämte sie sich so sehr, dass sie sich nicht die Mühe machte nachzuprüfen, ob Mattis Finger zu fünfen vereint und ihre Öhrchen richtig umsäumt waren. Sie tastete auch die kleine Brust nicht von rechts nach links ab, um den Sitz des Herzens ausfindig zu machen. Nach sieben Nächten gingen Irani und Soli vom Krankenhaus zum Friedhof und kehrten von dort in ihre Wohnung zurück. Muni war in der Kindersektion begraben worden, und Matti lag wie ein Bündel in Iranis Armen.

Maurice schlief bei Großmutter Turran, und die Mädchen waren bei verschiedenen Nachbarn untergekrochen. Vor der Wohnungstür erlosch das Minutenlicht. Soli schloss die Tür auf und streckte seine Hand nach der Lampe mit dem von Tänzerinnen getragenen bunten Glasschirm aus. Irani roch die Katzenmilch sofort und spürte im gleichen Augenblick an ihren Waden das Streicheln des weißen Fells. Allein im leeren Haus, hatte die Katze auf dem Lumpenlager unter dem Farn fünf feuchten Katzenjungen das Leben geschenkt.

Mit einem müden, fragenden Miau schmiegte sich die Katze zur Begrüßung an ihre neue Herrin. Irani streichelte sie und lobte ihren schönen Wurf. Die Katze blinzelte dem Babybündel im Schoß der Frau verwundert zu; ihre Augen verengten sich vor Schmerz, als sie das zweite Kind nicht fand. Tröstend leckte sie Iranis Hand.

»Du kannst nach Haus gehen, deine Mutter ist wieder da«, sagte Großmutter Turran ihrem Enkel Maurice am nächsten Morgen.

»Mama ist wieder da, Mama ist wieder da!« Maurice stampfte bei den Nachbarn von Tür zu Tür; eine nach der anderen sprang vor ihm auf. Marcelle ließ ihre Schuhe im ersten Stock zurück, Sophia ihre Träume im zweiten und Lisi im dritten den Kakao und die Dattelpflaumen, die man ihr zum Frühstück vorgesetzt hatte. Verwundert blieben alle vier auf der Schwelle stehen. Ihre Mutter saß mit sehr nackten Füßen, sehr feuchtem Gesicht und stillenden Brüsten im Zimmer. Zu ihren Füßen lag die Katze und säugte vier Junge. Das Tier hatte den Kopf gehoben und leckte die Tränen, die von Iranis Gesicht auf ihre Fersen tropften. Eine Brustwarze hatte Irani, das Babybündel wiegend und am ganzen Leib zitternd, zwischen Mattis Lippen geschoben.

»Der zweite ist mir gestorben«, seufzte sie, »der, den ihr Muni nennen wolltet.«

An ihrer anderen Brust lag das fünfte Katzenjunge, das kleinste und schwächste des Wurfs. Bevor sie es auf ihren

Schoß hob, hatte es die ganze Nacht lang vergeblich um eine Zitze gekämpft.

## 20

Sophia, Marcelle und Lisi gefiel die Idee, Matti aufzuziehen, und sie behandelten die neue kleine Schwester wie eine ihrer Puppen. Sie erzählten ihr von dem toten Baby; von Mamas Leid, die ihrem Mann so gern noch einen Sohn gebären wollte, von Maurice' Enttäuschung, der sich so sehr einen Bruder gewünscht hatte, und von Papas Kummer, der ihn Muni hatte nennen wollen, nach seinem Vater Manudjer.

»Aber wo ist er denn?«, fragte Matti.

»Das haben wir doch gerade gesagt, er ist tot.«

»Ja, aber warum ist er nicht hier, bei uns?«

Sophia blinzelte hilfesuchend zu Marcelle, die Mattis Hand in die ihre nahm, sie streichelte und öffnete. Dann erklärte sie der Kleinen geduldig, dass an Mamas Hand nur Platz für fünf Finger sei.

»Maurice ist der Daumen, und wir großen Mädchen sind Zeigefinger, Mittelfinger und Ringfinger. Und du bist der kleine Finger.« Dabei schüttelte sie Mattis Hand.

»Verstehst du«, fügte Lisi hinzu, »für ihn war kein Platz mehr da.«

Matti machte sich nachts im Bett ganz klein, damit sein Kopf auf ihrem Kissen Platz fände und die Decke auch für seinen Körper reichte. Sie verübelte Muni nicht, dass er sie getreten und ihr die Nase eingedrückt hatte; auch als er ihre Laken nass machte, war sie ihm nicht böse. Matti wurde größer, und ihre Schwestern wuchsen heran und suchten sich andere Spielzeuge. Matti blieb mit Muni allein. Sie lehrte ihn, ›Mama‹ und ›Papa‹ und ›Oma‹ zu sagen, erzählte ihm alle ihre Geheimnisse, verschmähte Kleider und schleuderte Puppen in die Ecke, weil Muni Puppen langweilig fand. Sie saß keinen Augenblick still und lärmte stets für zwei, damit Mama nicht merkte, dass ihr von einem Zwillingspärchen nur Matti geblieben war.

Als die weiße Katze eines Tages verschwunden war, weil Irani vergessen wollte, woran das Tier sie erinnerte, flüsterte Matti leise mit sich selbst: »Nicht weinen, Muni, Matti ist ja bei dir. Ich pass auf dich auf.«

Auch wenn sie mit den Nachbarskindern spielte, spürte Matti Munis Schulter an ihrem Arm, und sein im Sand wühlender bloßer Fuß kitzelte ihre tief vergrabenen Zehen.

Matti wusste, dass ihre Mutter sehr traurig war und sich ebenfalls nach Muni sehnte. Wenn sie Irani in ihrem Schlafzimmer weinen hörte, rannte sie zu ihr, hob ihre schweren Arme hoch und schlang sie zum Umarmen um sich. Dann summte Matti und schaukelte mit den Schultern, um Mamas steife Arme zu erweichen und sich in ihnen zu wiegen. Hatte Irani sich ein wenig beruhigt, wollte Matti ihr von Muni erzählen, dass er immer bei ihr sei, gemeinsam mit ihr Hunger hätte, einschlief, wenn sie einschlief, mit ihr daheim blieb, wenn sie krank war, und wirklich ein gutes Kind war.

»Nicht mehr weinen, Mama, bitte.« Sie pustete das tränenfeuchte Gesicht trocken, blies ein Küsschen auf die drei dunklen Muttermale und streichelte die Forkennarbe.

»Du brauchst gar nicht so viel zu weinen, weißt du warum?« Ihre Stimme drang durch den Speichel, den sie immerzu runterschlucken musste, und ihr Blick suchte das winzige Mattipaar, das sich gleich in Mamas schwarzen Mandelaugen spiegeln würde. Sie wollte ihr erzählen, dass Muni vielleicht tot war, aber nicht traurig und auch nicht böse sei. Dann wäre Mama doch bestimmt froh, und sogleich erschiene in der linken Pupille eine lachende Matti und in der rechten eine jubelnde Matti, sich ähnelnd wie Zwillinge. »Weißt du warum? Weil unser Muni ...«

Irani brauchte nur den Namen zu hören, um im Schmerz zu versinken.

»Er ist tot. Mein kleiner Junge ist tot«, wimmerte sie. Ihre Nasenflügel weiteten sich, die Hände sanken herunter, die Umarmung brach jählings ab. Die doppelte Matti ertrank in den Falten, die Iranis Augen schlossen und ihre Miene verriegelten. Matti wollte protestieren und ihr versichern, dass sie sich täuschte, dass, wenn Muni tot sei, auch Matti tot sein müsse. Sie wollte Mama zeigen, dass an ihrer zweiten Hand doch auch ein kleiner Finger saß. Aber dann hatte Muni ihr verboten, noch mit irgendwem über ihn zu sprechen.

Da sie alles gemeinsam machten, verdoppelte sich Mattis Lebenskraft. Schon in ihren ersten Lebenstagen vergnügte sie sich im Zwillingskinderbett mit den angeschlagenen Rasseln ihrer Geschwister, machte Krach für zwei, wälzte sich vom Bauch auf den Rücken, schaukelte auf allen vieren und begann zu kriechen. Als sie ein halbes Jahr alt war, richtete sie sich auf; zwei Monate später konnte sie laufen. Soli war auf seine tüchtige Jüngste stolz wie auf ein Wunderkind. Natürlich hatte er keine Ahnung, dass Muni in Matti drinsteckte und sie antrieb, alle Ecken der Wohnung zu erforschen.

Muni musste alles sehen, alles anfassen, alles in den Mund stecken. Matti wollte manchmal innehalten und ein bisschen verschnaufen, aber Muni gönnte ihr keine Ruhe, und am Ende wurde sie bestraft.

»Guck nur, was du gemacht hast, so was Dummes!« Irani schimpfte, und Muni war beleidigt.

»So geht das nicht, Muni, guck mal, was du angestellt hast. Mama muss sich schon wieder über mich ärgern«, schalt Matti dann und verzieh ihm auf der Stelle. »Ist nicht so schlimm, Hauptsache, du bist mein Baby, und ich hab dich lieb.«

Berstende Energie trieb sie um. Sie wirbelte durch die Welt, wie ein Insekt in einer Sommernacht ums Licht flirrt. Ihre schwarzen, weit aufgerissenen, stets etwas im Schilde führenden Augen glühten so wach, als würden sie sich nie im Leben schließen wollen.

»Schlaue Augen«, lobte Irani in liebevollen Augenblicken.

»Verrückte Augen!«, schrie sie, wenn sie wütend war.

Ihr Vater hielt sie für ein spielgieriges Geschöpf, unterhaltsam wie ein Zirkusorchester, das im Kopf täglich Karneval feierte und aus Scheinwerferaugen vibrierende Lebensfreude verschoss.

»Matti!!!« Es war immer ein Ruf, mit dem er sie ansprach. »Papa spricht mit dir!« Er wollte sie schütteln, schrak aber zurück, als er sie tief in Gedanken versunken sah und den Schmerz in ihren Augen erkannte. Ihr Körper schien zu klein, ihre Kleidung zu eng für einen so großen Schmerz zu sein.

Die Eltern waren zu alt, um Matti aufzuziehen, deshalb nahmen sich ihre Schwestern dieser Aufgabe an, aber wirklich verantwortlich fühlte sich eigentlich niemand für sie. Keiner sah das heftige innere Klopfen. Keiner verstand, dass sie morgens, wie Zwillinge es tun, das gleiche Hemd und die gleichen Hosen wie Muni anziehen wollte und sich deswegen so anstellte und nie rechtzeitig fertig wurde. Dass er es war, mit dem sie um die Wette so tollkühn von Großmutter Turrans Dach sprang; dass er es war, der sie anstiftete, das Toilettenfenster im Kindergarten einzuschlagen, einfach wegzulaufen und sich bis zum Dunkelwerden im Oleanderbusch zu verstecken. Keiner bemerkte, dass sie von jeder Schokoladenrippe ein Stück für Muni in ihrer Faust aufbewahrte, bis es schmolz. Dass sie jedes Zeichenblatt in der Mitte durchriss, damit Muni auch etwas zum Malen hätte. Dass sie mitten in der Nacht hochfuhr, weil Muni vor ihren Träumen erschrak.

# 21

Durch die Bettlaken, die sie an den Wäscheleinen auf ihrem Balkon aufhing, und durch den hellen Spalt zwischen zwei Socken hielt Irani nach ihrer Jüngsten Ausschau, bevor sie mit ihrer Arbeit weitermachte. Matti rannte über den leeren, träge in der Mittagshitze dösenden Hof. Es war, als stünden alle Wohnungen in der Nachbarschaft leer, als wären die Bewohner ausgezogen und hätten ihre Kinder mitgenommen. Irani sah Mattis verzweifelte Spielgier, ihren Heißhunger nach der Gesellschaft der anderen, die von zwei bis vier im Haus bleiben mussten. Irani dachte, dass Matti dort unten allein sei.

»Komm rauf und mach deine Schularbeiten!«, rief sie hinunter, während sie ein feuchtes Hemd glattschlug.

»Hab keine.« Matti schüttelte die Rufe ab, versetzte unsichtbaren kleinen Steinen Fußtritte, beugte sich über den Wasserhahn, riss den Schrank mit den Stromzählern auf, stöberte in den verbeulten Briefkästen an der Hausfront herum, grabschte nach trockenen Roggenhalmen und schlug sich die Ähren gegen die Brust. Einige Grannen blieben im Gewebe hängen und verrieten ihr, wie viele Kinder sie zur Welt bringen würde.

»Wir bekommen sieben Babys, Muni.«

Ihre Mutter meinte, Matti spräche vor lauter Langeweile schon mit sich selbst.

Einige Stunden später befühlte Irani die Laken, um zu prüfen, ob sie trocken seien; ihre Finger erschraken vor der Feuchtigkeit in den Socken. Durch die Wäscheleinen und die bunten Klammern sah sie Matti von einer Horde Nachbarskindern umringt. Ihr Gesicht war in Glanz gebadet, entzündet wie ein Streichholz, das endlos lange in der dunklen Schachtel gewartet hat. Ihr ungestümes Lachen hallte bis ans Ende der Straße. Ihre Schreie und Schmährufe heulten wie Lokomotivsignale und zogen die Stimmen der anderen Kinder hinter sich her. Ihr wildes Haar wehte siegeslustig in der Hitze des Wettkampfes. Im vergoldeten Licht sprühte ihr Schweiß, die gerötete Haut glühte, und ihr Hemd glänzte feucht.

Dass Muni im Verein mit Matti schrie und schnaufte, sah Irani nicht.

Müde war Matti nie. Sie rannte über Großmutter Turrans Dach, zog sich an Guavenbäumen hoch, sprang herunter, um auf einen Loquatenstrauch zu klettern, sauste auf dem Fahrrad durch die Gegend, schoss mal eben ein Tor, rutschte am verrosteten Eisengeländer herab und schwang sich im Handumdrehen noch einmal aufs Dach. Wenn alle anderen Kinder ausgelaugt herumlungerten, dann konnte Matti noch brüllen wie ein Löwe.

Für sie gab es weder Sonne noch Mond, weder Vater noch Mutter, nur Muni und sie. Der dritte Stock war so weit weg wie die Wolken. Jenseits der Baumwipfel lag nur der Himmel. Wenn ihr der Ball nicht vom Fuß rutschte und sich in hohem Bogen über den Zaun verirrte, wenn andere Kinder ihr nicht mit älteren Geschwistern drohten, wenn sich kein

Erwachsener in den Hinterhof verirrte und seine unendliche Weite mit drei Schritten durchmaß, dann tollte sie mit Muni überall herum, und die Dunkelheit brach für die beiden so überraschend herein wie für zwei Betrunkene, die mitten am Tag auf einem belebten Bahnhof eingeschlafen sind.

Am Ende hieß es, sie sei hyperaktiv. Sie wurde in ein Internat geschickt und musste alle vier Stunden eine Ritalinpille schlucken. Aber bevor ihre Eltern verzweifelten und zuließen, dass man sie in eine mit Drogen vollgepumpte dumpfe Puppe verwandelte, war Matti ein fieberhaft betriebsamer, verwischter Farbtupfer. Sie konnte einfach nicht stillsitzen, und selbst wenn sie es einmal versuchte, zuckte es in ihren Füßen, und ihre Augen rasten in alle Richtungen. Ihr Herz jagte allen durch die Straße brausenden Autos nach, folgte jedem Flugzeug, das wie ein Pfeil den Himmel teilte, surrte mit den Flügeln der Ventilatoren. Sie verheerte die Wohnung und zerschmetterte Gegenstände. Das Ecksofa im Wohnzimmer zerbrach in drei Sesselruinen; die Nähte platzten auf und Schaumgummidärme quollen heraus.

Soli und Irani hatten schon keine Kraft mehr, weder in den Armmuskeln, wenn sie versuchten, ihren kleinen Berserker einzufangen, noch im Herzen, wenn sie sich bemühten, Matti trotz allem zu lieben. Nur die Hände ihres Bruders waren stark genug, um sie zu schlagen. Wenn es wehtat, weinte auch Muni.

Irani, die ans Muttersein glaubte wie an eine Religion,

beugte sich manchmal vor, um dem Knirschen von Mattis groben Knochen zu lauschen. Aber nicht einmal sie vernahm das hastige Ticken der inneren Uhr, an der ein großer und ein kleiner Zeiger ungeduldig bebten.

»Steh doch mal still!« Ihrer Gewohnheit aus Maurice' Babytagen getreu, versuchte sie, ihr Ohr Mattis kleinem Herzen zu nähern und nahm manchmal sogar das vergessene Stethoskop zu Hilfe, aber gleichwohl entging ihr das doppelte Pochen.

»Ein Wildfang, das ist alles«, seufzte sie, »dir fehlt nur noch ein Schwanz, und fertig ist die Katze.« Mit einem Klaps auf den Hintern ließ sie Matti entkommen, wegrennen, nach einem Versteck suchen. Sie vergaß, wie hart das Joch der Kindheit ist, half Matti, den Ranzen zu schultern und schickte sie in die Schule. Und dort wurde das Leben für Matti Asisyan noch schwerer.

Insgeheim gab Irani ihrem Vater, Mattis Großvater, und seiner Wanderlust die Schuld. Sie meinte, von ihm müsse ihre Tochter den Bewegungsdrang, wenn auch in einer schlimmeren Ausprägung, geerbt haben. Sie fragte die Schwester von der Krankenkasse, ob es so etwas gäbe, aber die Schwester konnte sich das nicht vorstellen. Der Hausarzt hielt es für möglich, dass Matti während der schweren Geburt in der engen, mit dem toten Zwilling geteilten Gebärmutter nicht genug Luft bekommen hätte, und deswegen so seltsam war. Irani sah nicht ein, was das mit Mattis himmelschreiender Frechheit zu tun haben sollte, und griff auf Anraten ihrer Schwestern zu härteren Strafen.

»Jetzt hast du einen Grund zum Weinen«, verkündete sie, wenn Matti hinter der verschlossenen Tür tobte und schrie, dass sie heraus und nach unten wollte. Weder daheim noch in der Klasse konnte Matti stillsitzen. Ihre Lehrerinnen waren froh sie loszuwerden und schoben sie sich gegenseitig zu, bis sie am Ende in der Gruppe der Verhaltensgestörten landete. Dort ließ sie all ihre Wut heraus. Dort hörte sie auch zum ersten Mal eine Lehrerin sagen: »Beachtet sie am besten gar nicht, Kinder, die ist verrückt.«

In der Tat stellte sie das Lehrpersonal auf eine harte Probe, aber sie wurde nicht ins Internat geschickt, weil sie den Finger eines Mädchens, das sie geärgert hatte, in die Steckdose stopfte oder weil sie ein Kind über einem Nest roter Ameisen fesselte oder weil sie in die Jungentoilette glotzte oder die Mathelehrerin im Musikzimmer einsperrte, und auch nicht, als sie den Hauptwasserhahn der Schule abdrehte oder sich aus der Sportstunde davonstahl, die in der Klasse hängenden Ranzen durchstöberte und die Schulbrote aller Kinder anbiß.

Ihre Eltern gaben erst an dem Tag auf, als Matti auf Sophias Säugling aufpassen sollte und Irani die Wohnung abschloss und wegging. An jenem Tag erschraken sie zutiefst vor Matti und sahen ein, dass sie nicht länger zu Hause bleiben konnte.

Es war im Frühling. Matti schaukelte ohne Hemd und vom Spielen erhitzt hoch oben in den Ästen der Guave. Neben ihr rollten Chamäleons ihre Schwänze auf, und Insekten summten selbstvergessen. Mattis Zähne waren dunkel von unreifem grünem Guavenfleisch, denn sie hatte mit einem Jungen gewettet, dass sie die harte Frucht bis zum bitteren Ende hinunterwürgen würde. Ihre Zunge war rauh, und ihre Gedärme rumorten. Sie feuerte eine Gruppe von Nachbarskindern an, zu ihr heraufzuklettern, und eine andere Horde, die sich unter den Loquaten zusammenrottete, mit harten grünen Früchten zu bombardieren. Im Blattwerk entbrannte der Krieg, Schreie stiegen zum Gipfel auf, und aus den Zweigen dröhnten Gelächtersalven. Inmitten des niederprasselnden Guavenfeuers schüttelten die Bodentruppen die niedrigeren Loquatensträucher, schoben sich die orangefarbenen Früchte in den Mund und schossen mit den Kernen zurück.

Matti war in ihrem Element, denn an diesem Nachmittag durchmaßen weder Eltern noch größere Geschwister ihr Revier; niemand verkleinerte seine Unendlichkeit. Die Luft roch verheißungsvoll nach einem großen Brand, nach gepfefferter Freiheit, nach dem nahenden Sommer.

Plötzlich musste sie aufs Klo und beschloss, ihr Bedürfnis zu unterdrücken. Ein lauer Abendwind, in dem warme und kühlere Luftströme zusammenflossen, streifte ihre Haut, streichelte ihre Achselhöhlen, glitt zwischen ihre Beine. Matti hielt im Spielen inne und erschauerte. Ihr Körper benahm sich, als hätte sie vor etwas Angst, und selbst die kleinsten Haare standen zu Berge. Groß und schwarz und schmerzend spürte sie den Kern ihres Selbst.

Plötzlich begannen die Straßenlaternen zu sirren, stotterten und blinkten einige Male, bevor sie stetig brannten. Die

Luft funkelte. Ihre Mutter rief vom Balkon: »Matti, Matti, komm mal eben hoch. Ich brauch dich hier für einen Moment. Komm schnell!« Matti bleckte die Zähne, zog die Brauen zusammen und wollte schon schreien: »Interessiert mich nicht die Bohne. Bin mitten im Spielen!« Aber sie musste inzwischen dringend aufs Klo und hatte dazu noch so ein Erdbeben im Bauch, dass sie sich rufen hörte: »Gu-ut.« Ast um Ast kletterte sie aus dem Guavenbaum, zog wie ein ordentliches Kind ihr Hemd wieder an und tobte die Treppe hinauf.

In der Küche empfing sie der beißende Geruch gehackter Chilipfefferschoten.

»Ich muss noch schnell etwas besorgen«, sagte Irani. »Marcelle ist beim Friseur und Lisi im Krankenhaus. Kannst du einen Moment aufs Baby aufpassen? Er ist fest eingeschlafen, und ich bin gleich wieder da.«

Matti hörte nicht, dass Irani beim Weggehen die Haustür verschloss, denn sie war auf dem Klo, und die Wasserspülung rauschte.

Der scharfe Chilipfeffer kratzte in ihren Nüstern, als hätte sie die Nase direkt in die Schüssel gesteckt. Gierig und geräuschvoll gluckernd trank sie drei Gläser Wasser schnell hintereinander weg. Dann riss sie sich die Pflasterstreifen von vorgetäuschten Arm- und Beinwunden, denn es gehörte zur Hofehre, dass man nicht auf eine Verletzung schlug, rieb sich Loquatenspritzer von der nackten Haut, und gerade, als es anfing, ihr langweilig zu werden, begann Sophias blauer Säugling zu husten.

Zuerst tat Matti so, als würde sie es nicht hören. Hoch aufgerichtet stolzierte sie immer wieder an der Wiege vorbei und blinzelte aus dicht bewimperten Augenschlitzen zum Baby hinüber. Sie stellte sich taub, räkelte sich auf der Fensterbank, summte vor sich hin und stierte angestrengt in das Zwielicht, das zwischen Tag und Nacht innehielt. Die Sonne spuckte Purpurschwaden in den riesigen Himmel, und er rötete sich. Schwarze bedrohliche Vögel griffen die Wolken an, segelten zu Matti herab und schossen wie Pfeile wieder empor.

»Hör schon auf«, fauchte sie dem Säugling von ferne zu.

»Oma kommt gleich wieder«, flüsterte sie ihm ins Ohr.

Ihre piepsende Mädchenstimme wurde schrill, wenn sie sich bemühte, leise zu sprechen. Wie Sophia zog sie Kreise um die Wiege, wie Irani hob sie an zu beten und versicherte dem Kleinen sogar, sie würde ihr Leben zur Sühne für sein schönes Schwänzchen hergeben. Aber es half alles nichts. Sein Husten bedrängte sie, drückte auf ihre Kehle, schlug ihr auf den Kopf. Von draußen drang das Siegesgeschrei der Loquatenkinder herein, die den Guavenkletterern eine saftige Niederlage bereitet hatten.

»Sei still! Hör schon auf!«, brüllte sie das gequälte kleine Wesen an. Das Husten steigerte sich zum Bellen. Ferne Hunde, vom roten Abendhimmel in Panik versetzt, antworteten aus der Tiefe der Siedlung mit jaulendem Geheul. Eine große Angstwelle brandete in Matti auf, schwoll an zu brodelndem Zorn, schäumte über und suchte wild und verzweifelt nach einem steinigen Ufer, um sich zu brechen.

Der Pfeffergeruch trieb ihr Tränen in die Augen. Sie irrte in die Küche, durch die Zimmer, stieß gegen die Wände, erreichte die Tür. Sie griff nach der Klinke, um sie aufzustoßen, die Nachbarinnen zur Hilfe zu rufen, ihre Angst herauszuschreien. Aber die Tür war verschlossen.

»Sei endlich still! Hör auf zu husten, hab ich gesagt!« Keine Rutsche, kein Baum zum Klettern, kein Hof zum Austoben und der Ausgang fest verriegelt. Nur die Zimmertüren ließen sich öffnen und schließen. Also öffnete und schloss Matti sie so lange, bis der Glaseinsatz zersplitterte und Blut über ihre Arme spritzte. Aber das Baby hustete weiter.

»Muni!« Sie brauchte ihn, er musste ihr helfen. »Was soll ich tun, Muni?« Sie formte mit blutüberströmten Händen ein Sprachrohr: »Was soll ich tun?«

Matti hob den Sohn ihrer Schwester aus seiner Wiege und bebte dabei wie der von der Kinderhorde geschüttelte Loquatenstamm. Das Baby hustete in ihren Armen. Sein tiefer schwarzer Rachen gähnte ihr weit aufgerissen entgegen und schloss sich krampfartig. Es strampelte und schlug, verfärbte sich bläulich und sonderte Schleim ab.

»Hör auf oder ich … hör auf oder ich … hör auf oder ich …«, schrie Matti. Draußen riefen die Nachbarn, aber Matti hörte sie nicht. Die Tür ließ sich nicht aufbrechen, das unerschütterliche Schloss gab dem Rütteln nicht nach. Drinnen troffen Matti und das Baby von Blut, Tränen, Speichel und Schleim und erschauerten voreinander.

»Sei still, oder ich schmeiss dich zum Fenster raus! Hast du mich verstanden?«

Die kleinen Steine, die sie gesammelt hatte, um mit ihnen nach streunenden Katzen zu werfen, fielen von der Fensterbank in den Hof. Im freien Raum zwischen Himmel und Erde schüttelte Matti das Baby, doch es ließ das Husten nicht sein. Sie streckte den Kopf hinaus und spähte hinunter, ohne das Grüppchen von Müttern, Vätern und älteren Geschwistern, das sich dort eingefunden hatte, zu sehen. Sie sah lediglich von kleinen Steinen gesprenkelte Guavenberge, leuchtende Früchte an den Loquatenzweigen und die Kinderaugen, die in der jählings hereinbrechenden Dunkelheit aus dem Blattwerk funkelten wie die am Himmel aufblitzenden Sterne.

»Ich schmeiß dich runter!« Matti heulte und wimmerte.

Ihre Schreie rissen eine alte Naht in ihrer Kehle auf. Ihre großen Augäpfel sprangen aus den Höhlen und flogen nach unten. Blitzschnell, so wie ein geschleuderter Stein auf einen Katzenschwanz trifft, zuckte die Vorstellung durch ihr verfinstertes Hirn. Sie sah den Säugling sich wie ein blaues Blatt aus ihren blutigen Händen lösen; die flatternden kleinen Arme streckten sich nach der Brüstung, und die Loquatenkinder stoben entgeistert aus den Zweigen hervor. Er fiel am zweiten Stock vorbei, an Zimmern, in die sie noch nie einen Blick geworfen hatte, am ersten Stock, wo Nacktheit sich in Schlafzimmern versteckte, an den vernachlässigten Balkonen, und Matti hörte das Sausen der Luft in den winzigen Ohren, den Aufprall, der von oben klang wie das Knacken einer im Mund aufspringenden Nuss. Und die Stille.

»Muni, ich zähl bis drei! Eins … zwei …« Sie schrie und hörte ihren Namen, gebrüllt aus Dutzenden von Kehlen. Ihr Blick verlor sich in der Weite des Horizonts. Der Säugling röchelte. Matti weinte lautlos. Unreife grüne Guavenbrocken grimmten in ihren Gedärmen. Der große schwarze schmerzende Kern ihres Selbst drückte ihr die Kehle zu.

»Drei …«

An jenem Frühlingsabend, dessen Duft vom scharfen Geruch gewürfelter roter Pfefferschoten durchtränkt war, redeten die Bewohner sämtlicher Wohnblocks der Siedlung beim Abendbrot über Matti Asisyan. Was sie getan hatte, stellte alle Väter, Mütter und größeren Geschwister in den Schatten, ließ die Stimmen vor Entsetzen zittern und verengte die Welt auf die Maße des Hinterhofs. Jeder hatte es mit eigenen Augen gesehen, und wer nicht selbst dabei gewesen war, dem wurde erzählt, dass Irani das Baby im allerletzten Moment gerettet und Matti anschließend nach Strich und Faden verprügelt hatte, und dass Matti sich zur Wehr setzte und ihre Mutter schlug. Ein Blutvergießen hatte es dort gegeben, bei der Familie Asisyan, und nun würden die wohl endlich einsehen, dass Matti nicht länger daheim bleiben konnte, sondern in ein Internat für gestörte Kinder gehörte.

## 22

Auf dem Herd brodelte in drei Töpfen Wasser. Irani warf schrumpelige Pfirsiche, gequetsche Quitten, überreife Pflaumen hinein. Gegen Ende des Monats Elul, wenn der Abendhimmel voller Sterne stand, kochte sie sämige, glucksende Marmeladen und dachte an das Rosenblattgelee ihrer Mutter, die gestorben war, bevor sie Zeit gehabt hatte, ihr das Rezept zu diktieren.

In süßen Schweiß gehüllt, verscheuchte Irani den Kindheitsgeschmack, der ihren Gaumen überflutete, und betrachtete prüfend ihre Fingerspitzen, in denen es plötzlich kribbelte. Während sie dem Leben ihrer Mutter nachsann, hatte sie zerstreut die schönen Pfirsiche gestreichelt, die ihrer appetitlichen Frische wegen vor dem Bad im Zuckersud bewahrt geblieben waren. Die rosige Haut und das feste Fruchtfleisch verführten zum Berühren, und dabei löste sich eine feine glasige Flaumschicht von der Schale.

Irani war einundvierzig Jahre alt; die Fältchen auf ihren Lidern vervielfachten sich, als sie die Augen zusammenkniff, ihre Handflächen aus der Nähe betrachtete und nach den Pfirsichhärchen fahndete.

»Wie niedlich die sind«, murmelte sie vor sich hin, »und brennen so schön in den Fingerspitzen.«

In der Küche wurde es ihr zu stickig, und sie wanderte ins Wohnzimmer. Süßer Duft schwebte durch die Wohnung und vermischte sich mit der feuchten Luft, die von draußen durch die Fliegengitter drang, und mit den Dampfwolken aus dem Badezimmer, wo ihre drei großen Töchter gemeinsam unter der Dusche standen. Durch das Gurgeln und Rauschen des Wassers hörte sie wildes Gelächter und öffnete die Tür zur dreifachen Nacktheit.

»Mama, was du da kochst, riecht wunderbar!« Marcelle leckte den Strom, der über ihre nass glänzenden Rundungen spülte, und seifte Sophias Rücken ein. Sophia drehte sich nicht um, sondern verschluckte einen wohligen Seufzer und bot ihrer Mutter die saftigen, von einer schön geschwungenen Linie geteilten Wölbungen dar. Lisi wusch mit geschlossenen Augen, ganz in sich versunken, ihr Haar.

»Ist jemand reingekommen?« Sie schüttelte sich und richtete sich auf; ihre dunklen Locken teilten sich in lange Strähnen, Seifenschaum rann wie Harz herab und tropfte auf ihre Brüste.

»Nur deine Mutter.«

Irani schloss die Tür wieder. Sie träumte schon seit ein paar Tagen, dass Diebe sich in die Wohnung einschlichen und in ihrer honigbraunen Schmuckschatulle herumstöberten. Das Perlenhäufchen war im Lauf der Jahre zusehends geschrumpft.

»Wer weiß, was für Leute sich in den Clubs rumtreiben, wo die Mädchen zum Tanzen hingehn«, sagte sie auf Persisch zu ihrem Mann, der vom Meer zurückkehrte.

Die drei zwängten ihre Füße in Sandalen mit hohen, meißelspitzen Absätzen und bestrichen die Zehennägel mit rosa Lack; der Stoff ihrer Kleider feierte die schön geformten

Beine, die unter den Säumen hervorwuchsen. Die Puderwolken, die sie über die Gesichter stäubten, standen wie Nebel im Raum. Mit spitzen Pinselenden malten sie sich Giraffenaugen, zogen fadendünne Brauen nach und brachen hastig auf.

»Byebye, Schalom, Schalom, wartet nicht auf uns.« Winkend machten sie sich davon und hinterließen einen Duftschwall aus Jugend, Parfüm und Marmelade.

»Wenn ihr nach Mitternacht erscheint, beneide ich euch nicht! Habt ihr mich verstanden?« Iranis Ermahnungen und das beschleunigte Klopfen ihres besorgten Mutterherzens begleiteten den wild klickenden Absatzwirbel auf den Treppenstufen. Sie sah, wie geziert ihre drei Grazien auf den Stöckelschuhen davonstolzierten, wie aufreizend die wackelnden Hinterbacken sich hin und her schoben und zu wie viel Küssen die makellosen Hälse einluden.

Wenn sie ihnen in einem Anfall von Züchtigkeit verbot, »so rauszugehen und alle Familiengeheimnisse zu entblößen«, legten sie sich ohne Murren ein dickes Tuch um die Schultern oder schlüpften in Strickjacken mit Reißverschluss, warfen ihr aus flammenden, von Lippenstiftschichten geschwollenen Mündern Handküsse zu und verschwanden.

Ihre Töchter wussten, dass es Irani schwerfiel, von den kleinen Mädchen, die einmal bei ihr gewohnt hatten, Abschied zu nehmen und sich damit abzufinden, dass erwachsene junge Frauen ihren Platz eingenommen hatten. Unten angelangt, versteckten sie die keusche Bedeckung unter den Oleanderbüschen im Garten von Großmutter Turran und boten dem bebenden Mondlicht die frische Haut ihres Busens zum Streicheln an.

Wenn die drei um Mitternacht heimkamen, waren ihre Zehen vom vielen Tanzen blutig aufgescheuert. Die schmalen Riemchen der Stöckelsandalen rieben und brannten in der Dunkelheit der Tanzclubs und ließen Blasen sprießen, die sie am nächsten Morgen zur Arbeit begleiteten, Sophia in den »Beauty Palace«, Marcelle in den Brautausstattungssalon, Lisi ins Krankenhaus.

Sie dämpften ihre Schritte, wenn sie in die Wohnung kamen, damit sie nicht in die Träume der anderen traten, aber Irani wachte trotzdem auf, während Soli an ihrer Seite in meerestiefem Schlaf versunken lag. Mit zusammengebissenen Zähnen bezwang Irani ihren Zorn und presste sich ein Kissen über die Ohren, um das Getöse nicht zu hören. Die Spitzen der Absätze durchlöcherten ihr Herz.

Im Nebenzimmer wurden Schuhe in die Ecke geschmissen, und flüsternde Stimmen jammerten: »Ich geh ein … meine Zehen sind hin!«

»Worauf soll ich morgen stehen? Völlig unmöglich …«

»Sch … still …«

Mitleid mit Maurice, der mit babyglatten Füßen und faden, ereignislosen Träumen schon längst in seinem Bett schlief, zerriss Iranis Herz. Ihr entging nicht, dass er sich im Schlaf kratzte, und sie wusste, dass seine Haut vor Eifersucht juckte.

»Nun steht schon auf, wie oft muss man euch wecken?«

Sie rüttelte und schüttelte ihre Töchter, die sich an den letzten Schlafzipfel klammerten. Sie roch die Parfümreste, die Maurice zur Weißglut brachten, und trieb die Mädchen an, sich über dem Waschbecken abzuspülen.

Obwohl sie allerhand unternommen hatte, um Abhilfe zu schaffen, wachte Maurice morgens immer noch einsam und allein auf. Vor den Augen der nackten Frauen über seinem Bett kleidete er sich hastig an und kam aus seinem Zimmer. Verlegen blickte er in die blassen Gesichter und die betäubten Augen seiner Schwestern und starrte auf die vom Lippenstift verschmierten Münder. Wenn sie gähnten, bröckelten Mascarakrümel in die Frühstücksteller.

Er behauptete immer, er könne an ihren Augen ablesen, was sie am Abend zuvor getrieben hatten, denn nach dem Bumsen wäre das Weiß heller. Deswegen senkten Sophia, Marcelle und Lisi die Lider, wenn er sie ansprach, und ließen ihre Blicke über die Bodenfliesen irren.

Wenn er angeödet von einem weiteren langweiligen Tag in dem fensterlosen Loch, in dem er seinen Gewürzstand betrieb, heimkam, räkelten sich seine Schwestern meistens hingegossen auf dem Sofa, eine mit der anderen verflochten wie leuchtende Bougainvilleazweige. Mitunter erwischte er in ihrer Mitte auch seine Mutter, wie sie Sonnenblumenkerne mit den Zähnen aufknackte und sich kichernd den Liebkosungen ihrer Töchter überließ.

»Ja, ja, so ist das«, seufzte Irani. »Jede Frau hat im Herzen eine Giftschlange, im Gehirn einen Raben und Läuse zwischen den Beinen. Da sind wir alle gleich. Aber, ich sag euch eins, wenn man heiratet, geht das alles vorbei! So wahr ich lebe!«

Sophia hatte sich Hefe aufs Gesicht gestrichen, Marcelle Avocadopaste und Lisi Gurkencreme. Aus den erstarrten Masken lachten drei Augenpaare.

»Lacht nur. Lacht nur über eure Mutter.« Irani zog den Hals ein und kuschelte sich tiefer ins Polster. »Meinetwegen könnt ihr bis morgen lachen. Hauptsache, ihr hört auf das, was eure Mutter euch sagt …«

»Du brauchst es nur zu sagen, und schon wird's getan, Mamale.« Sophia streute Zucker in ihre Stimme und drehte verspielt an Iranis Ringen.

»Was ich nicht vergess, will ich gern tun, Mama.« Marcelle setzte ein süßes Lächeln auf und zog ihrer Mutter einen Ring vom Finger.

»Macht euch nur über mich lustig.« Zärtlich kniff Irani in junges Fleisch und biss vor lauter Liebe hinein.

Lisi steckte sich den Ring der Mutter an die Hand und spreizte die Finger, um die Wirkung zu begutachten. Berechnende Koketterie lag in ihrem Blick.

»An den Ringfinger, Lisi! Der Ehering gehört an den Ringfinger der linken Hand!«, rief Irani, damit Lisi sie verstand. »An den Finger, der nicht allein aufstehen kann, an den Finger, der die anderen am meisten liebt, deswegen zieht er sie alle hinter sich her.«

Lisi versuchte, nur ihren Ringfinger aus der Faust zu heben.

»Hast du gehört, was ich gesagt hab, Lisi?«, rief Irani.

»Und die Hochzeitsschuhe darf man nie im Leben wegwerfen, merk dir das. Hochzeitsschuhe gehören in den Schrank, dann bleibt die Liebe am Leben, weißt du. He, ich rede mit dir!«

»Ja, ja, Mama, ich hab's verstanden. Im Schrank lassen«, murmelte Lisi. Sie fingerte den Verschluss des Goldkettchens aus Iranis Ausschnitt hervor, wohin er mitsamt dem Anhänger gerutscht war, und schob ihn in sein Versteck im Nacken zurück.

»Ja, das haben wir gesehen, wie gut du zugehört hast«, brummte Irani vorwurfsvoll.

»Beherrschen muss man sich, das ist alles. Nicht verrückt spielen, als ob im Büstenhalter eine Ameise sitzt. Ist mir egal, dass euch lange Beine wachsen, von den Achselhöhlen bis auf die Erde, und dass ihr euch die Leber mit den engen Gürteln abschnürt, um eine Wespentaille zu haben. Das ist alles schön und gut. Aber wenn mit den Brüsten, unberufen, toi, toi, toi, auch der Verstand wachsen würde, das wär nicht schlecht ...«

Mit Fliederparfüm, Vanilleduft und Moschusaroma bestäubt, nickten die drei zum Spaß ergeben, und aus ihren spöttisch lächelnden Blicken sprach alles-besser-wissende Überheblichkeit. Aber nur wenig später nahmen sie den Erstbesten, der um ihre Hand anhielt, zum Mann und fielen der gleichen Ruhelosigkeit anheim, die Reisende ergreift, wenn ihr Zug nach langen Stunden der Fahrt endlich sein Ziel erreicht.

Maurice kam herein. Sofort sprang Irani verwirrt und

erschrocken auf, warf hastig ein Kissen über die bloßen Schenkel ihrer Töchter und verleugnete das Nest warmen Fleisches, in dem sie eben noch geschwelgt hatte.

»Uff, hängen an mir wie Säuglinge, die aufstoßen müssen.« Ärgerlich schüttelte sie die Puderwolke ab. »Maurice, meine Seele, was ist los, du siehst so müde aus?«

Es gelang Irani jedoch nicht, ihren Sohn mit Speisen und Getränken von seinen Schwestern abzulenken. Aus der Küche sah er ihnen zu, wie sie sich krakenartig ineinander verschlangen und sich mit Ohrgehängen und Reifen trösteten, die allen gemeinsam gehörten und in der großen, honigbraunen Schmuckschatulle aufbewahrt wurden. Ihre Finger flatterten aufeinander zu, berührten sich leicht oder schwebten auf die abwesende Art und Weise aneinander vorbei, die Frauen mit langen, sorgfältig manikürten Nägeln sich unwillkürlich aneignen. Im zu weichen Sofa versinkend, tuschelten und kicherten sie miteinander oder ließen schweigend eine Zigarette von Hand zu Hand gleiten und streiften die Asche nachlässig in überquellenden blauen Emailleschalen ab.

Kleider und Schuhe waren ebenfalls Gemeinschaftsgut, wanderten von Leib zu Leib und von Fuß zu Fuß und warteten, wenn sie nicht getragen wurden, im einzigen Schrank, der im Zimmer stand, einer summenden Scheune voller Gewebe und Farben, Parfümschwaden und Schweißresten.

Die drei hatten, was die Kleidung betraf, einen einheitlichen Geschmack entwickelt und sich annähernd die gleichen Maße zugelegt, so dass Maurice manchmal dachte, wenn eine von ihnen sich für ein aufregendes Rendezvous schön machte, sie würden nicht nur Luxusunterwäsche, sondern auch die köstlichen Glieder austauschen und zu einem vollkommenen weiblichen Körper zusammenfügen.

Als sie, jede zu ihrer Zeit, vor der Einberufungskommission der Armee erschienen, setzten sie die gleiche fromme Miene auf, trugen denselben wadenlangen geblümten Glockenrock und erklärten mit der gleichen scheinheiligen, weinerlichen Stimme, sie wären streng religiös, um vom Militärdienst befreit zu werden. So konnten sie weiterhin die Nächte durchtanzen und wankten morgens auf schmerzenden Füßen zur Arbeit.

In Winternächten krochen sie unter Berge von Decken und Federbetten, legten noch ein Kissen oben drauf, und sechs Füße rieben sich aneinander warm. An Sommerabenden steckten sie ihre Waden in eisige Wassereimer, um das kochende Blut zu kühlen.

Ihr Zimmer verriegelten sie, als wäre es eine geheime Frauenwerkstatt, doch ihre Stimmen übertönten alle Geräusche in der Wohnung.

»Guck mal, was ich hier hab, fühl mal eben ... fühlst du was?«

»Hier?«

»Nein ... ein bisschen weiter oben, da ... ja, ist da was?«

Sie schnatterten ununterbrochen und saugten die Luft aller Räume zu sich hinein. Sie entkleideten sich vor den Augen der angeschwärmten Filmstars, deren Fotos sie aus der Mitte der Friseurmagazine, die sie von der Titelseite bis zum Horoskop durchlasen, herausgetrennt hatten, und rieben sich mit Emulsionen, Cremes und duftenden Essenzen ein. War eine von ihnen trostbedürftig, massierte eine andere ihr geduldig die müden Füße, knetete verspannte Schulterblätter, streichelte die schönen Glieder. Nackt, von Sonnenöl, Bräune und Genuss glänzend, stellten sie sich gemeinsam vor den hohen Doppelspiegel und schwelgten in ihren Körpern.

Beflissen und unerbittlich verglichen sie ihren Wadenumfang, maßen Hüftweiten und musterten bekümmert das Orangenhautmuster auf ihren Oberschenkeln. Sie hielten sich Bleistifte unter die Brüste, um zu prüfen, ob der Stift oder die Brust hinunterfiel, schoben Geldstücke zwischen ihre Beine und waren erleichtert, wenn die Münze zu Boden glitt, weil nicht genug Fettgewebe da war, um sie zu halten. Brustwarze stieß an Brustwarze und Nabeltal an Nabeltal, wenn sie sich umeinander wanden und sich gegenseitig talgige Würmer aus den Poren pressten.

»Unberufen, toi, toi, toi …« Sie kreuzten die straffen Arme, bewunderten den erlesenen Bau ihrer Knochen und klatschten mit der flachen Hand auf kesse Hinterbacken, deren Fleisch zu kichern begann.

»Ich bins, Matti, macht mir doch auf, ich bins«, bettelte die Kleine. Sie kam mit dem Stethoskop von Maurice um den Hals herein. Der große Doppelspiegel fing auch ihren Körper ein und erschien dort schwärzlich und klein.

Mehr als jeden anderen Raum liebte Matti dieses Zimmer voller Verheißungen und unergründlicher Geheimnisse, wo blaue Emailleaschenbecher überquollen, Kaffeetassen mit Lippenstiftküssen am Rand vergessen umherstanden und die neuesten Schlager, die ihre Schwestern aufnahmen, aus dem Kassettenrecorder dröhnten.

»Matti, sag du mal bitte, wie ist es schöner, so … oder so?« Sie drehten sich vor ihr in den Kleidern, die sie beim letzten Einkaufstrip erworben hatten, eine Wolke ungedeckter Schecks wie ein gelbflügelig flatternder Schmetterlingsschwarm im Gefolge.

Matti streckte sich auf dem großen Bett aus und konnte sich nicht satt sehen an ihren schönen Schwestern. Manchmal brannten alle Lampen, manchmal nur eine Kerze, wenn die drei vor dem Spiegel tanzten, der aus ihnen sechs machte. Schlingernde Becken beschrieben Achten, Schenkel kreisten und schüttelten sich, zitternde Bäuche schlugen sanfte Wellen.

»Stell dir vor, dass dort ein Bleistift steckt, und dann mal einfach drauflos«, wiesen sie die Kleine an. Zwischen ihren schwingenden Hüften sitzend, musterte Matti die drei Ausprägungen eines Körpers, bemerkte feine Nuancen und versuchte zwischen Original und Nachahmung zu unterscheiden. Klopfenden Herzens forschte sie nach einer Spur, die auf sie selbst verwies, fand aber kein einziges Zeichen.

»Ich seh nur dir ähnlich«, dachte sie und fuhr mit dem Verstärker des Stethoskops über ihre Brust. »Hörst du mich, Muni? Nur dir.«

Wenn Irani merkte, dass das Lied des Fleisches durch die geschlossene Tür an Maurice' verlegen gespitzte, von einsamem, drängendem Blut knallrot gefärbte Ohren drang, brachte sie die dudelnde Musik mit einem Schlag zum Schweigen, scheuchte Lisi, Marcelle und Sophia vom Spiegel weg und befahl ihnen barsch, sich auf der Stelle anzuziehen.

»Werde ich auch so aussehen, wenn ich groß bin?«, fragte Matti ihre Mutter.

»Beine braucht man zum Laufen. Die hast du ja, Gott sei Dank! Das reicht.«

»Und einen Busen?«

»Dein Busen wird wachsen, wenn dein Mann ihn anguckt. Dafür bist du jetzt noch zu klein«, beschied Irani und wandte sich wieder ihren mütterlichen Pflichten zu: »Nun aber schnell, zieht euch was an!«

Matti stellte sich vor dem Doppelspiegel auf, aus dem ihre Schwestern geflohen waren, ließ ihre Augen über ihr zweifaches Abbild wandern und brachte es nicht fertig, irgendjemandem ähnlich zu sehen.

»Matti wird einmal genauso ein Spiegelaffe wie ihre großen Schwestern.« Iranis Stimme drang in Mattis von Stethoskopschläuchen verstopfte Gehörgänge.

»Ja, wenn sie könnte, würde sie in den Spiegel kriechen«, antwortete Soli und fügte noch etwas auf Persisch hinzu, was Matti nicht verstand. Und dann glaubte sie zu hören, dass Irani zu Soli sagte, Gott hätte gewollt, dass Matti mit einem Zwillingsbruder auf die Welt käme, damit sie es nicht so schwer hätte, aber daraus sei ja leider nichts geworden.

»Was?« Sie riss sich die Stethoskopschläuche aus den Ohren, drehte sich um und starrte die Mutter mit aufgerissenen Augen an, um die Bedeutung der letzten Worte zu erhaschen.

»Deine drei Prinzessinnen haben vielleicht eine empfindliche Haut«, hörte sie Irani vorwurfsvoll feststellen. »Man braucht sie nur anzufassen, schon erscheint ein blauer Fleck.«

»Was du nicht sagst! Das hat doch bestimmt einen tieferen Grund«, spottete Soli gutmütig.

»Ja, deine Töchter haben ein Talent zur Liebe!«

Irani lachte ihr Lachen, das die Schultern erschütterte und bis zu den Ohren hochriss, ein mit Angst gewürztes Lachen.

Die trüben, verschwimmenden Blutstempel auf der Haut von Sophia, Marcelle und Lisi wurden blau, grün und gelb wie die feuchten Flecken an der Zimmerdecke. Die Mädchen verdeckten die Spuren, die durstige Lippen an ihren Hälsen hinterließen, wenn sie sich auf die zarte Auberginenhaut pressten und drängend an ihr saugten. Mit einer entlarvenden Verneigung verbargen die drei das Weiß ihrer Augen vor Maurice, und vor ihrer Mutter, in deren Augen das Weiße gänzlich fehlte, verbargen sie die verräterischen Zeugnisse der Lust.

»Die Spiegel anderer Leute können einem Leid tun, meine Seele.« Soli drückte seinen Lippenbart in Iranis Halsmulde, als seine Frau sich vor dem Spiegel kämmte.

»Hängen Jahr um Jahr an der Wand und sehen nicht ein einziges Mal so eine Schönheit, wie ich sie täglich vor Augen hab.«

»Schönheit, was ist das schon? Hauptsache, sie haben im Leben Glück«, tadelte Irani ihn sanft und legte sich die Arme um die Schultern, um seine Küsse abzuwehren. »Glück ist wichtiger.«

»Wenn du nur für einen Augenblick aus deinem Fleisch steigen könntest und dich sehen, so wie ich dich sehe …«, Soli erschauerte und schickte mit seiner Zunge auch Schauer über Iranis Haut, »dann würdest du gar nicht genug bekommen, meine Arme, meine Schöne.«

## 23

Sophia war hochgewachsen und von allen Töchtern Iranis die schönste. Schon bei ihrer Geburt war sie reizend, aber erst als ihr Körper in die Höhe schoss, erkannten alle das Ausmaß ihrer Schönheit und hielten den Atem an. Verlegen lächelnd streifte Soli am Spiegel vorbei, und Irani begann, sich Sorgen zu machen.

In der siebten Klasse blieb Sophia sitzen. Ihre Hefte waren voller durchbohrter Herzen, die Ränder der Seiten zerrissen. Nur auf den ersten Blättern fanden sich einige ungelöste Aufgaben und Fragen ohne Antworten. Als Vierzehnjährige spitzte sie unzählige Bleistifte zu gelbgeflügelten Holzfaltern.

Alle anderen Mädchen um einen Kopf überragend, auf

herbe, aber noch nicht bittere Art schön, wurde sie auf eine Berufsschule geschickt, die Jungen zu Elektrikern und Schweißern ausbildete und Mädchen zu Friseusen. Eng um die Taille gezurrte Gürtel verliehen ihrem Körper die Form einer Sanduhr. Wenn sie sprach, schwang in ihren Worten stets ein versonnener Zweifel mit, ganz so, als würde sie von einem Traum der vergangenen Nacht plaudern.

Als die Schulleistungen von Marcelle wegen ihrer unerwiderten Liebe zu Joel Chajbi allzusehr abgefallen waren, landete auch sie an dieser Berufsbildungsanstalt. Iranis Züge legten sich in Kummerfalten, während Sophia die Herzen ihrer Mitschüler brach. Nachmittags wusch sie Haare im Salon »Beauty Palace«. Ihre Taschen füllten sich mit Geldscheinen und ihre Augen mit Glanz.

Sophia wusste nicht, wie sehr sie ihre Verehrer quälte und welche Illusionen sie in ihre Herzen pflanzte, wenn sie, den Kopf an eine Verehrerschulter gelehnt, im Kino einschlief, an Cafétischen gähnte und sich in verqualmten Tanzclubs in Rauch hüllte. Wie alle schönen Frauen wirkte sie still und verträumt. Sie schlug die langen Beine übereinander, presste den großen Zeh des einen Fußes in die Spannwölbung des anderen und erlaubte den Burschen, sich mit dem schönen, an ihrer Brust ruhenden Mädchenkopf wie mit einem Kleinod zu schmücken. Die jungen Männer sahen in Sophias müden Augen den nachdenklichen Blick einer erfahrenen Frau, und ihre furchtsame Unsicherheit deuteten sie als Herausforderung, als amüsierten Spott und unbezwingbaren Hochmut.

Unter den zahlreichen Verehrern, die sie alle pünktlich vor Mitternacht bis an die Tür ihres Elternhauses begleiteten, erwählte Sophia sich Izik Kadosch, der jeden Finger ihrer Hände noch vor der Verlobung mit Gold und Diamanten bedeckte.

Er war siebzehn Jahre älter als sie. In dieser Zeit war es ihm gelungen, aus fast jedem Staat des afrikanischen Kontinents Geld und Tränen zu pressen. Zu Beginn seiner Laufbahn brachte er Goldschmuck ins Land, aber als er Sophia traf, handelte er bereits in großem Stil mit Tränengas.

Die Tränenwolken, die er aufblühen ließ, tränkten seinen Wohlstand; der Handel mit billigem Gold trug Früchte. Tief in den Augen von Izik Kadosch glimmte ein Lachen, aber diese Augen hatten viele Tränen vergossen, bis die richtigen Geschäftsbeziehungen geknüpft waren. In seine Augenwinkel hatten sich Fältchen gegraben, bis seine Investitionen sich auszahlten, und seine Schläfen waren ergraut, als er endlich genug Geld hatte, um sich eine Frau zu suchen.

Izik Kadosch sah Sophia zum ersten Mal, als sie zur Königin gekrönt wurde. Sie trug ein weißes Abendkleid mit Nylonschleppe, und in ihrem Haar steckte ein mit Glassteinen besetztes Pappkrönchen. Ein halbes Jahr später hüllte sie sich ihm zu Ehren in einen Brautschleier.

»Sehr geehrte Damen und Herren .. en ...en!«, hallten die Lautsprecher während der Krönung der schönsten Schülerin des Berufsschulverbandes. »Unsere Schönheitskönigin heißt Sophia Asisyan .. yan ... yan!«

Izik Kadosch sah sie auf die Bühne treten und verfing sich

im Netz ihrer matten Schönheit. Seine kleine Nichte, deretwegen es ihn an jenem Abend in das Gemeindehaus von Givat Olga verschlagen hatte, schaffte es nicht bis zur letzten Runde. Am Ende der Zeremonie wartete er schon nicht mehr auf sie, sondern brach eilig zu seinen überseeischen Gold- und Tränengeschäften auf, ohne zu ahnen, dass sich Sophias schläfrige Schönheit wie ein Widerhaken in sein Fleisch gegraben hatte.

Er kam überstürzt zurück, fest entschlossen, sie zur Ehe zu überreden. Denn seit er sie gesehen hatte, stand sein Atem still, und alle anderen Erinnerungen verschwanden und lösten sich auf. Ihr verschatteter, fast träger Blick löschte sein Verlangen nach anderen Frauen, und er wartete ungeduldig auf die Nacht, da sie in seinen Armen einschlafen würde. Wenn er beobachtete, wie ihre Sommerkleider die samtige Haut streichelten und sich nicht trauten, sie wirklich zu berühren, stellte er sich Sophia nicht in nackter Pracht vor, sondern im Nachthemd, das er ihr überstreifen wollte, wenn sie zum ersten Mal bei ihm schliefe.

Izik Kadosch weinte viel ihretwegen, und in seine Kehle grub sich schmerzendes Verlangen. Fünfunddreißig Jahre alt und in eine achtzehnjährige Schönheitskönigin verliebt, entdeckte er die Formel des Tränengases, das wie eine Frau duftet. Die verlorenen Erinnerungen vermisste er nicht. Die Vergangenheit versank, aber auch die Gegenwart hatte ohne Sophia keinen Bestand.

Nach Art der Königinnen trieb sie ihr Spiel mit ihm. Wehrte ihn ab und winkte ihn heran, verabredete sich mit ihm und machte sich nicht die Mühe zu erscheinen. In den lauen Sommernächten ihres Ruhms sah er sie vorüberflanieren, in ihrem Haar das mit Glassteinen besetzte Pappkrönchen, eine brausende Verehrerschar auf Mopeds im Gefolge.

»Izik? Welcher Izik? Ich kenne keinen Izik«, lachte sie träge und spöttisch in den Telefonhörer, wenn er wieder und wieder anrief. Zehn Tage, nachdem sie seinem Drängen nachgegeben hatte und mit ihm ausgegangen war, beschlossen sie zu heiraten. An ihrem zehnten gemeinsam verbrachten Abend steckte er den letzten der zehn Diamantringe an ihre kleinen gekrümmten Finger. Sophia spürte, wie ihre Gelenke sich unter dem Gewicht beugten, und die Handwurzeln wollten ihr bersten.

Izik hatte seine Frage noch gar nicht zu Ende gebracht, da antwortete sie ihm schon: »Gut. Lass uns heiraten.« Denn sie hatte ihn im Traum ihretwegen bitterlich weinen sehen. Sie lauschte ihren eigenen Worten, hob den Blick von den Juwelen, biß sich auf die Unterlippe und riss dabei eine alte Kindheitswunde auf. Blut tropfte auf ihre Zunge und Angst in ihr Herz. Sie wusste nicht, ob sie ihn wollte oder ob sie ihn nicht wollte, denn sie hatte noch nie gewusst, was sie wollte und was nicht. Also stimmte sie zu.

Aufgeregt zerrte Izik Kadosch das grobe Band mit dem Hausschlüssel von ihrem Hals, um ihr stattdessen eine feingliedrige Kette mit seinem Namen in Goldbuchstaben umzuhängen, die sich in das seidige Grübchen zwischen ihren wohlgeformten Halsknochen schmiegten. Izik hoffte, dass auch Sophia in der Mulde unter ihrer Kehle den Schmerz der Liebe verspürte, und bedeckte sie mit Küssen. Als er ihr vorsichtig zu verstehen gab, dass er wegfahren müsste und erst in zwei Wochen, genau einen Tag vor der Hochzeit, zurückkehren würde, sagte sie wiederum nur: »Gut.«

Weder flehte sie ihn an, seine Tränenreisen einzustellen und bei ihr zu bleiben, noch beklagte sie sich, dass er ausgerechnet in den Tagen herbstlicher Zufriedenheit vor der Hochzeit verschwand, um mit Gold und Tränengas zu handeln. Sie fand sich mit seiner Abwesenheit ebenso nachsichtig ab wie mit seiner Gegenwart. Mit der gleichen Demut hatte sie zugunsten von Maurice auf die Liebe ihrer Mutter verzichtet und als Kind ihrem Vater sein Nichtdasein verziehen.

Die Nacht vor seiner Abreise verbrachte Izik Kadosch im Haus ihrer Eltern. Sophia gähnte, bis sie schlafen gingen, und Izik erzählte ihrem Vater von seinen erstaunlichen Reisen und weitverzweigten Geschäften. Wie ein Kind hing Soli an den Lippen seines zukünftigen Schwiegersohnes. Es fehlte nicht viel, und er wäre auf seinen Schoß geklettert. Anschließend bereitete Irani dem Gast ein Matratzenlager im Zimmer von Maurice.

Bevor Sophia einschlief, kam Soli an ihr Bett, fasste ihre Hand und sagte: »Hab mich mit ihm unterhalten. Ist ein anständiger Kerl. Aber du, meine Seele, du musst deinem Herzen folgen, verstehst du?«

Die ganze Nacht lang belauschte Izik Kadosch seine Ver-

196

lobte, die in ihrem Zimmer schlummerte, fand durch das lautstarke Atemgewirr in der Wohnung den Weg zu ihr und bemühte sich, aus ihren Träumen ein Echo von Trennungsschmerz und Zorn aufzufangen, das ihn zum Bleiben zwänge. An seine horchenden Ohren drang das Liebesgestöhn von Soli und Irani, die sich an seinem Brand entzündet hatten. Am Morgen lauerte er auf Abschiedstränen, aber Sophia wachte nicht einmal auf, und Izik reiste ab.

Inzwischen richteten ihre Mutter und ihre Schwestern die Braut für den Tag ihrer Hochzeit her.

»Steh auf, Sophia, nun mach schon.« Irani versuchte, ihre Tochter zum Maßnehmen des Brautkleides aus dem Bett zu zerren.

»Liegt da wie tot. Eine Witwe, Gott behüt, hat mehr Saft und Kraft als die da.«

»Du mit deinen Sprüchen, Mama …« Marcelle brachte Irani zum Schweigen. »Lisi, ich halt sie hier fest, und du kannst sie von der Seite aufstellen.«

Die beiden zogen ihre schlafende Schwester aus den Laken, lehnten sie gegen die Schultern, und Iranis Maßband kroch über Sophias im Traum bebende Glieder.

»Um der heiligen Thora willen, sagt mir mal, hat sich unsere Sophia etwa wegen seines Geldes an ihn gehängt?« nahm Irani auf dem Weg zur Schneiderin ihre Töchter ins Verhör. »Raus mit der Wahrheit!«

»Woher soll ich das wissen?«, erwiderten ihr beide.

Hätte sie die Braut selbst gefragt, wäre die Antwort genauso ausgefallen.

Anschließend wählten Mutter und Schwestern für Sophia den teuersten und feinsten Festsaal, dessen Name, »Venise«, in stolzen Leuchtlettern über einem Hotel in Tel Aviv prangte, kosteten geschlossenen Mundes Proben luxuriöser Speisen, versuchten zu erraten, was Sophia gefallen würde, und schwankten unentschlossen zwischen Kalla und weißen Lilien. Sie verschickten zwitschernde, von Marcelle diktierte Einladungen; die Illustrationen dazu hatte Lisi ausgesucht.

Als der glückliche Bräutigam zurückkehrte und ihm eine Kolonne schnaufender schwarzer Lastträger folgte, die auf den Schultern neue Möbel, moderne elektrische Haushaltsgeräte, Kisten mit Küchengeschirr und dekorativem Tand schleppten, wären Marcelle und Lisi ihm vor lauter Liebe fast um den Hals gefallen.

Bei ihrer Hochzeit schien Sophia gar nicht anwesend zu sein. In der Nacht zuvor hatte sie im Traum gesehen, dass die Schleppe ihres maßgeschneiderten Brautkleids sich schwarz färbte, und ihre Mutter nicht nach der Bedeutung gefragt. Ihr Vater trimmte seinen Lippenbart auf eine schmale schwarze Linie, Irani türmte ihr Haar zu Palastkuppeln auf.

Am Mittag ihres Hochzeitstages streifte Sophia ihre zehn Diamantringe und die goldene Kette ab, um sich ausgiebig zu duschen. Die Wassertropfen prallten auf ihren Körper wie Hagel auf ein Blechdach. Stumm musterte sie die verblassenden Hennaringe in ihren Handflächen, die Zeichen der Verlobungszeremonie vom Vorabend, bis das Wasser kalt wurde.

Von der Hochzeit selbst blieb nichts in ihrem Gedächtnis haften außer den vier weißgekleideten Brautjungfern. Sie hatte sich oft nach ihnen umgedreht, um sich zu vergewissern, dass die lange Schleppe nicht schmutzig wurde, und dabei jedes Mal wieder in vier schwarze Augenpaare geblickt. Auf den Fotos war sie nicht zu finden, worüber Izik Kadosch dermaßen in Zorn geriet, dass er den Fotografen ohne Bezahlung davonjagte und seine Kamera zu Boden schmetterte.

»Ich schwöre dir, der Film mit ihren Aufnahmen, der ist verbrannt«, jammerte der Mann. Er wusste genau, dass er im Anschluß an die Trauungszeremonie unter den zahlreichen Geladenen vergeblich nach der schönen Braut Ausschau gehalten hatte und dann mit dem Bräutigam Vorlieb nahm, der ihm ein doppeltes Lächeln schenkte, auch für sie. An die kleine Schwester der Braut erinnerte er sich ebenfalls gut; sie hatte sich in jedes Bild gedrängelt und aufgeregt gebeten: »Bitte, bitte, knips mich noch einmal!«

Indessen erzählten sich die Leute, dass Sophia eine atemberaubend schöne Braut gewesen war, und sprachen noch tagelang von der ausgelassenen Feierei im Prunksaal »Venise« und von den dunkelhäutigen Tänzerinnen, die der Bräutigam aus Afrika mitgebracht hatte und die mit bloßen Hinterbacken, schaukelnden Brüsten und schlingernden Elfenbeinketten den Gästen mächtig einheizten.

Als in jener Nacht Sophias Jungfernhäutchen zerriss, war ihr Herz tief und weit entfernt, und ihre Brüste schmerzten, als müssten sie einen Schrei ersticken.

»Hat du was gesagt?«, unterbrach Izik Kadosch seinen fliegenden Galopp.

»Nein, nichts.«

Ihre Flitterwochen verbrachten die beiden in verschiedenen europäischen Hauptstädten; sie flogen von Hotel zu Hotel, von Bett zu Bett. Als sie zurückkehrten, bezogen sie ihr neues Heim im Penthouse des Wohnturmes, der so hoch in den Himmel von Bat Jam ragte, dass man weder die Küstenlandschaft noch das Meer sah; vor den Fenstern hing eine dunstige Wolkenkrone. Sophia versank in ihrem Anblick, als stünde sie vor dem Spiegel, und sah nichts.

Wenn ihr Mann sich nach Afrika aufmachte, kehrte sie abends in ihr Elternhaus zurück und schlief in ihrem Bett über der angeschlagenen Kuchendose mit dem armseligen Groschenschatz. In ihren Träumen hörte sie ein fernes Echo aus dem Herzen aufsteigen und stellte Fragen, die ohne Antwort blieben. Als ihre Schwestern in sie drangen, sagte sie, sie würde sich nach ihrem Mann sehnen. Und wenn sie in ihre Wohnung hoch oben im Turm zurückkehrte, sehnte sie sich wirklich nach ihm. Nach dem Geruch eines Mannes, der am Ende eines Arbeitstages heimkommt, sehnte sie sich. War Izik Kadosch geruchlos und weit entfernt, dachte Sophia an ihn wie an eine Traumgestalt: ein Bräutigam, der ihretwegen Tränen vergoß.

Während der Schulferien wurde Matti zu ihr geschickt, um sie vor Ängsten zu behüten, und schlief neben ihr im Ehebett. Im Haus der Familie Asisyan lebten sieben Menschen in drei Zimmern, und Sophia kannte nur die Einsamkeit des zu engen Beisammenseins. In ihrer neuen Behausung hatte sie niemanden, den sie anfahren konnte: »Sei still, ich will schlafen«, oder: »Wer hat mein Geld genommen?« Auch war niemand da, den sie bitten konnte: »Mama, erzähl mir eine Geschichte, aber nur für mich. Nicht einmal du sollst zuhören, nur ich allein!« Ohne den Zwang, sich im Gedränge einen Freiraum schaffen zu müssen, ohne das Gerangel um ein bisschen Privatsphäre war Sophia einsamer denn je.

Wenn er zurückkam, krönte Izik Kadosch ihren Körper mit Zärtlichkeiten und Gold. Mit dem sich häufenden Schmuck wuchs die Schwere ihrer Schritte. Und eines Tages war sie schwanger.

»Ich bin verrückt nach dir, meine Königin«, bejubelte Izik Kadosch ihren Bauch. Dann flog er wieder nach Afrika, um seine Geschenke zu verdoppeln. Bis zur Geburt ihres Sohnes war Sophia im Leid um sich selbst versunken. Ihre Laken glichen zerknitterten Leichentüchern.

Manchmal beugte sie sich tief in ihren Schrank, durchwühlte die untersten Schubladen, zog die Pappkrone aus früheren Tagen hervor und musterte ihr verzerrtes Abbild, das ihr die Glassteinchen, die noch in der Einfassung steckten, entgegenwarfen. Die Krone auf ihr Haar zu setzen, wagte sie nicht, und schob sie langsam wieder unter den schäbigen Stoffhaufen, der einmal das Kleid einer Schönheitskönigin gewesen war. Ihre Hochzeitsschuhe, die sie so sorgfältig verwahrt hatte, konnte sie nirgends finden.

Wenn sie, sich hinter ihrem großen Bauch versteckend,

am Friseursalon vorbeischlich, erschien ihr das Leben vor ihrer Hochzeit genau so weit weg wie das in die hinterste Ecke des Raumes verbannte Haarwaschbecken. Sophia sah neue Kundinnen, neue Haarschnitte, neue Mädchen, die mit leuchtenden Augen einen abgewetzten Geldschein nach dem anderen in den Taschen ihrer glänzenden, sich über glühenden Hinterbacken spannenden Hosen verschwinden ließen.

Noch während es in ihrem Leib geborgen war, spürte Sophia, dass ihr Baby hustete. Irani meinte, das seien bloß Blähungen, und sie sollte Radieschen essen, das würde ihr Erleichterung bringen, doch Sophia wusste genau, dass das, was ihren Bauch erschütterte und den Anhänger mit Iziks Namen in ihrer Halsgrube aufschreckte, Hustenanfälle waren. Bis zur Niederkunft wurde sie von heftigem Angst- und Radieschenaufstoßen geschüttelt.

In den letzten Tagen der Schwangerschaft fühlte sie sich schwach und erschöpft wie nach einer langen schweren Krankheit. Izik Kadosch war glücklich. Seine Tanten und Schwestern wollten Sophia ein bisschen ablenken, wenn ihr Mann auf Reisen war, und stiegen bis ins oberste Stockwerk des Wohnturms von Bat Jam hinauf. Dort hockten sie eine Weile verlegen auf dem Bettrand herum und begaben sich alsbald wieder auf Meeresspiegelhöhe hinab.

»Wie bringt Izik es nur fertig, die zu küssen«, lästerten sie auf der Treppe in ihrem marokkanischen Dialekt. »Die kriegt ja den Mund nicht auf und stinkt bestimmt schon aus dem Hals wie ein totes Tier.«

Nur Iziks kleine Nichte, die sich am Krönungsabend in den Kulissen versteckt hatte, wusste, dass im ganzen Berufsschulverband kein Mädchen unglücklicher war als Sophia Asisyan.

»Mama, Mama, das tut weh. Mama, ich zerreiße …«, schrie Sophia im Kreißsaal.

»Die Quälerei bei der Geburt ist nur der Anfang, meine Seele.« Irani streichelte das Gesicht ihrer Tochter. »Pressen, du musst pressen!«

Elf Tage, bevor Großmutter Turran starb, kam Sophias Sohn, runzlig und schrumpelig wie die Hände einer Wäscherin, zur Welt. Alle behaupteten, er sei Sophia wie aus dem Gesicht geschnitten, und gaben ihm den Namen seines verstorbenen Großvaters väterlicherseits. Großmutter Turran starb aus Ärger über diesen Säugling. Ihr Tod, der bewies, wie halsstarrig und eigensinnig sie sein konnte, versetzte die Familie in Schrecken.

»Eure Großmutter hat beschlossen zu sterben«, schimpfte Irani, »damit wir tun, was sie will. Muss ich jetzt auch tot umfallen, und wir sind quitt?«

Ohne ihren Wunsch weiter zu erläutern, hatte Großmutter Turran darauf bestanden, dass der Junge Michael genannt würde. Soli flehte sie an, ihm doch um Himmels willen zu verraten, warum, erhielt aber nicht den geringsten Hinweis auf den Toten, dessen Andenken sie auf diese Weise zu ehren gedachte. Irani begründete ihre strikte Ablehnung ebenfalls nicht und konnte nicht erklären, warum ihr ausgerechnet am Namen des Vaters von Izik

Kadosch, den sie nie im Leben gesehen hatte, so viel gelegen war. Sophia murmelte, ihr sei es egal, wie das Kind genannt würde.

Soli sah sich gezwungen, seine alte Mutter zu enttäuschen. Gegen Ende ihrer Tage sehnte Turran sich verzweifelt nach den Kleidungsstücken und Halsketten, die sie vor langer Zeit aus Persien mitgebracht hatte. Ihre letzten Schweißtropfen perlten in schwere, angeschimmelte Pelzmäntel. Ihre nach Naphtalin riechende Haut leuchtete wie eine Neonröhre, und die Motten, die um ihren Kopf kreisten, warfen Schatten auf ihren fleischigen bleichen Leib. Soli tupfte ihre Tränen mit einem Batisttuch ab, aus dem Staub über ihre Sommersprossen rieselte, streichelte ihre Fußsohlen und bestrich ihre knorrigen Nägel mit rotem Lack, wie er es seit seinen Kindertagen getan hatte. Er wollte sie mit der Ehre trösten, bei der Beschneidung auf dem geschnitzten Patenstuhl zu sitzen und das Kind auf den Knien zu halten, eine Ehre, die eigentlich männlichen Verwandten vorbehalten war. Aber Großmutter Turrans Stolz war beharrlicher als alles andere an ihr.

Als der Säugling während der Zeremonie herumgereicht wurde, damit jeder Gast ihn durch die Berührung seiner Hände segnen konnte, weigerte Großmutter Turran sich, das Bündel überhaupt anzufassen. In der Küche weigerte sich Sophia, die Vorhaut ihres Sohnes herunterzuschlucken.

»Marcelle!« Irani zischte, damit die Gäste sie nicht hörten: »Sag ihr doch, das ist gut gegen die Schwermut nach der Geburt.«

»Ach, lass sie zufrieden, die ist doch schon seit ihrer eigenen Geburt schwermütig«, erwiderte Marcelle.

Irani bewahrte das hauchdünne Stückchen Haut zwischen den übrig gebliebenen Perlen in der honigbraunen Schmuckschatulle auf, für den Fall, dass Sophia sich irgendwann eines Besseren besann.

Erst als der Säugling im Alter von einem Monat an Keuchhusten erkrankte, ließen Irani und Soli das Streiten sein. Soli rasierte den Bart ab, den er sich zum Zeichen der Trauer hatte stehen lassen, enthüllte den Grabstein seiner Mutter und ging nach Haus. Der Kleine war sterbenskrank. Izik Kadosch wurde von seinen Geschäften heimgerufen und erschrak bis ins Mark, als er seine Frau hellwach antraf. Weinend brach er zu ihren Füßen zusammen. Sophia blickte aus den Höhen ihres raschelnden lila Seidennachthemds auf ihn herab und lächelte schwach. Sie sah seine Tränen zum ersten Mal, und sie flossen genauso, wie sie es im Traum gesehen hatte, nicht nur aus den geröteten Augenschlitzen, sondern aus allen Poren der Gesichtshaut. Ihretwegen weinte Izik Kadosch wie andere Männer schwitzten.

»Ich liebe dich«, wollte er seiner Frau sagen, brach aber mittendrin ab, denn ihr Sohn begann, beängstigend zu keuchen. Izik beugte sich über die Wiege. Zuerst hatten sie angenommen, das Baby sei erkältet, aber inzwischen wussten sie, dass es an Keuchhusten litt. Es hustete und hustete und hustete und sog anschließend pfeifend Luft in die leeren Lungen. Seine Gesichtshaut verfärbte sich rot und blau. Die Blutgefäße an Stirn und Hals schwollen an und traten unter der feinen Haut hervor. Röchelnd öffnete der Säugling die schönen Augen, die er von seiner Mutter geerbt hatte, und ließ sie auf dem tränenüberströmten Gesicht seines Vaters ruhen. Sophia nahm ihn in die Arme und klopfte ihm hilflos auf den Rücken. Aus den Hustenstößen wurde ein Bellen.

»Manchmal muss er sich zum Schluss übergeben«, rief sie seinem Vater zu, damit er sie durchs Gehuste hindurch hörte, »oder er verkrampft sich so, als ob …«

Sophia lag eine Woche lang krank bei ihren Eltern. In ihrer Brust war eine Lungenentzündung ausgebrochen, aber sie konnte das Leiden ihres Kindes nicht zu sich herüberziehen. Nachdem sie sich etwas erholt hatte, kehrten sie und ihr Mann Bat Jam den Rücken und zogen mit ihrem Sohn in das leerstehende Haus von Großmutter Turran, damit Irani und ihre Töchter sich um das Baby kümmern konnten und die gemarterte junge Mutter endlich einmal zur Ruhe käme. Sogar der Hahn und die unter den Orangenbäumen watschelnden Enten stellten ihr Gegacker ein, um Sophias Schlummer nicht zu stören.

Aber inzwischen konnte sie schon nicht mehr schlafen und sah aus rotgeränderten Augen zu, wie Irani ihren Kopf schmerzlich zwischen den Schenkeln ihres kranken Enkels barg, ihn unter Tränen küsste und ihm wiederholt versicherte, dass sie ihr Leben zur Sühne für sein schönes Schwänzchen hergeben würde.

# 24

Auf dem Schulhof der Oberstufe, der wie ein Amphithea-
ter mit Rängen und Tribünen ausgestattet war, begegne-
te Marcelle ihrem Schicksal. Als es zur Pause läutete, trat sie
mit einer raschelnden Tüte Weintrauben auf den Gang hinaus und fand auf dem ersten Rang, inmitten eines Sonnen-
fleckens an einer Balustrade lehnend, die Liebe.

Er hatte ein Rabengesicht, dunkle Haut und glänzendes
Haar. Seine kleinen, zu eng nebeneinander liegenden Augen
umrahmte ein dünnes Brillengestell, und ausgeprägte Wan-
genknochen verstärkten sein Lächeln. Sie stellte Nach-
forschungen an, um herauszufinden, ob ihr Eindruck, er sei
klug, den Tatsachen entsprach. Er hieß Joel Chajbi, ging in
die siebte Klasse und war linker Verteidiger der Fußball-
mannschaft von Givat Olga. Dass sie ihm folgte, bemerkte
er nicht. Dem kleinen Schminkspiegel, den sie vor ihr Gesicht hielt, um sich die Nase zu pudern und sein Bild einzufangen, schenkte er keine Beachtung. Da er das Geklirr der
Armreifen, das ihm auf den überdachten Gängen folgte,
nicht hörte, fiel ihm auch nicht auf, dass es ausblieb, nachdem Marcelle von der Schule geflogen war.

Sie war schon neunzehn Jahre alt, und ihr Herz trauerte in
regelmäßigen Kreisläufen. Die Wohnzimmerlampe, die in
den Nächten auf Hefte voller Gedichte schien, blinkte matt
und hoffnungslos in den Höhlen ihrer Pupillen. Die Listen
des Männerfangs, die die Schwestern ihr eingetrichtert hat-

ten, lagerten zusammen mit den aus Büchern erworbenen Verführungskünsten in alte Zeitungen eingeschlagen in der hintersten Ecke ihres Herzens. Blinde alte Raben flüchteten aus ihrer Brust, als Joel sie eines Tages fragte: »Bist du Marcelle?«

»Ja, ich bin Marcelle«, antwortete sie, und sechs Jahre, nachdem sie sich in ihn verliebt hatte, wollte sie nur noch eins: den Hochzeitstermin festlegen.

Sechs Jahre lang hatte sie eine leidenschaftliche Affäre mit ihm, und er wusste nichts davon. Seit sechs Jahren ritzte sie die Geschichte ihrer Liebe in Tagebuchzeilen; seit sechs Jahren rissen ihre Rabenboten Seite um Seite heraus und wurden vergeblich ausgeschickt, sie in seine Brust zu schmuggeln. Sechs lange Jahre saß sie auf den Stufen des Spielfelds und sehnte sich danach, die brennenden Bekenntnisse, die sie jede Nacht dem dunklen Fenster zuflüsterte, ins Gebrüll der Fußballfans hineinzuschreien. Wollte Joel so küssen, wie sie allnächtlich das feuchte Glas küsste. Wollte in sein Herz eindringen wie der Pfeil in die Herzen, die sie an der dunklen Scheibe beschwörend in die blühenden Dunstwolken malte und unter die sie ›bis in alle Ewigkeit‹ schrieb.

Ihre Nächte waren so lang und dunkel, dass ihr genug Zeit blieb, um die Namen aller Spieler aller Mannschaften der zweiten Liga auswendig zu lernen. Ihre sehnsüchtigen Blicke folgten Joel Chajbi von ihrem ersten Tag auf der Oberstufe bis zu ihrem letzten, an dem man ihr das Jahresabschlusszeugnis aushändigte, das sie an die Berufsschule abschob, wo ihr nichts anderes übrig blieb, als Friseuse zu werden, genau wie ihre Schwester Sophia.

»So ein Gehirn, wie Gott es unserer Marcelle gegeben hat, braucht man nicht zum Dauerwellenlegen«, schrie Irani, aber schon damals richtete ihr Schreien nichts aus. Marcelle konnte sich im Unterricht einfach nicht konzentrieren. Bald verunstalteten rote Striche und Randbemerkungen ihre Klassenarbeiten, und Irani griff nicht mehr nach den Blättern, um sich kühle Luft zuzufächeln und vor den Nachbarinnen ein bisschen anzugeben. Soli wurde vom Meer in die Klasse beordert, und der Fischgeruch, der ihm entströmte, warf ein Netz trüber Verdächtigungen über die Augen der Lehrerinnen.

An der Berufsschule gab Marcelle sich eifrig ihren Wachträumen hin, verschwendete ihr geistiges Potenzial und färbte sich die Haare mit Wasserstoff und Henna. Vergeblich formten ihre Lippen seinen Namen, erfand sie für ihn Koseworte und ließ sie langsam auf der Zunge zergehen. Manchmal stattete sie der Tribüne des Gymnasiums einen Besuch ab, nickte den Klassenkameraden zu, die sich an sie und ihre traurig in den Regen blickenden Augen erinnerten, überging die anderen, die sie vergessen hatten, und tat so, als sei sie eine Fremde, wenn sie wegen ihrer immerzu Farbe und Schnitt wechselnden Frisuren nicht erkannt wurde.

Dann mischte sie sich unter die Herde der Köpfe, die den Pausenhof füllten, blickte zur sonnenübergossenen Tribüne hinauf, und Traubenzucker schoss durch ihr Blut. Joel Chajbi, der muskulöse, hochaufgeschossene schwarze Rabe, eilte zwischen hüftenschwingenden Mädchen durch die Gänge, spielte Fußball mit seinen Freunden, schrieb Hausaufgaben ab, aber sie, Marcelle, nahm er überhaupt nicht wahr.

»Der?«, kreischte Sophia ungläubig und zog eine Grimasse, als hätte sie etwas Verdorbenes gegessen, als sie Marcelle einmal auf ihrer Liebespirsch begleitete. »Wegen dem bringst du dich um? Ichchchchs …« Sie streckte ihre krummen Finger und presste die Luft vor Marcelles traurigem Blick in die Augenhöhlen. Marcelle blinzelte wütend, dann fegten ihre Wimpern die Beleidigung hinweg:

»Lass nur …. Das kannst du nicht verstehen.«

»Und ob ich das versteh. Du vergehst seit hundert Jahren nach seinem schwarzen Hintern, und er guckt dich nicht mal an. Unternimm doch endlich was, mach ihm Augen …, mach irgendwas …«

»Wie viel Augen soll ich noch machen, Sophia, wie viel …?«

»Warum verliebst du dich ausgerechnet in solche blinden, superschlauen, mageren Brillenträger?« Sophia gähnte, und Marcelle schwieg.

»Los, komm woanders hin. Mir ist vom vielen Herumsitzen der Hintern eingefroren.«

Ihre Augen suchten ihn überall, sogar dort, wo gar keine Aussicht bestand, ihn zu finden. Ihre Lippen malte sie so knallrot an, dass außer Joel sämtliche Männer auf dem Fußballplatz ihren Mund anstarrten. Sie trug winzige bauchfreie Oberteile, unter denen ihr straffer, wohlgeformter Nabel wie eine einladende Öffnung hervorlugte, während das weiche Fettpolster zwischen den Rückengrübchen wie ein Diamant glänzte. Sie hatte mehr Verehrer als Schuhe im Schrank, und wenn sie ihr nahe kamen, wurde ihnen schwindlig vom Parfümduft, der ihren Schwanenhals umwehte.

Aber sie alle waren nur Hinweise auf Joel, auf die Form seiner Oberlippe, die Breite seiner Schultern, sein kühnes Kinn. Wer sie nicht an ihn erinnerte, den nahm sie gar nicht wahr. Jedes unter dem Fenster vorbeiratternde Moped ließ sie zusammenzucken. Manchmal, wenn sie im Riss zwischen Tag und Nacht ihrem Vater schwarzen Kaffee brachte, sah sie auch in ihm Joels Abbild. »Wenn sogar unser rothaariger Papa dich an deinen jemenitischen Fußballer erinnert«, seufzte Sophia, »dann hast du deine Möglichkeiten wirklich verschwendet, Schätzchen.«

Mit klirrenden Reifen an den Handgelenken und Fesseln der Liebe im Herzen war Marcelle die Sklavin ihrer Sehnsucht. Bei einem ihrer Spürgänge erspähte sie ihn an einem Bücherstand, wo er in den Hochglanzseiten eines astrologischen Ratgebers stöberte. Behutsam stellte sie sich hinter ihn, beugte ihr Gesicht ganz dicht an seine Schulter, schob ihren Kopf beinah in seine Achselhöhle. Nur die Nase trennte sie noch von ihm. Sie konnte sehen, dass er sich über das Sternzeichen Zwillinge informierte.

»Haben Sie vielleicht ein Buch über Astrologie?« Klopfenden Herzens drängte sie sich an den Stand.

»Welches Sternzeichen?«

Joel Chajbi blinzelte aus der Höhe herab wie der Strahl eines Leuchtturms vom Ufer einer einsamen Insel.

»Waage«, presste sie hervor.

»Das ist im zweiten Teil«, sein Kinn zeigte in Richtung des Bandes ›Löwe bis Widder‹.

Wild nickend begann Marcelle zu blättern.

Ihre rosa Papageienkrallen pickten auf die Zeilen, als wollten sie die Wörter zerstückeln, und umklammerten den bunten Einband, um Halt zu finden.

Entschlossen klappte Joel den Band ›Krebs bis Wassermann‹ zu. Weder ihren Wangengrübchen noch ihrer Ellbogenwölbung, noch ihren blassen Kniekehlen unter dem kurzen Rock schenkte er Beachtung. Er bezahlte sein Buch und ging fort, ohne zu bedenken, dass ein Zwilling-Mann und eine Waage-Frau ganz ausgezeichnet zusammenpassen. Desgleichen entging ihm, dass Marcelle den zweiten Band mit analphabetischer Hast erwarb und schnurstracks seinen Spuren folgte, bis sich der Geruch des billigen Rasierwassers ganz und gar verloren hatte.

»Was ist los, meine Seele«, fragte Irani eines Tages, als sie Marcelle beobachtete, deren Blicke wieder einmal den Horizont über dem Balkon anflehten. »Wegen eines Jungen grämst du dich so?«

Marcelle antwortete nicht.

»Tu das nicht, mein Engel. Steht in deinen Büchern nicht geschrieben, dass jeder Finger an der Hand sein Gegenüber hat, das genau zu ihm passt?« Irani legte ihre Fingerspitzen aneinander.

»Guck mal, Marcelle, einer passt genau zum anderen.«
Marcelle Asisyan hatte damals schon bemerkt, dass sie die
Gabe besaß, in den Träumen anderer zu erscheinen. Es war
ihr letzter Strohhalm. Sie hoffte, Joel Chajbi würde von ihr
träumen, und sie wäre in diesem Traum atemberaubend
schön frisiert. Doch irgendwann gab sie auch diese Hoffnung auf.

Als jedoch die Jahre ihrer Sehnsucht fast vorüber waren
und sie eigentlich nur noch aus Gewohnheit an ihn dachte,
fragte Joel: »Bist du Marcelle?«

»Ja, ich bin Marcelle«, sagte sie da und sah, dass er angestrengt überlegte, woher er sie wohl kannte.

Marcelle hatte auf Anraten ihrer Schwester Sophia im
Rätselmagazin eine Bekanntschaftsanzeige aufgegeben:
»Junges Mädchen (19), hübsch und lebenslustig, möchte
Gleichgesinnten mit ernsthaften Absichten kennen lernen.
Hobbys: Bücher lesen und spazierengehen.« Sophia hatte
sie überredet, als weiteres Hobby ›reiten‹ hinzuzufügen.

Vier Monate lang strömten Zuschriften ins Haus. Marcelle war damit beschäftigt, Absagen zu formulieren, Treffen
im Café des Einkaufzentrums zu arrangieren und Hartnä-
ckige abzuweisen, die ein Foto beigelegt hatten. Als Joel
Chajbis Brief eintraf, schnappte ihr Herz nach ihr, als wollte
es eine alte Schuld eintreiben. Der Duft seines Rasierwassers schwallte ihm voran, als er sie abholen kam. Sie fuhren
mit dem Moped zum Sonnenuntergang ans Meer.

Vornüber gebeugt auf dem Sozius musste Marcelle unterwegs an ihren Vater denken. Eigentlich hätten sie ihn gleich

*213*

mitnehmen können, denn in einigen Stunden würde er ohnehin mit dem ersten Autobus in die gleiche Richtung fahren.

Das Meer stöhnte, als Joel ihr Fleisch berührte. Erschrocken folgten ihre Blicke seinen dünnen Fingern; sie sah sie wohl, konnte sie aber nicht fühlen. Das Streicheln war so flaumig, als würden Daunen über ihre Haut schweben. Sie beobachtete ihn die ganze Zeit lang angestrengt, mit weit geöffneten Augen, denn sie misstraute ihrem Körper, der nichts spürte.

»Du guckst so traurig, Liebling«, stellte er fest und ließ seine Finger an ihren Augen vorüberflattern. Er genierte sich vor ihrem Blick wie eine Jungfrau, der es lieber ist, wenn das Licht gelöscht wird.

Erst als sein Mund sich gegen ihren presste, schloss Marcelle Bekanntschaft mit seinem Leib. Die Meereswellen leckten an der untergehenden Sonne. Seine Zunge schlug auf ihre Lippen, stieß gegen die Zähne und drang muskulös und aggressiv in sie ein.

Der Strand war verlassen. Marcelle hörte Grillen im Strandnelkendickicht zirpen und sah Glühwürmchen den Weg von ihrem Herzen zu seinem erhellen. Er bettete sie in den Sand, brach in sie ein und wurde beinahe ohnmächtig, als er kam. Seine Füße erinnerten in ihrer zugespitzten Länge an Zirkel. Ihre Armreifen streichelten ihn. Er wollte sie abstreifen, aber es gelang ihm nicht.

»Die sind schon ein Teil von dir.« Seine Backenknochen stachen durch die Haut.

»Sie machen mich vollständig.«

Beide lachten, und er entdeckte ihre Grübchen. Später setzte er sie wieder auf sein Moped, und ein letzter Bienenschwarm surrte pollentrunken hinter ihnen her. Marcelles Haar wirbelte im Wind, ihre Haut glänzte, und sie umschlang seine Hüften ganz fest, damit er ihr nicht davonflöge.

»Drück nicht so, Liebling, du tust mir weh.«

Ihretwegen standen alle Ampeln auf grün. Das Moped trug sie durch Duftströme. Sie entflohen dem Salzdunst, der vom Meer zur Stadt aufstieg, ruderten durch süß riechende Schneisen reifer Früchte, tauchten durch säuerliche Luftbahnen frisch gemähter Rasenflächen. In jeder Straße sah Marcelle Menschen, die ihr zulächelten, einen Augenblick vor Freude erschauerten und sich vom Fieber ihrer Liebe anstecken ließen.

Nachdem Marcelle Joels Küsse getrunken hatte, brach auch bei ihr die Heiratswut aus, die nach und nach die ganze Familie befiel. Zu heilen war sie nur durch das Festlegen eines Datums und die Reservierung eines Saals. Während Joels Angehörige Proviant für die lange Reise von Miami nach Givat Olga einpackten, fand die Hennazeremonie zur Besiegelung der Verlobung im engsten Familienkreis statt. Irani deckte den langen Tisch feierlich mit dem Rosenporzellan aus ihrer Mitgift und füllte die geblümten Schalen mit Köstlichkeiten, die sie zum ersten Mal in ihrem Leben nach Zeitungsrezepten zubereitet hatte. Drei Tage lang schloss sie sich in der Küche ein und bestand darauf, alles allein zu machen. Als sie endlich herauskam, quollen die Düfte ungekannter, von Maurice gelieferter Gewürze hinter ihr her. Sophia war bis zum Abend damit beschäftigt, die von drei Tagen Küchenarbeit lädierte Schönheit ihrer Mutter zu reparieren.

Joel Chajbi erschien mit einem Strauß roter Nelken, was Irani zutiefst rührte. Marcelle musste ihr dreimal schwören, sie hätte Joel nicht verraten, dass rote Nelken ihre Lieblingsblumen waren. Das Essen schmeckte in jener Nacht allen ausgezeichnet, und Irani trank durstig die Komplimente, mit denen ihr zukünftiger Schwiegersohn sie freigebig überschüttete.

»Soli, lass ihn zufrieden«, fiel sie ihrem Mann ins Wort, als er sich mit Joel über die finanzielle Zukunft des jungen Paares unterhalten wollte. »Siehst du nicht, dass unser Bräutigam jetzt essen will? Das könnt ihr nachher noch besprechen.«

Also widmeten sich sich wieder dem Essen und Trinken. Irani erzählte, bis ihr die Tränen kamen. Nach ihrer Scheidung, als ihre Mutter vor Wut nicht mehr mit ihr sprach, versuchte Marcelle sich zu erinnern, ob dieser Abend tatsächlich stattgefunden hatte oder ob sie sich das alles nur einbildete. Sie hatte damals doch genau gesehen, wie Irani den Suppenlöffel und den Faden der Geschichte fahren ließ, sich erhob und eigenhändig den obersten Knopf an der Hose des Bräutigams öffnete, damit er Platz für weitere Kostproben ihrer neuen Gerichte hätte.

Einige Tage vor ihrer Hochzeit bat Marcelle Lisi, sie möge

ihr aus dem Krankenhaus ein paar Schlaftabletten mitbringen. Lisi gab ihr zwei; rund, rosa und unschuldig lagen sie in ihrer Hand.

»Pass auf, die sind stark. Nimm nur eine halbe, das reicht schon«, warnte sie ihre Schwester.

Etliche Jahre, nachdem sich der Kampf zwischen ihr und dem Schlaf entschieden hatte, erhob Marcelle sich angeschlagen und zerknittert von ihrem Exillager auf dem Wohnzimmersofa und entfachte den alten Streit.

Je näher der Hochzeitstag rückte, desto erschrockener pochte ihr Puls an die Haut des Halses, in den Adern auf ihren Handrücken und gegen die Decke des Ganges zwischen den Schläfen. Ihr wildklopfendes Herz schlug in hartnäckigen, entsetzten Wellen. Ihr Blut bedrängte sie. Sie redete ihrem erschöpften Körper besänftigend zu und versuchte, ihn mit Leckerbissen zu entschädigen, wie sie es von ihrer Mutter gelernt hatte. Aber anschließend ging ihr Atem nur noch hastiger, als würde sie gejagt. Sie sah sich selbst davonlaufen, und der Abstand zwischen ihr und den reizenden, von Putten umkreisten, strahlend zufriedenen schönen jungen Bräuten aus den Liebesromanen wurde immer größer.

An ihrem letzten Abend als Ledige forderte sie mit nervös klirrenden Armreifen, gereizt und am Ende ihrer Kraft die Wohltat des Betts im Kinderzimmer zurück und schickte Matti zum Schlafen aufs Sofa im Wohnraum. Marcelle warf sich eine rosa Pille in den Mund, und als das Medikament sich leise und giftig in ihrem Magen auflöste, tauchte sie in die fremde Weiche des kühlen Lagers ein. Es wurde dunkel. Um die Ruhe der Braut nicht zu stören, hielten alle anderen gebannt den Atem an, unterhielten sich flüsternd oder tauschten nur stumme Zeichen, als wären sie in einem Trauerhaus. Schließlich legten auch sie sich schlafen, um für den freudigen Tag Kraft zu schöpfen, und Marcelle hörte, wie die vertraute Stille der Nacht die erstickte Stille des Tages ablöste.

Wieder kämpfte sie den verzweifelten Kampf ihrer Kindheit, als ihr bleierner Leib sich unter Heiligenbildern krümmte und sich über Amulettsäckchen und zerknitterten, unter die Matratze geschmuggelten Segenssprüchen wälzte. Auch die zweite Pille vermochte ihre zappelnden Magennerven nicht zu beruhigen und konnte das pochende, vom Blutstrom wie von einer Schlammlawine überflutete Herz nicht besänftigen. Während der ganzen Nacht lauschte Marcelle den jaulenden Sirenen der Einsatzwagen, die durch die Straßen rasten, um brave Bürger aus den Klauen einer Katastrophe zu retten.

Als Soli zum Meer aufbrach, sah er sie blass, bebend und mit traurigen, wie eine vergessene Taschenlampe glühenden Augen am Straßenrand sitzen.

»Hab keine Angst, mein Kind.« Ihr Vater vergrub seine Küsse in ihren zitternden Händen. »Ab morgen kochst du Kaffee für deinen Mann, wenn er aufwacht. Ich komm schon allein zurecht, so wie heute. Wenn nur du mit Gottes Hilfe glücklich wirst, bist doch mein liebes Mädchen, ja?« Er konnte nicht aufhören, sie zu streicheln. »Geh jetzt wieder nach oben, meine Seele. Was dein Herz dir sagt, das musst du tun, gut?«

Als es Abend wurde, trimmte er seinen Lippenbart auf eine schmale Linie, Irani türmte ihr Haar zu Palastkuppeln auf, und Marcelle brach zusammen.

»Meine Damen und Herren-en-en! Empfangen wir Bräutigam und Braut mit donnerndem Beifall!« Die Lautsprecher im Festsaal »Globus« hallten in ihren Ohren wie das Kreischen tausend böser Geister. Schmetternde Trompeten und klatschende Hände empfingen sie wie ein brüllendes Ungetüm. Heißes, trockenes Licht gleißte aus den Scheinwerfern, Dutzende von Spiegeln warfen ihr Bild zurück, Dutzende bleich gekleideter Bräute blickten ihr, vielfach in Glas gebrochen, entgegen.

Endlich begann das Pillenpaar in ihren Eingeweiden zu wirken, und Marcelle sank in den tiefsten Schlaf ihres Lebens. Mit geschlossenen Augen wurde sie durch das Gästespalier geführt, mit strauchelnden Beinen unter den Hochzeitsbaldachin geschoben. Die Trauungszeremonie überstand sie in Nebelschleier gehüllt, den Kopf schwer an die Schulter ihres Mannes gestützt.

Nichts konnte ihren Schlaf verscheuchen. Weder die blendenden Scheinwerfer noch die Blitzlichter der Fotografen, weder der ohrenbetäubende Lärm der Band noch die schmetternden Trompeten, weder Joels Küsse noch die leichten Ohrfeigen, die er ihr versetzte. Der Kaffee nicht, den man ihr eintrichterte, und nicht das Eiswasser, das man ihr ins Gesicht spritzte. An Marcelles Stelle ließ Matti sich fotografieren: mit den Blumen, mit dem Schleier, mit dem Ring.

Gäste mit staunenden Augen und zum Küssen gespitzten Mündern umringten die Braut. Verlegen schüttelten Irani und Soli Marcelles Schultern, um ihre Lebensgeister zu wecken. Lisi und Sophia, beide schwanger, schoben mit ihren Bäuchen die Herde der Ratgeber und Neugierigen beiseite. Schließlich schleppte Joel die Schlafende hinaus an die frische Luft, und auf der Tanzfläche verbreitete sich das Gerücht, die Braut sei vor Aufregung in Ohnmacht gefallen.

Maurice schlug vor, sie in der Garderobe zu verstecken, wo sie sich zwischen Mänteln und Schals ausschlafen könnte, bis sie von allein wieder wach würde. Aber weil die Familie des Bräutigams verlangte, dass die Braut am Fest teilnahm, trug Soli sie auf seinen Armen zu ihrem Ehrenplatz, wie man ein kleines, auf dem Sofa eingeschlummertes Kind in sein Bett trägt. Er setzte sie neben Joel, ihren Mann. Ihr Hals fiel nach hinten auf die Stuhllehne. Während des Essens strichen ihre Schwestern das bleiche Kleid glatt, wischten verschmiertes Make-up von ihrem Gesicht und brachten ihre Frisur wieder in Form. Aber als alle zu tanzen begannen, konnte die Schande nicht länger vertuscht werden. Marcelles Kopf sank auf das lange süße geflochtene Hochzeitsbrot. Allein gelassen, drückte ihr Mann den Gratulanten die Hände und tanzte wie ein Witwer mit den unverheirateten jungen Mädchen.

Marcelle erwachte am Nachmittag des nächsten Tages in

einem Hotel in Eilat und entdeckte, dass ihre Liebe gestorben war. Sie stieß einen kleinen Schreckensschrei aus wie die Heldinnen in den Liebesromanen, wenn der Wind ihren Hut entführte. Sie war allein im Zimmer und nackt. Auf dem Boden lag das bleiche Hochzeitskleid wie die abgestreifte Haut eines großen Tieres. Ihr Büstenhalter hatte sich in den Schleifen und Bändern der Geschenke verfangen. Joel war nicht da, nur seine Brille blitzte sie erschreckt an. Sie wusste nicht, was sie machen sollte. Ihre Augen begannen zu schmerzen, also weinte sie ein wenig. Anschließend weinte sie heftig, und die Augen verdunkelten sich, als wären die Tränen Nadeln, die von innen in ihr Fleisch stachen.

Wie eine Nebelwolke lastete der tiefste Schlaf ihres Lebens auf ihr, aber Marcelle wusste, dass sich eine Katastrophe zugetragen hatte, und versuchte sich zu erinnern. Das bittere Wissen, das sie gestern einen Mann geheiratet hatte, den sie heute nicht mehr liebte, drosch auf sie ein, bis sie hellwach war. Der Zauber war zerbrochen und hinterließ auf ihrer Zunge den Geschmack faulender Trauben.

Sie tastete sich durch das Zimmer zum Waschbecken im Bad. Ihre Hände waren feucht. Sie fand nichts, woran sie sich festhalten konnte. Mit zitternden Knien wusch sie das Gesicht. Jetzt begriff sie, was ihr Körper ihr hatte mitteilen wollen, als ihr Blut brandete und brauste; er hatte schon damals gewusst, was ihre unreife, zaghafte, hypnotisierte Seele erst jetzt verstand.

Sie erinnerte sich, dass Joel sie gestern auf den Händen über die Schwelle des Hotelzimmers getragen hatte. Fast so wie in den sentimentalen Romanen, aber nicht ganz. Er hatte sie angefleht, doch wenigstens den Versuch zu machen, vom geschmückten Hochzeitsauto bis zum Empfangstresen auf eigenen Beinen zu gehen, und sie war prompt zusammengebrochen. Sie erinnerte sich auch an Kadaver überfahrener Hunde auf der Straße. Als Joel ihren Körper auf seine Schulter hievte, fiel ihr Hals auf seinen Hals.

Solis Haar war im Laufe der Zeit silbern geworden und hatte sich zu lichten begonnen, aber als Marcelle ein kleines Mädchen war, dem der Schlaf sich verweigerte, hatte sie Papa zuliebe oft so getan, als ob sie eingeschlummert sei. Wenn sie das bedrohliche Näherrücken des Augenblicks spürte, in dem er sich mit Mama ins Schlafzimmer zurückziehen und sie im Wohnzimmer allein lassen würde, schloss sie die Augen und atmete mit Bedacht regelmäßig und ruhig.

»Siehst du?«, hörte sie ihn flüstern. »Meine Kleine, die ist ganz in Ordnung. Schläft wie ein Murmeltier.«

Unendlich behutsam nahm er sie dann vom Sofa hoch in seine Arme, stützte ihren Kopf und hielt den Atem an, um ihrem ersten Traum nicht ins Gehege zu kommen, denn er befürchtete, sein Töchterchen könne in dem Gang, der die Welt der Wachen von der Welt der Schlummernden trennt, hängenbleiben. Wenn die Dunkelheit im Korridor zwischen Wohnraum und Kinderzimmer sie vor Mama, die gerade die Eingangstür verriegelte, schützte, wagte sie es, rasch ihre traurigen Augen aufzuschlagen, um ein Stück des geliebten, starken, von der Sonne versengten Nackens zu erhaschen.

Als sie gestern über der Schulter ihres Mannes hing, hatte sie ebenfalls einen Nacken gesehen, aber der war dünn und schwarz gewesen, und auf den Treppenstufen schleppte das Paar einen Brautschleier hinter sich her.

Plötzlich wurde ihr klar, dass Joel bald zurückkehren würde. Seine Brille bewies, dass er nicht allzu weit weg sein konnte. Blind stieß sie gegen die Möbel und schlich durch den Raum wie eine Mörderin, die nach einem Ort sucht, an dem sie die Leiche ihrer Liebe verbergen kann, und sich schon überlegt, welche Lügen sie den Detektiven auftischen soll. Ihr Blut gefror vor Angst. Dann wieder kochte sie vor Zorn über sich selbst. All die Jahre hatte sie Joel und die romantischen Helden aus ihren Liebesromanen durcheinander gebracht. Sie hatte sich ihren Geliebten so ähnlich zurechtgeschnippelt, wie Irani Westen und Röcke aus den Burda-Heften zuschnitt. Dieses Scherenbildchen fügte sie dann in die gesammelten Hochzeitslegenden ein, die Irani ihr und ihren Geschwistern früher vor dem Einschlafen erzählt hatte. Sie war so einsam und so verliebt gewesen, dass sie Joel nicht direkt in die Rabenaugen blicken und erkennen konnte, dass es ihr Traum war, der vor ihr stand. Kein Mann aus Fleisch und Blut, sondern ein Geschöpf ihrer Phantasie. Hätte sie das doch nur gestern schon herausgefunden. Wäre ihr doch nur etwas eher bewusst geworden, dass sie während all der Jahre lediglich auf einer Landkarte durchs Reich der Liebe spazierte und sich niemals wirklich auf die Reise begeben hatte.

Voller Trauer um sich selbst zog sie einen Schlussstrich unter die Jahre ihrer Liebe zu Joel. Beinahe wäre sie schwach geworden und hätte sich noch einmal an ihre Sehnsucht geklammert, aber nach dieser langen Phase eingebildeter Gefühle durfte sie keinen einzigen Tag mehr verlieren. Kurz bevor er eintrat, begannen die Tränen wieder zu fließen, denn nun wusste sie, was sie ihm sagen musste.

»Aber du warst es doch, die unbedingt heiraten wollte«, seufzte er endlich, nachdem er lange geschwiegen hatte. Sie sah, dass Joel sie sehr liebte; dass er wegen seiner Liebe zu ihr litt, und nicht, weil ihr Geständnis ihn kränkte oder weil er die Schande nicht ertrug.

Er saß und sie stand vor ihm. Mitleidig streichelte sie sein Gesicht, denn sie sah, dass er schwach war. Sie blickte aus dem Fenster. Draußen lagen die Hundekadaver. Ihr Blick trieb so ziellos durchs Zimmer, wie das Schwimmsignal eines untergegangenen Schiffes übers Meer treibt. Ihre traurigen Augen streiften Joels versteinertes Gesicht, und sie musste wieder weinen. Aber ihre Tränen trockneten. Ihr Herz war bitter und ihre Stimme weich vor Mitleid, als sie ihm erklärte: »Ich liebe dich nicht mehr.«

Wohl eine Woche lang streifte sie durch Eilat, bis sie den Mut fand, um den Autobus zu besteigen, der Richtung Norden fuhr. Sie hatte keine Ahnung, was sie ihren Eltern sagen sollte. Sie war noch ganz betäubt von dem neuen Gefühl, das ihre Brust durchbohrte, dem Gefühl des entleerten Herzens. Marcelle stieg die drei Stockwerke empor und stand vor der Wohnungstür, ohne zu wissen, wie sie es hinter sich bringen sollte, wie sie überhaupt hinein gelangen sollte.

Irani war allein zu Haus. Sie stand in der Küche und hackte Zwiebeln. Der scharfe Dunst brannte in Marcelles Augen. Sie hob mehrere Male zu sprechen an. Tränen strömten über ihr Gesicht.

»Mama ...«

Iranis Züge waren ebenfalls tränenfeucht, als sie sich zu der Stimme in ihrem Rücken umdrehte.

»Wer ist da? Ahh! Wieso hab ich dich nicht kommen hören, meine Braut?«, jubelte sie und schneuzte sich.

»Seid wann seid ihr zurück? Wo ist Joel?«

»Mama, ich ...« Marcelle ging auf ihre Mutter zu, die ihre Arme ausbreitete, in der Hand noch das Messer, von dem Zwiebeltränen tropften.

»Meine Seele, mein Leben ...« Irani lachte, wie Mütter lachen, wenn die Kinder um nichts und wieder nichts weinen. »Wegen der Zwiebel heulst du, meine Braut?«

»Nein, Mama, nein, ich ... ich ...« Sie schluchzte in die Küsse ihrer Mutter.

»Ist ja gut, meine Seele, ist ja schon gut, komm, trink was ... hier nimm.«

»Nein, Mama, das hilft jetzt nicht.« Marcelle wehrte das Glas Wasser, das weinende Messer und die Küsse ab.

»Ich ... Ich lass mich scheiden.«

»Scheiden lassen?« Bitter schoben sich die schlimmen

Worte über die Süße der noch auf den Lippen liegenden Küsse.

»Ja, ich liebe ihn nicht mehr.«

»Was?«

»Ich bin mit Joel nicht glücklich, Mama.« Marcelle bebte. Zum ersten Mal in ihrem Leben sprach sie mit Irani von Frau zu Frau und nicht wie ein Kind zur Mutter.

»Deswegen lässt man sich nicht scheiden, meine Seele.« Die Zwiebeltränen waren wie weggewischt.

Marcelle sah die Leere in Iranis Blick, die gähnende, faltige Höhle, aus der noch viele Tränen strömen sollten.

»Aber ich bin mit ihm nicht glücklich, Mama. Ich weiß auch nicht … ich kann mein Glück nirgends finden …«

»Wo hast du es denn verloren?«, fiel Irani ihrer Tochter ins Wort, und in ihrer Stimme lagen Vorwurf, Kummer und Liebe zugleich.

»Wo du es verloren hast, da musst du es suchen.«

Eine Woche lang weigerte Irani sich, mit Marcelle zu sprechen, und seitdem schwieg sie.

Marcelles Ehe war so kurzlebig, dass Hochzeit und Trennung praktisch zusammenfielen. An ihren Heiratsvertrag wurde eine Scheidungsurkunde geheftet, und wieder geisterte sie einsam zwischen den Nachteidechsen herum, und der Mond reizte sie mit seiner fernen, fremden Schönheit. Sie gab ihren Job im Brautausstattungssalon auf, denn das tat ihr jetzt zu weh, und fand Arbeit als Pflegerin einer gelähmten Frau, die ganz in der Nähe wohnte. Die Grübchen auf ihren Wangen verdorrten.

Manchmal versuchte Marcelle, mit ihrer Mutter ein Gespräch anzuknüpfen; sie zog ihr den Band mit den Psalmen aus der Hand und sagte: »Ich weiß gar nicht, was mit mir los ist, Mama, mir geht es nicht gut.«

»Hast du deine Tage?«

»Nein.«

»Dann bekommst du sie vielleicht.«

»Nein, das ist es auch nicht.«

»Dann ist es wohl der Eisprung. Bestimmt.«

»Ja, vielleicht.« Sie gab auf und legte ihrer Mutter das Buch wieder in die Hände. »Vielleicht ist es das.«

An ihren dunklen Morgen leuchtete das nasse, glatt rasierte Gesicht ihres Vaters wie eine Glühbirne innerhalb eines warmen Lampenschirms, aber wenn er sie geschieden und allein auf dem Sofa liegen sah, erlosch sein Licht. Liebend gern hätte Marcelle wieder wie früher eine seiner Sandalen unters Sofa geschoben, damit er noch etwas länger blieb und sich freuen konnte, wenn er das Verlorene fand. Sie sehnte sich danach, wie das verwöhnte kleine Mädchen, das sie einmal gewesen war, zu jammern: »Papale, Papale, bleib noch ein bisschen, plötzlich tut es mir hier so weh.«

»Wo, meine Kleine, wo? Hier?« Und dann hatte er sie mit den Sauglippen eines im Wasser lebenden Geschöpfes geküsst und geküsst und geküsst.

»Da auch? So. Und dort? So. Na, bis zur Hochzeit ist alles vorbei.«

Marcelle wusste inzwischen nur zu gut, dass an dem, was ihr wehtat, weder die gerade bevorstehende noch die gerade abklingende Periode schuld war und auch nicht der Eisprung. Dass Papas Küsse sie nicht mehr trösten konnten und dass ihre Hochzeit bereits hinter ihr lag. So blieb sie stumm, und auch Soli schwieg.

Später kehrte Sophia ebenfalls zurück, ihr kranker Sohn ein Bündel in ihrem Schoß. Und nach ihr Lisi, parfümiert und geschlagen, und ihr Baby nur eingebildet. Nach und nach versengte der Sommer die ganze Wohnung. Wegen der Hitze war es unmöglich, die Fenster zu schließen und zu verheimlichen, was drinnen vor sich ging. Das Weinen der Frauen und das Husten des Säuglings stiegen aus den Räumen ins Freie.

Wenn Marcelle den Blick von den Liebesromanen hob und ihre Schwestern wie verirrte Kühe, denen die Glocken abhanden gekommen waren, heimkommen sah, wollte sie ihnen manchmal sagen: »Wir hatten die Rätsel, die uns in unseren Träumen aufschienen, noch gar nicht gelöst, da waren wir schon verheiratet.«

In eine Fruchtblase gepresst, dachte sie, sind wir alle in Mamas Gebärmutter gewachsen. Als wir kleine Mädchen waren, verband uns das Blut, das in unseren Adern strömte; eine Schweißsorte heftete uns an die Hautbahnen, aus denen wir geschnitten wurden. Mehl, Wasser und Salz. Und jetzt, dachte sie, wenn sie ihren Blick wieder dem türkischen Film zuwandte und der blaue Schein des Fernsehers über ihre Haut huschte, jetzt fügt der sämige Klebstoff der Tränen uns wieder zusammen.

## 25

Schon als Lisi noch ziemlich klein war, fiel Mama auf, wie ungewöhnlich gierig ihre Jüngste in der kalten Jahreszeit getrocknete Feigen verschlang. Damit war für Irani erwiesen, dass Lisi Solis heißes Blut geerbt hatte. Lange bevor sie zu einem verführerischen jungen Mädchen heranwuchs, heftete Mama eine Kette mit Glöckchen an Lisis Kleidersaum, damit der Wind ihn nicht so hoch hob. Nachts trennte Mama die Säume ihrer Röcke auf, und wenn der Morgen graute, waren sie länger geworden.

»War der nicht gestern noch kürzer?« Verwundert sah Lisi an ihrem Mini herab, der ihr jetzt plötzlich die Knie küsste.

»Das ist ein Rock, Lisi, kein Bart«, redete Mama sich heraus.

Bald verschmähte Lisi Mamas Nähtricks und Angstglöckchen und ließ nicht mehr zu, dass ihre Kleider mit Nadel und Faden verunstaltet wurden. Je schöner ihre Schenkel sich streckten, desto höher rutschten die Säume. Das Glockenkettchen schlang sie um die Fessel des rechten Fußes, denn sie hatte das zarte Geläut, das ihre Schritte begleitete, ins Herz geschlossen. Winzige Bronzeklöppel schüttelten sich mit jedem Schritt, wenn das schöne junge Mädchen hüftschwingend durch die Nachbarschaft stolzierte.

Lisis Augen schwammen immer in einer klaren Flüssigkeit, als müsste sie gleich anfangen zu weinen. Wenn Fremde die Kleine allein auf der Straße trafen, erboten sie sich auf der Stelle, nach ihrer Mama Ausschau zu halten, denn sie machte einen so verlorenen Eindruck. Trübte sich Lisis Laune, trübte sich auch die Flüssigkeit in ihren Augen. Dann wurde ihr Blick glasig wie der eines Kataraktkranken, und ihre Pupillen verengten sich zu Punkten. Hatte Lisi Schmerzen, konnte Mama es an ihren Augen ablesen, und dann ruhte sie nicht eher, als bis die Pupillen sich wieder auf ein zufriedenstellendes Maß geweitet hatten.

Lisis Hände beobachtete Mama allerdings noch aufmerksamer als ihre Pupillen, denn Lisi fuhr sich bei jeder Gelegenheit zwischen die Beine und streichelte sich dort. Nachts in Decken eingewickelt, tagsüber neben uns auf dem Wohnzimmerteppich vor dem Fernseher, in der Klasse mit unverwandt an die Wandtafel stierenden Augen, und sogar, wenn Mama sie gebeten hatten, sich schon mal vor der Kasse des Gemischtwarenladens anzustellen. Sie spreizte die Beine, beugte sich vor und fingerte, die Schenkel entblößt, vor aller Augen unter ihrem Rock herum. Ihre Pupillen weiteten sich, als sei sie trunken, und vom Duft reifer Bananen, den sie dabei verströmte, verging ihr selbst Hören und Sehen. Dieser Geruch machte Mama ganz verrückt. Insgeheim befürchtete sie, dass sie Lisi, mit sich selber Unzucht treibend, eines Tages im Kinderzimmer einer der Nachbarwohnungen aufstöbern müsste.

Weder Papas schneidende Zurechtweisungen noch Mamas Geschrei brachten Abhilfe. »Vergisst du dich schon wieder?«, schimpften sie ratlos und konnten nicht wissen, dass Lisi in diesen Augenblicken ganz und gar bei sich war. Schallende Ohrfeigen auf die erregt geröteten Wangen und Schläge auf die zügellosen zehn Finger fruchteten nichts. Lisi hüllte sich von Kopf bis Fuß in ihren Augenbelag, nebelte sich in ihrer dunklen Ecke ein und bearbeitete ihre Scheide. Sophie und Marcelle zeigte sie, dass man Eis am Stiel nicht nur auf die Zunge pressen konnte, sondern auch gegen die Brustwarzen, und dass die knospenden Brüste anschwollen, wenn man sie mit Gummibändern abschnürte.

Als Lisi zwölf Jahre alt war, wiesen ihre Handrücken etliche Brandnarben auf. In ihrer Verzweiflung entzündete Mama Streichhölzer und stach sie ihrer Tochter in die Haut, bis sie schwarz verkohlt erloschen. Lisis Lust erlosch jedoch nicht mit ihnen. Nur Scham loderte heiß auf, wenn sie sich Mamas zornigen Augen gegenüber sah; dumpfe Verlegenheit nagte an ihr, wenn ihre Lehrerinnen entsetzt vor ihr standen, und angesichts des beißenden Spotts der Nachbarskinder taumelte sie vor Verwirrung.

Mit der Zeit lernte Lisi, sich im Verborgenen zu befriedigen. Sie stieg morgens aufs Dach des Hauses, lehnte sich gegen die Rahmen der Sonnenkollektoren und überließ ihren Körper den Küssen des Windes. Dort oben guckten ihr nur die Geckos zu. Sah sie die Nachbarskinder gegen Mittag heimkehren, stieg sie in die Küche hinab, schnüffelte an ihren Fingernägeln, sog den faulen Bananengeruch ihrer Schande ein und erzählte Mama in vielen Einzelheiten von ihren Streichen in der Schule.

»Ich liebe alle meine Kinder mit ganzer Seele und würde

für jedes mein Leben hingeben«, grämte Mama sich vor ihren Schwestern, »aber meine Lisi, was soll ich mit der bloß machen, die …« Niemals fiel ihr eine zutreffende Bezeichnung ein, als wäre Lisis Charakter zu unfassbar für das gebrochene Hebräisch, das ihr zur Verfügung stand, und könnte selbst in isfahanischem Persisch und bengalischem Indisch nicht angemessen beschrieben werden.

»Sie… sie … ist was ganz anderes. Möge Gott mir vergeben, sie lebt in einer anderen Welt«, klagte Mama seufzend.

Lisis seltsames Gebaren erschütterte Iranis zerbrechliche Gewißheiten und erschöpfte ihren Schatz mütterlicher Grundsätze. Die ruhige Zuversicht, mit der sie ihre Fittiche schützend über uns zu breiten wusste, ihre freundliche, arglose Aufrichtigkeit ließen sie bei Lisi im Stich, und zum Vorschein kam ein mageres, ratloses kleines Einwanderermädchen.

Lisis launische Pupillen und das lustvolle Summen, mit dem sie Feigen verzehrte, reizten Mama bis zur Weißglut. Der Duft überreifer Bananen blähte ihre Nüstern, zerrte an ihren Nerven und entfernte sie von ihrer Tochter, die so schamlos alle Grenzen überschritt, die Mamas Erziehung uns setzen sollte.

In dieser Zeit weinte Mama nachts oft um Lisi, aber Lisi fuhr trotzdem fort, an sich selbst herumzufingern und das in Fältchen verborgene Vergnügen zu suchen. Je härter die Strafen, desto nebliger wurde ihr Blick, und sie verschwand im Stecknadelkopf ihrer Pupillen. Von uns allen musste sie die meisten Schläge einstecken. Und bekam die meisten Küsse. Denn wenn Mama die Fassung verloren hatte, mahnte sie jeder Zentimeter von Lisis Körper an ihre Schuld.

»Oh, mein Engel, verzeih mir, bitte, sei mir nicht böse«, flehte sie gleich darauf, und ihre vom Schlagen noch brennenden, rauhen roten Hände streichelten ihr Kind. Beider Lippen bebten; die Reue der einen wollte die Kränkung der anderen hinwegküssen, und Mutter und Tochter verflochten sich ineinander zu einem dicken Zopf verzeihender Umarmung. Bis Lisi gelernt hatte, es im Geheimen zu treiben, und Mama das Weinen sein ließ.

Lisi zog sich in ihre Einsamkeit zurück und machte sich winzig klein. In Augenblicken der Gefahr legte sie einen Zauber auf ihre Hände, so dass sie erstarrten, mumifizierte die Muskeln und ließ Glied um Glied abfallen, bis sie am Ende ganz und gar verschwunden war. So spürte sie die beißenden Ohrfeigen nicht; nur die Bronzeglöckchen am Kleidersaum klagten.

Sie gewöhnte sich daran, dass die Nachbarn sich anstießen oder verstohlene Blicke tauschten, wenn sie vorüberging. Weder konnte sie Mama, die in allen Zimmern nach ihr suchte, »Komm raus aus deiner Ecke und wasch dir die Hände« schreien hören, noch vernahm sie den Spottgesang der Kinder: »Lisi, die Böse, fummelt in der Möse.« Nicht einmal die Donnerschläge, die im Winter vor dem Fenster unseres Kinderzimmers dröhnten, drangen zu ihr durch.

Sie erwischte die Laute noch in der Ohrmuschel, verschloss sich vor ihnen, und wenn sie Ton um Ton in die

Gehörgänge gleiten wollten, wurden sie vom fetten, gelben Schmalz gänzlich aufgesogen.

»Hallo! Hallo, Lisi!«, schrie Mama in die kleinen Höhlen, wenn sie sie nach dem Baden mit einem Handtuchzipfel reinigte. Dann fuhr ein leises Zittern, ähnlich wie das Erschauern von Dickhäutern, über Lisis Trommelfell.

Als sie etwas älter als sechzehn war und sich danach sehnte, die süßen Liebesmelodien zu verstehen, die die Jungen, mit denen sie schlief, in ihre Ohren summten, vernahm sie nur ein schwaches Echo, als witterte sie das Narzissenparfüm einer Frau, die vor vielen Stunden auf der Straße vorüberflanierte.

In den unteren Schulklassen beschwerten ihre Lehrerinnen sich darüber, dass Lisi vor lauter Selbstversunkenheit gar nicht merkte, wenn sie aufgerufen wurde. Später bemängelten sie ihr häufiges Fehlen, und am Ende nahmen sie ihre Abwesenheit überhaupt nicht mehr zur Kenntnis.

»Und wenn sie sich doch einmal bequemt, in der Klasse zu sitzen«, näselten sie Jahr um Jahr, bevor sie es ganz aufgaben, »dann bin ich mir nie sicher, ob sie auch wirklich bei uns ist. Verstehen Sie, was ich meine, Frau Asisyan?«

Mama, rot und verlegen, nickte wütend und schüttelte ihr Doppelkinn, das gleiche weiche Fleisch, das hilflos schwabbelte, wenn sie Lisi verprügelte, und das nachts bebend ihr Schluchzen begleitete.

Lisi tat immer nur so, als sei sie anwesend. In der Klasse, im Wohnzimmer, in ihrem Bett. Ihr Körper war zwar da, aber ihre Seele lebte oben auf dem Dach, zwischen Sonnenstrahlen und lädierten Wasserbehältern, zwischen dem dritten Stock und dem Himmel. Dort läuteten die Glöckchen an ihren Röcken so leise im Wind, als wollten sie ihr helfen, ihr Geheimnis zu hüten, und die Brandnarben auf ihren Handrücken glänzten im Morgenlicht wie Splitter aus Edelstein. Es gab Tage, an denen sie sich nicht berührte, einfach nur so dasaß mit den Vögeln, ohne etwas zu tun, ohne etwas zu denken, blicklos. Manchmal fiel ihr das Schulbrot ein, das Mama in ihren Ranzen gepackt hatte. Dann legte sie sich mit dem Bauch auf den heißen schwarzen Teer und summte zwischen den einzelnen Bissen genüsslich vor sich hin.

Aus der Vogelperspektive betrachtete sie Mama, wenn sie, die alte Geldbörse unter den Arm geklemmt, auf die Straße hinaustrat. Das Täschchen aus Rinderhaut atmete im Takt mit seiner Trägerin, saugte den schwarzen Tee, den sie ausschwitzte, auf und schnitt mit jedem Schritt durch die Luft. Etwas später sah Lisi Mama mit Einkaufsnetzen zurückkehren. Anschließend ragten ihre gebräunten Arme unter der Brüstung hervor und streuten gesalzene Wassermelonenkerne zum Trocknen auf die Fensterbank. Graue Staubflocken blühten auf wie Pusteblumen und flatterten davon; durch die Stäbe der Jalousien quollen Kochdünste. Manchmal sang Mama hebräische Lieder laut und falsch aus dem Radio mit; ihre klagenden, persischen Melodien summte sie dagegen nur für sich allein.

Lisi hatte keine Angst, hinunter zu fallen, sie hatte nur Angst, erwischt zu werden. Von ferne erkannte sie Maurice, der sich wie ein Greis hinter einer quirligen Kinderschlange her schleppte. Dutzende verliebter Jungen umschwärmten die Schulranzen ihrer beiden Schwestern, und Sophia und Marcelle drehten sich im Kreis ihrer Bewunderer wie zwei Uhrzeiger. Behände schwang Lisi sich über die Dachkante auf die Notleiter, sprang Sprosse um Sprosse herab und mischte sich mit geweiteten Pupillen und schwimmenden Augen unter das heimkehrende Kinderknäuel.

Ihr Körper reifte früh. Auf dem Venushügel und in den Achselhöhlen spross vorzeitig zarter Flaum. Auch ihr Busen beeilte sich zu wachsen. Seine Form erinnerte an die zarten, im Geschirrschrank aufbewahrten Weinkelche, und seine Blässe nahm im Licht des verschlossenen Badezimmers feinen kristallinen Glanz an. Ihre vollkommenen Brüste und ihre samtige Scham waren wie ein sanftes inneres Streicheln, das der Körper ihr schenkte, als wollte er sie auf diese Weise für ihre unersättliche Gier, für die Streichholznarben an ihren Händen, für die von endlosen Schimpftiraden ertaubenden Ohren entschädigen.

Obwohl sie jünger war als ihre Schwestern, bekam sie ihre erste Regel einen Monat vor Sophia und ein halbes Jahr vor Marcelle. Das Haus blutete, als wäre eine ansteckende Epidemie ausgebrochen, die nur Maurice verschonte. Schließlich richteten sich die Perioden aller weiblichen Wesen der Familie nach dem Pendel in Iranis Gebärmutter und setzten vereint in einer blutigen Woche ein.

»Fleisch, das man mit Feigen kocht, wird im Handumdrehen weich und verdirbt ebenso schnell«, schimpfte Irani und verscheuchte Lisis Spiegelbild von den Töpfen, die sie hastig abrieb, und vom Suppenwasser, bevor sie Gewürze hineinstreute. Aber im verriegelten Badezimmer konnte niemand Lisi am Bewundern ihrer eigenen Brüste hindern. Sie warf ihre Kleider in den Wäschekorb, und der Anblick der darunter gewachsenen Kelche bezauberte sie jedes Mal von neuem.

Sie stellte sich vor den Spiegel, vollführte eine halbe Drehung und nahm nur noch die köstlichen Wölbungen wahr. Ihre Finger strichen aufgeregt zitternd über die Hügelchen. Die knospigen Warzen blinzelten ihr aus dem Spiegel rosa, süß und leicht überheblich zu. Sie beugte sich zurück, um die Karte der blauen Bahnen, die sich durch ihr neues, weiches Fleisch zogen, ein weiteres Mal zu bestaunen. Dann kreuzte sie die Arme, barg die ganze Herrlichkeit in ihren Händen, wartete ein wenig und gab sie plötzlich frei. Die Schönheit schlug gegen den Spiegel und schickte Wärmeschauer über die Glasfläche.

Je länger sie ihre Brüste von allen Seiten beäugte, desto trüber wurde ihr Blick, bis sie zuletzt wie durch Hitzeflimmer starrte. Wohliges silbriges Rieseln lief ihr über den Rücken, und sie spürte heftiges Verlangen, die üppige Pracht zu küssen. Sie liebte sie mehr als alle anderen Freuden, die ihr Körper ihr schenkte.

Auch Marcelle und Sophia hatten für den Busen ihrer jüngeren Schwester mehr übrig als für ihr Wesen. Wenn sie zusammen duschten, ruhten ihre sanften Blicke still erregt auf Lisis Stolz. Streichelnd versuchten sie, den Radius zu messen, die in der Luft schwebende Schwere zu spüren, den von ihnen ausgehenden Glanz zu ertasten. Hoch erhobenen Hauptes beobachtete Lisi die bewundernden Köpfe und stand starr und reglos wie eine Schneiderpuppe.

»Nichts zu machen, Lisis sind am schönsten«, verkündete Marcelle, und ihr Gesicht leuchtete, als würden Lisis Brustwarzen Strahlenbündel aussenden.

»Ja, unberufen, toi, toi, toi, die schönsten, die ich je gesehen hab«, ergänzte Sophia rufend. Sie hatten sich angewöhnt zu rufen, wenn sie von Lisi verstanden werden wollten. Sophia saß auf dem Rand der Badewanne, ließ kochend heißes Wasser über ihren Rücken rauschen und prüfte Lisis Liebreiz aus der genau berechneten Entfernung, aus der ein Maler sein Werk begutachtet. Marcelle suchte nach passenden Attributen für die reizenden Kuppen.

»Sie sind wie … sie sind wie …«, stammelte sie verloren, und die grün gekachelten Badezimmerwände warfen ihr ein Echo zurück.

»Bei der heiligen Thora, Lisi, am allerschönsten, eingeschlossen die nackten Weiber im Zimmer von Maurice.« Sophia neigte sich zu Lisi, damit ihre Schwester sie hörte, und stand auf, weil es ihr zu heiß geworden war.

»Sie sind wie die heilige Thora der Busen! Das ist es, das sind sie: wie die heilige Thora der Busen«, rief Marcelle siegessicher.

Lisi wusste, was jetzt folgen würde, und krümmte sich schon im Voraus.

»Aber wie schon gesagt, du musst auf sie aufpassen!«

»Ach, lass doch den Unsinn«, Sophias Hände wedelten

durch die Luft, um die düstere Prophezeiung von Lisis Brüsten abzuwehren und sich selbst Kühlung zuzufächeln.

»Zu deiner Information: Das ist kein Unsinn«, widersprach Marcelle und angelte dabei nach ihren Sandalen mit den schmalen Riemchen. »Das kannst du jede Woche in jeder Frauenzeitschrift nachlesen. Wenn sie früh wachsen, machen sie auch früh schlapp.«

Lisi wurde von Angst gepackt und streichelte zur Beruhigung über ihre strotzende Pracht. Marcelle fand ihre vom Dampfschweiß durchfeuchteten Sandalen, und Sophia griff durch die Dunstschwaden nach der Türklinke. Ohne den wärmenden Schleier der schwesterlichen Blicke wurde Lisis stolzer Nacktheit bitterkalt.

»Außerdem sagt Mama immer, dass eine eingeölte Feige...«

»Das kennen wir in- und auswendig: ... schnell reif wird, aber keinen Geschmack hat. Haben wir schon tausendmal gehört. Mama behauptet ja auch, dass eine unverheiratete Frau Läuse zwischen den Beinen hat, einen Raben im Gehirn und eine Giftschlange im Herzen. Glaubst du das etwa auch?«

»Aber es steht schwarz auf weiß geschrieben, das ist nicht nur etwas, was Mama sagt, und außerdem ...«

Sie stießen die Badezimmertür auf und gingen hinaus. Ihre Stimmen stritten durch den leer klaffenden Spalt, und niemand achtete noch auf Lisis Paradiesäpfel. Sie bedeckte sie wieder mit gekreuzten Armen, schloss feierlich die Augen und entblößte sie noch einmal schlagartig. Aber diesmal begnügte sie sich nicht damit, sie bloß zu bewundern.

Die Honigschicht auf ihren Augen bewölkte sich, und auf dem Spiegelbelag verdichtete sich der milchige Dunst.

Zwischen ihren Beinen pulsierte es begehrlich. Lisi tauchte in die Badewanne ein und drehte am Wasserhahn; Tropfen um Tropfen versiegte der kräftige Strahl. Ihre Lust ließ ihr keine Ruhe. Am liebsten wäre sie so, wie sie war, unbekleidet und ohne Glöckchen, leise durch die Wohnung stolziert. Wenn sie gekonnt hätte, wäre sie sogar aufs Dach geklettert, um zwischen den Wasserbehältern herumzuschlendern und ihren nackten Körper vom warmen Abendhauch wie von matt rauschenden großen Fächern streicheln zu lassen. Ihre Augen rollten zur Decke, die Lider schlossen sich, als sie sich berührte.

Langsam und auf Zehenspitzen schritt sie über die weiche Teerdecke wie durch einen seichten Sumpf. In der Sonne der großen Ferien schlug die schwarze Schicht Blasen, und sie wühlte ihre Füße in den heißen Schlamm. Rosige Feierabendwolken schwebten errötend über ihrem Kopf. Kleine Vögel zwitscherten ihr entgegen und große besangen trunken das Wunder ihrer jungen Brüste. Die Sonne konnte nicht untergehen. Jungen aus der Nachbarschaft schossen ihre Bälle hoch in die Luft, und ihre Blicke blieben dort oben hängen. Auf den offenen Mündern erschien ein feuchtes, ehrerbietiges und dankbares Lächeln. In Küchen mit weit aufgesperrten Fenstern schnitten sich erhitzte Frauen in die Finger, ließen ihr Blut in den Tomatensalat fließen und lutschten mit erschrockenen, neidischen Augen heftig am Daumen. Hinter ausgebreiteten Zeitungen dösende Männer stellten mitten in den Nachrichten das Radio ab und rieben sich die Lider angesichts der nachmittäglichen Erscheinung. Ihre Münder verwandelten sich in Speichelbecken, und sie stammelten wie Kinder, die nachts aufwachen und ihre Muttersprache vergessen haben.

»Komm schon raus, du dumme Kuh, hier sind noch mehr dreckige Leute, die sich duschen wollen!«, brüllte Maurice auf der anderen Seite der Tür. Lisis inneres Pulsieren beschleunigte sich. Sie öffnete und schloss sich, öffnete und schloss sich. Fauliger Bananendunst füllte den feuchten, engen Raum.

Lisis Knaben waren sanft und gutmütig wie beglückte Bräutigame und sehr anhänglich. Sie ahnten nicht, dass hinter Lisis unschuldigen Blicken blinder Liebesegoismus lauerte, und waren total überrascht, wenn sich ihre schweigsamen Lippen beim Küssen weit öffneten. Sie hatten angenommen, dass Lisi wegen der vielen lärmenden Leute und der lauten Musik im Café nichts verstand und hielten ihre Schweigsamkeit für Schüchternheit. Von den Wonnen des freimütig zur Schau gestellten, allen Wünschen genügenden Frauenkörpers glaubten sie erst träumen zu dürfen, wenn sie sich von Lisi verabschiedet hatten, die Tür der Familie Asisyan sich hinter ihr schloss, und das Minutenlicht im Treppenhaus erlosch.

Die anfängliche Zurückhaltung der jungen Männer war ehrerbietig und rein wie eine zur Hochzeit geschenkte Kristallvase. Wohlerzogen traten sie abends in den Schein der Buntglaslampe und warteten im Wohnzimmer in Gesellschaft der erfreuten Eltern auf Lisi; wohlerzogen begleiteten sie Lisi zur festgesetzten Stunde, etwas vor Mitternacht, durch die leeren Straßen heim, die Hände brav auf dem Rücken verschränkt, und ihr Atem flackerte angestrengt wie die blinkenden Straßenlampen. Sie setzten die Füße behutsam auf den Boden, als befürchteten sie, auf unsichtbare Brautschleier zu treten.

»Gentlemänner, einer wie der andere«, klagte Soli eines Abends und schürte damit Iranis Kummer. »Nette junge Burschen sind das, die unsere Lisi mitbringt, aus gutem Haus, einer wie der andere erstklassig erzogen, und dann sieht man sie nur ein einziges Mal. Ich versteh Lisi nicht, ich kann sie wirklich nicht verstehen.«

Irani seufzte verzweifelt und Lisi lüstern. Sie befreite die Arme ihrer jungen Männer von den Fesseln der guten Kinderstube, gab ihnen die narbige Hand und zog sie zum Geläut ihrer Glöckchen hinter sich her in die Parkanlage.

Für einen Augenblick taumelten sie verlegen unter Lisis kühnem Angriff, und am Ende ergaben sie sich sprachlos ihrem einfallsreichen Liebespiel. Lisi stöhnte laut, aber ihre Lust war fern von ihr. Sie holte tief Atem, wenn sie das Hemd auszog, weidete sich an den zu Tode erschrockenen Blicken, wenn ihr Büstenhalter fiel, und sah dabei der Szene von oben, vom Dach aus, zu. In der Dunkelheit des Parks, zwischen quietschenden Wippen und leeren Karussells, leuchteten ihre schneeweißen Brüste, und die Blätter der Pappeln versilberten sich im Wind.

Sie wusste, dass ihr Busen bald erschlaffen und sein Glanz

wie eine Sternschnuppe verglühen würde; bald müssten die rosigen Blüten, sei es nun wegen der Feigen oder der Bananen, den Läusen, der Schlange oder den Raben, ihren Blick verschämt senken und sich irgendwann ganz schließen. Lisis Honigaugen füllten sich mit Tränen, wenn sie daran dachte, aber ihre jungen Männer merkten nicht, dass sie weinte. Lisi vögelte mit ihnen nach Strich und Faden und sehnte sich dabei nach sich selbst und nach den Küssen des fächelnden Windes. Sie bettelten darum, wiederkommen zu dürfen, und brannten darauf, noch einmal vor der Schönheit zu vergehen, die das Blattwerk der Pappeln silbern färbte, doch Lisi winkte mit dem gleichen frommen Augenaufschlag, mit dem sie sie verführt hatte, müde ab.

»Jeder nur einmal, das reicht«, verkündete sie ungerührt und zog die Worte in die Länge wie ihr Kaugummi, bevor sie es vor ihren Lippen zu einem rosaweißen Ballon aufblähte. Sie genoss die bestürzten Blicke der Männer und weidete sich an ihrem Schock, nachdem sie verstanden hatten. Damit war für Lisi der Fall erledigt. Unterdessen rutschten die Säume ihrer Röcke weiter in die Höhe, bestäubte sie ihre Brüste mit feinstem Puder, legte sie ihre Jungfräulichkeit wieder und wieder ab und verbarg das Weiß ihrer Augen vor Maurice, damit ihm der Schatten nicht auffiel.

»Ihre Freunde haben keine Ausdauer, das ist Lisis Problem«, grübelte Soli und fachte die glimmenden Befürchtungen seiner Frau an. »Sonst ist sie ganz in Ordnung, Irani, da mach dir nur keine Sorgen. Schlaf ruhig ein.«

Schließlich verabschiedete Lisi sich vom Dach und von den Parkbänken und zog ins Schwesternheim, um sich eine Ausbildung zuzulegen. Der Duft überreifer Bananen folgte ihr ins Krankenhaus von Hadera, kroch durch die langen Gänge und vermischte sich mit dem strengen Geruch der Schmerzenslager und der Medikamente.

Hinter den Krankenhauswänden fand Lisi ihre Freiheit; hier konnte ihre Lust sich austoben wie ein Gespenst in einem verlassenen Schloss. Sie trieb es mit Ärzten, Krankenpflegern, Buchhaltern und manchmal auch mit Patienten. Hurtig streifte sie ihren weißen Kittel und ihr weißes Kleid, die weißen Nylonstrümpfe und die weißen Schuhe ab. In der Dämmerung zwischen Tag und Nacht und zwischen zwei Körpern wurde sie schwanger.

Sie füllte Urin in ein Fläschchen und ließ selbst abgezapftes Blut in ein Reagenzröhrchen tropfen. Dann machte sie sich auf, um im Labyrinth der Gänge nach dem Vater ihres Kindes zu suchen. Sie stieg etliche Geschosse hinauf und hinab, blieb im fünften Stock vor einer Trennscheibe stehen und wartete. Grober Vorhangstoff strich über ihre Schultern, die glasige Kühle kitzelte ihre Nase, und ihre Augen wanderten über den langen, hell ausgeleuchteten Korridor und die blitzblanken Bodenkacheln. Zwischen Kranken und weißen Kitteln entdeckte sie das strahlende, wohlbekannte Lächeln des vielversprechenden jungen Oberarztes. Sie bedeutete ihm, er solle ihr das Fenster öffnen.

»Ich bin schwanger«, schrie sie ihm durch die Scheibe entgegen.

»Was?«

»Ich bin s-c-h-w-a-n-g-e-r!«

Er führte eine Hand ans Ohr, um ihr zu bedeuten, dass er sie nicht verstand. Bevor sie auf ihren Nabel weisen konnte, tippte er auf seine Armbanduhr. Er hatte es eilig. Sie streichelte die Luft, während er sich entfernte.

»Dr. Lahav!«, schrie sie dem silbernen Nacken nach, aber auch der hörte sie nicht und setzte seinen Weg ins Licht fort.

Lisi fröstelte. Sie wandte sich vom Fenster ab und wollte schon in eine andere Abteilung gehen, als der Pächter der Cafeteria, der seinen Getränke- und Kuchenwagen durch die Gänge schob, aus dem sechsten Stock nach ihr rief.

»Heh, Lisi, komm mal hoch.«

»Was?«

»Komm mal eben hoch.«

»Komm du lieber runter, ich bin schwanger.«

»Was?«

»Ich bin schwanger, ich erwarte ein Kind.«

»Rühr dich nicht, ich komm sofort. Rühr dich nicht, Lisi, ich bin schon da! Willst du mich heiraten?«

»Was?«

Einen Saal zu mieten, hatten sie weder Zeit noch Geld. Sie verzichteten auf die Henna-Verlobungszeremonie und feierten ihre Hochzeit in Ramle, im Elternhaus von Chesi Muzafi. Dort wollten sie auch wohnen, nachdem die Gäste gegangen waren.

Irani sagte, wegen Lisis Schwangerschaft müsse man vor

Schmach sterben und nicht noch groß feiern. Soli schwankte zwischen Zorn und Verlegenheit und schwieg. Allerdings trimmte er diesmal sein Bärtchen nicht auf eine schmale Linie, und Irani sah davon ab, ihr Haar zu Palastkuppeln aufzutürmen.

Chesis Eltern, ein bescheidenes ältliches Bäckerehepaar, deren Fleisch an weichen Teig erinnerte, hatten lange auf die Geburt ihres ersten und einzigen Sohnes warten müssen. Er kam in Ramle auf die Welt, kurz nachdem sie aus dem Irak eingewandert waren, und seitdem war er ihr ein und alles. Auf einem Konto legten sie eine Summe für sein Medizinstudium zurück, auf einem anderen sparten sie Geld für seine Hochzeit. Sie fragten nicht, warum es mit der Trauung so eilig war und warum er sich eine so merkwürdig stille Braut ausgesucht hatte. Gehorsam füllten sie ihr Häuschen mit Margarinekuchen, schoben die Sessel aus dem Wohnraum ins Schlafzimmer, liehen sich Stühle von den Nachbarn dazu, und auf dem Balkon erblühten Papierservietten wie Seerosen.

Es war am Abend des Lag-Ba-Omer-Festes. Im ganzen Land loderten die traditionellen Lagerfeuer. Chesi bestellte einen Rabbiner aus dem Telefonbuch. Lächelnd und klein wie ein Kind erschien er eine halbe Stunde vor der Zeit. Marcelle schlug vor, ihrer Schwester, die sich so plötzlich zur Hochzeit entschlossen hatte, Orchideenblüten ins Haar zu stecken, und Sophia brannte darauf, ihr mit einer neuen elektrischen Lockenschere Korkenzieher zu drehen. Beide erboten sich, ihr die Wimpern zu rollen und sie so ausgiebig zu schminken, wie sie nur wollte, aber Lisi wehrte alles ab, wusch sich selbst das Haar und band es zu einem einfachen Pferdeschwanz zusammen. Mit ihrer strikten Weigerung, sich ein Hochzeitskleid nähen zu lassen, hatte sie ihre Mutter zutiefst beleidigt.

»Dafür hab ich dich aufgezogen, Lisi, dafür?«, Iranis Zorn legte sich in Falten um den Schmerz, »dass du mit einem dicken Bauch und in einem alten Kleid heiratest?«

»Hör auf, Irani, lass sie zufrieden«, sagte Soli. Er zog Lisi zur Seite, nahm ihr Gesicht in beide Hände und sprach ihr direkt ins Ohr. »Ich kenne deinen jungen Mann nicht, Lisi, aber er scheint mir ganz in Ordnung zu sein, und wenn du ihn heiraten willst, dann ist das auch in Ordnung.« Er streichelte sie unablässig. »Wenn du es nur gut hast, meine Seele. Tu, was dein Herz dir sagt, ja?«

Obwohl Sophia und Marcelle sich alle Mühe gaben, Verständnis für Lisis seltsamen Entschluss aufzubringen, ungeschminkt und überstürzt einen Mann zu ehelichen, den sie selbst erst einmal gesehen hatten, spürte Lisi, dass ihre Gleichgültigkeit die Schwestern befremdete und dass sie sich von ihr zurückzogen, als hätte der Zusammenhalt von Mehl, Salz und Wasser sich aufgelöst.

Sie nahm ein weißes Wollkostüm aus dem Schrank. Der Rock war so kurz, dass Chesi sagte: »Wenn es windig wird, können alle dein Baby sehen.« Ihr Blick war sanft und leer, aber sie lachte kurz auf, denn sie hatte in seinen Augen das Licht gesehen, das aufglimmt, wenn jemand meint, einen gelungenen Scherz gemacht zu haben.

247

Außer einer goldenen Brosche in Form eines Raben, die Großmutter Turran ihr ansteckte, bevor sie sich auf den Weg machte, trug die Braut keinen Schmuck. Vor dem Badezimmerspiegel, dem noch die Erinnerung an ihre Nacktheit anhaftete, bauten Lisi und der goldene Rabe sich auf. Sie blickte sich gerade in die Augen und sagte bitter: »Das ist mein Brautkleid, und ich gehe jetzt zu meiner Trauung.«

An die Haustür gelehnt, wartete sie auf das Eintreffen der kleinen Gästeschar. Chesi suchte nervös nach einer Beschäftigung. Ihre Augen folgten ihm. Er war blass, wie mit Talkumpuder bestäubt. Seine Ohren flammten feurigrot, und seine Augen huschten unruhig hin und her. Einer der wenigen Kollegen aus dem Krankenhaus, die eingeladen waren, hätte nur kurz Chesis Stirn berühren müssen, um festzustellen, dass der Bräutigam hohes Fieber hatte. Lisi wollte ihre Lippen an seine glühende Haut pressen, vielleicht sogar seinen Kopf in ihre tiefen Augenhöhlen tauchen und in ihrer Lidmulde seine Hitze spüren. Eigentlich tat er ihr Leid, er kannte sie kaum und heiratete sie schon und war naiv genug zu glauben, dass ihr Baby ihm und seinen ältlichen Eltern ähnlich sehen würde.

Die ankommenden Verwandten des Bräutigams fragten sie, wo die Braut sei. Sie hielten Lisi für deren kleine Schwester und kreideten ihr sogar an, dass sie weiß trug und damit die Sünde der Eifersucht auf sich lud.

»So wie du aussiehst, bist auch du bald an der Reihe, mein Schätzchen«, ereiferte sich eine der fremden Tanten, »wart's nur ab, das dauert nicht mehr lange.«

Lisi erwiderte, sie könne wegen der lauten Musik nichts verstehen, und schlenderte zu ihren eigenen Angehörigen hinüber. Gleich darauf trafen Marcelle und Joel Chajbi ein, damals frisch verlobt, und Sophia, schwanger und ohne ihren Mann, der in Afrika weilte; Maurice kam mit Matti, die sich sofort auf den Fotografen stürzte: »Knips mich, bitte, knips mich mal.«

Als ihre Mutter und ihr Vater mit Großmutter Turran erschienen, setzte Lisi sich zu ihnen. Ihre Eltern hielten sich an den Händen, Irani mit offenem Haar und Soli mit ungestutztem Bart; sie zogen die Schultern zu einer Mauer hoch und gaben den Gratulanten die freie Hand.

Erst auf ihrem Gang zur weißen, zwischen vier Holzlatten gespannten Tischdecke, die als Chuppa diente, als sie am üppigen, im ganzen Haus verteilten Plastikblumenschmuck vorbeistreifte, erschrak Lisi zutiefst.

Vor der offenen Balkontür loderten noch mehr Lagerfeuer. Rauch drang ins Zimmer, und eine stickige Wolke schwebte über dem Tischdeckenbaldachin. Der Himmel brannte wie zur Stunde des Sonnenaufgangs. Sie blickte Chesi an und bemerkte, dass er krank war und dass seine Augen den ihren auswichen. Der zwergenhafte Rabbiner musterte ihre Oberschenkel. Maurice' Blick lag vorwurfsvoll auf ihren Brüsten. Unbekannte Männer griffen nach den Holzlatten. Auch ihr Vater stand unter dem Baldachin; der Dunst verwischte sein verschämtes Lächeln. Ihre Schwestern bewarfen sie aus Strohkörbchen mit Bonbons, schmalzige Musik waberte zu ihren Füßen.

Ihre Mutter fasste Lisis rechten Arm, Chesis Mutter den linken, um sie unter die Chuppa zu führen. Ihre Füße wurden zu Holzklumpen. Sie wollte einen Augenblick innehalten, um einer Bewegung des Babys nachzuspüren, vielleicht würde es nur leicht an die Tür klopfen und sich aus dem Staub machen. Aber Chesis aufgeregte Mutter zerrte sie, von Irani verlegen unterstützt, weiter, und Lisi setzte ihren Gang fort, beschwerlich wie eine Greisin, die zu lange gesessen hat. Sie bewegte sich so langsam, dass es ihr vorkam, als ginge sie rückwärts.

Unter dem Hochzeitsbaldachin standen ihr die Tränen schon in den Augen, aber das fiel niemandem auf, weil der beißende Rauch nach und nach alle zum Weinen brachte. Ein rußiger Schleier legte sich auf Lisis zugekniffene Lider und über ihre verstopften Ohren. Unter der Schicht aus Tüll, Tränen und Ruß erschien nichts mehr wirklich. Dunkler Staub rieselte auf die Bilderrahmen an den Wänden, legte sich auf die Bäuche der Porzellanvasen und ließ die künstlichen Blumen ergrauen. Jemand schloss die Jalousien. Lisi fielen die Leichenverbrennungen in Indien ein, von denen Mama ihr einmal erzählt hatte. Das Haar, das Funken stiebend zuerst Feuer fängt. Das glühende Herz, das zuletzt zerbirst, zu Asche zerfällt und über dem Fluss verstreut wird.

»Diesen Ring haben Sie selbst gekauft?«, hörte sie den Rabbiner zu ihren Füßen fragen.

»Ja«, antwortete Chesi furchtsam und kurzatmig.

»Für diese Frau?«

»Ja«, gab er hastig zurück.

»Moment mal«, witzelte der Rabbiner einfältig. »Gucken Sie sie doch erst einmal an. Ist das die Frau, die Sie sich ausgesucht haben?«

Alle brachen erleichtert in Lachen aus, wischten sich Nasen und Augen mit den Blütenblättern der kunstvoll gefalteten Papierservietten, und die Musik seufzte, passend zum Margarinegebäck, schmalzig und viel zu süß. Beifall zerdrückte die Luft wie eine leere Umarmung. Der kleine Rabbiner breitete die Arme aus und verbeugte sich, ein Schauspieler nach der Vorstellung. Dass Chesi Muzafi seine Braut nicht anblickte, nicht berührte und nach der Trauungszeremonie nicht einmal küsste, fiel niemandem auf.

Als sie später in Chesis Jugendzimmer, das nun ihr Zuhause war, auf dem Rücken im Bett lag, starrte Lisi an die Decke. Ihr Mann war eingeschlafen, ohne sie zu lieben. Für einen Augenblick dachte sie an ihr Baby und für einen Augenblick an Großmutter Turran, die den ganzen Abend lang an der Tür gestanden hatte, als ob sie auf jemanden wartete, der zu spät kam. In der Nacht erhob sich Lisi, ging auf die Toilette und sah Blut in ihrem Slip.

Auf Lisis Hochzeit folgte der Sommer, der alles versengte, auch ihr Herz. Ihre Schwangerschaft war eingebildet gewesen, ihre Hochzeit nicht. Ihr Mann hatte weder Lust sie anzusehen noch mit ihr zu schlafen, also schlief sie mit anderen. Sie litt unter seiner Kälte, denn sein Körper war ihr süß gewesen. Damals im Krankenhaus spritzte sein Samen einmal auf ein leeres Bett, das sie in einem der Zimmer ausfindig gemacht und kurzerhand benutzt hatten, und als sie nach einigen Stunden dort noch einmal vorbeikam, krabbelte eine Ameisenkolonne über die Flecken, als wären sie aus Vanilleeis.

In Ramle schlief sie neben ihm auf seinem Jugendbett und verging vor Sehnsucht, nach jemandem, nach etwas, vielleicht sogar nach ihm. Da sie weiterhin im Krankenhaus arbeitete, trieb sie es auch weiter mit ihren Liebhabern aus allen Stockwerken und allen Stationen. Die Gerüchte drangen bis in die Cafeteria im Erdgeschoss, und ihr Mann begann sie zu schlagen.

Lisis verengte Pupillen konnten nicht lügen. Sie ging immer seltener zu seinen Eltern und gab nicht mehr vor, dass alles in Ordnung sei. Auf Bürgersteigen folgte sie ihrem hüftschwingenden Schatten, betrank sich im Club »Mars«, und wenn sie bei ihrer Familie übernachtete, gab sie sich keine Mühe, die blauen Flecken, die ihr Mann geschlagen hatte, zu verstecken. Gestreichelt wurde ihr Gesicht nur noch von der Feuchtigkeit der Luft, und sie war so blass, als würde sie sich allmählich von einer hartnäckigen Kinderkrankheit erholen. Schweißtropfen perlten während des ganzen Sommers am schön geschwungenen Rücken hinab und umarmten die Hüften, wenn sie auf den Tischen tanzte. An ihr Trommelfell drang kaum noch etwas, aber jeder, der an ihrem Gesicht vorüberstreifte oder das Bronzekettchen an ihren Fesseln klirren hörte, wusste, dass Lisi sich verlor.

## 26

Sein Herz raschelte, jedoch nicht aus Liebe, und das Wesen der Frauen blieb ihm fremd. Maurice war klein, kahl und bitter wie ein öder Planet. Er roch nach gewöhnlicher Rasiercreme, und seine glatte Haut schmeckte nach Talg. Die Nägel an den kleinen Fingern ließ er lang wachsen; sie waren gebogen wie Krallen und gelblich verfärbt. Oft bohrte er damit in den Gehörgängen wie unter Zwang, bis er sich beruhigt hatte.

Seit seiner Kindheit wirkte er älter, als er wirklich war. In den Augen lag der Argwohn eines erfahrenen Mannes, doch sein Körper blieb klein und schmächtig. Wegen seines Herzfehlers brauchte er nicht in der Armee zu dienen und drückte sich stattdessen in einem fensterlosen Loch in der Levinski-Straße herum, wo er Korianderkörner, Erdnüsse und braunen Zucker verkaufte. Hier gabelte er auch seine Geliebten auf, Frauen, die sich mit wenig begnügten und ihren Körper trugen wie ein abgelegtes Hemd.

An freizügigen Sommertagen stand er mit gespielter Gleichgültigkeit und bebenden Nüstern vor seinem Laden, kratzte sich im Schritt und prüfte den Reifegrad der vorbeigleitenden Brüste. Im Verein mit geschwungenen Rücken, kecken Hintern und schaukelnden Schenkeln paradierten sie an ihm vorbei. Ohne zu zwinkern drangen seine Augen durch jeden Stoff, sprengten jeden Büstenhalter, öffneten jedes Korsett. Tagtäglich tanzten an ihm Busen aller

Lebensalter vorüber. Warzen kleiner Mädchen im Schulhemd, schwellende Teenagerknospen, Kegel eiliger junger Frauen, pralle Bälle stillender Mütter, welke Früchte an der Schwelle des Untergangs, Falten werfende Beutel, runzlige Reste.

Näherten sie sich vom Ende der Straße, tippte er schon auf ihr Alter und wettete mit den Inhabern der Nachbarläden um ein Mittagessen.

»Fünfundzwanzig, und keinen Tag weniger!«, behauptete er entzückt. »Gleich wirst du es sehen. Das ist ein klassischer Fünfundzwanzigjähriger. Hier, da kommt sie. Heh, Schätzchen, wann hast du Geburtstag? Heh, warte doch mal ... ich will dir was schenken ...«

Von seinem Vater hatte Maurice die Angst vor dem Kahlwerden geerbt. Während seine Schwestern ihre Körperbehaarung mühsam entfernten, wusch Maurice seinen Kopf mit Eigelb, aß Sellerie und machte sich Sorgen. Neidisch beäugte er das prächtige Haar der neben ihm reifenden Frauen, das sich wie ein Wasserfall über ihre Schultern ergoss. Er beobachtete Marcelle und Sophia, wie sie sich mit Messer und Schere über die Köpfe ihrer Kundinnen hermachten, schnippelten, flochten, Locken drehten, glätteten, färbten und Strähnen bleichten, als wären die üppigen Schöpfe eine Last, mit der man irgendetwas anfangen musste, während er selbst jeden Morgen wieder bekümmert hundert verlorene Fädchen aus den Klauen des Kammes klaubte.

Auf Anraten seiner Mutter massierte er seine Kopfhaut

mit Salbeiöl und Myrtenextrakt, auf Empfehlung tüchtiger Kosmetikverkäuferinnen leerte er Tuben scharfer Cremes über dem sich lichtenden Schatz. Quacksalber, die ihre Künste in Kleinanzeigen auf den letzten Zeitungsseiten anboten, brauten ihm nach einer geheimen Formel Konzentrate zusammen. Diese Mittelchen vergraulten im Verein mit seiner Panik auch die letzten Reste, und ein Haar nach dem anderen blieb in den Borsten der Bürste hängen.

Als er immer kahler wurde, gab er es irgendwann auf, Marcelle so lange in der Wohnung festzuhalten, bis sie ihm ein Haarnetz um den Kopf gespannt hatte, und er rüttelte auch Sophia nicht mehr mit dem wütenden Gebrüll »Nun steh schon auf und föhn mir die Haare« aus dem Schlaf. Um von der Glatze abzulenken, ließ er sich ein fesches Menjoubärtchen stehen und einen Backenbart, dessen spärliche Fransen an Zwiebelwurzeln erinnerten. Zu seinem Erstaunen entdeckte er, dass die Stoppeln an Wangen und Hals in Solis Kupferton sprossen. Der freute sich mächtig, dass am Körper des Sohnes Spuren seines Samens zum Vorschein kamen, und offerierte Maurice einige Tropfen des kostbaren Kokosöls, mit dem er sich an Schabbatabenden die rötlichen Strähnen und die Augenbrauen einzureiben pflegte.

»Nimm nur, nimm nur«, ermunterte er Maurice und wurde rot, »zum Ausgleich für die Glatze lässt Gott dir jetzt einen Bart wachsen, glaubst du nicht auch?« Aber Maurice winkte ab, rasierte sich wieder Tag für Tag, ließ sich modische Koteletten stehen und trauerte ansonsten der verlorenen Haarpracht nach.

255

Eines Abends kam er, wie üblich ein Pornoheft unter den Arm geklemmt, leise vor sich hin pfeifend, mit einem braun eingewickelten Päckchen in der Hand heim, aus dem er ein braunes Toupet, seidenweich wie das Fell junger Katzen, herausschälte.

»Die Puten, mit denen du ausgehst, sind sicher dumm genug, so was für echt zu halten«, ulkten seine Schwestern, und als sie schallend lachten, wurden sie noch schöner. Auf Marcelles Kopf prangten dornige Lockenwickler, Sophia saß unter der Trockenhaube. Sie neckten und hänselten ihn, doch zum Schluß erbarmten sie sich, banden ihm einen Frisierumhang um und boten ihm den lila Fellhocker in ihrem Zimmer an. Staubig und verwuschelt ergoss sich die künstliche Mähne über seinen Kopf. Bürstenborsten striegelten Leben und luftige Fülle hinein, aber das fremde Haar war viel zu lang und fiel über die Stirn bis in die Augen.

»Na gut, aber nur ein bisschen an den Seiten«, verfügte Maurice. Erregt dachte er an all die Frauen, die ihm bald zu Füßen liegen würden.

An einem Ohr kicherte Sophia, am anderen mokierte sich Marcelle. Die Stahlklingen ihrer Scheren schirpten um seinen Kopf. Er sah Sophias gefeilte, zartrosa polierte Fingernägel das Haar an der rechten Schläfe begradigen; links dünnten Marcelles schreiend rot lackierte Krallen eine Strähne aus.

»Aber guck mal hier, das ist nicht gerade, das ist nicht die gleiche Länge«, beschwerte er sich bei seinem Spiegelbild. Die Klingen der beiden Friseurlehrlinge nahmen ihren sirrenden Gesang wieder auf. Maurice schloss ergeben die Augen. Seine Wimpern klimperten aufgeregt zum stürmischen Aufruhr in seiner Seele.

Große Frauen mit winzigen Busen warfen sich vor ihm nieder, kleine Frauen blickten aus verlangenden Augen und verträumten Brustwarzen zu ihm auf. Er stellte sich rothaarige Frauen mit safranflockiger Scham vor, bleiche Weiber mit Ingwerlocken zwischen den Beinen. Mädchen, deren langes Haar über den Boden fegte, andere, die oben und unten kurz gestutzt waren. Heranwachsende mit wilden Büscheln und wildem Bettgebaren, gestrenge, straff frisierte Damen, deren Leidenschaft keine Grenzen kannte.

»Sag mal, bist du schwachsinnig oder so? Siehst du nicht, dass es hier kürzer ist als da? Denkst du etwa, das wächst morgen nach? Blöde Kuh!« Sein Augenbrauenwulst stieg hoch in die Stirn, und seine Schwestern prusteten los.

»Hoffentlich verdirbt euch bei eurer Hochzeit auch einer den ganzen Spaß! Gib mal die Schere her!« Schwitzend und verbissen klemmte Maurice den Handspiegel zwischen seine Knie und packte die Schere mit zitternden Fingern. Die zu enge Hose beulte sich im Schritt über den Hoden; seine Hände wirkten klobig im Vergleich zu seinem schmächtigen Körper. Er versuchte nun selbst, den Schaden zu beheben. Kürzte geizig hier und dort ein Fitzelchen, warf von allen Seiten prüfende Blicke in den Spiegel, und als er meinte, es geschafft zu haben, war das Toupet eindeutig zu kurz, und spärliche Reste seines eigenen Haarwuchses blinzelten darunter hervor.

Irani vermutete, dass Maurice sein Herz den Wegen der Liebe verschlossen hatte. Sie lebte in der Angst, wenn es sich einer Frau öffnete, könnte das Rascheln hörbar werden, in seiner Brust zu einem schrecklichen Gebrüll anschwellen und ihn umbringen. Wahrscheinlich warf sie aus diesem Grund den Frauen, die er mühelos eroberte und leichtfertig verwarf, so scheele Blicke zu.

»Ich glaube«, meinte sie voll wehleidiger Sorge zu ihren Schwestern, »Maurice gefällt es nicht, dass Frauenkörper so schmutzig sind. Er hat keine Ahnung, wie gut das schmeckt.«

Aber Maurice verabscheute nicht nur Geruch und Geschmack der Frauen, er ertrug auch ihre Berührung kaum. Er war ein hastiger und egoistischer Liebhaber, denn das Alleinsein verließ ihn nicht einmal für einen kurzen Augenblick. Nur zwischen den Brüsten seiner jammervollen Hure verlor er sich wirklich, denn er erkannte die Einsamkeit in ihren Augen und war sicher, dass auch sie die seine sah. Ihr war er ein guter und großzügiger Kunde, nicht wegen seines langen, spitzen Nagels am kleinen Finger oder dank seiner aalglatten Zunge, sondern weil er daran dachte, ihr kleine Geschenke mitzubringen.

In seinem engen Laden häufte Maurice nicht nur betäubende Gewürzberge auf, er hielt auch ausgesuchte Leckerbissen bereit. Freier ließen sich von ihm Tafeln gefüllter Schokolade, Schaumweinflaschen oder Schälchen erlesener Nüsse in knisterndes Papier schlagen. »Für die Schwiegermutter, was?«, ließ er jedes Mal wieder seinen Standardscherz fallen. Hartnäckigen Bewerbern verpackte er Dattelbrocken, Feigenkuchen oder Rosenwasserfläschchen. Seinen wohlfeilen Geliebten gönnte er von alledem nichts, denn er bildete sich ein, er und sein schmächtiger Körper wären mehr als genug. Aber der schweigsamen Hure aus der Salma-Straße, zwischen deren Beinen er seine Unschuld verloren hatte, der brachte er nicht nur Geld, sondern auch Liebesgaben dar: Chalvaschnitten, Marzipanbrote, Nelkenfinger und Liebesperlen.

Ihr Körper, ein zerbrechlicher, alternder Leib, war weißlich wie Arrak, in dem Eiswürfel schmelzen. Um ihre Brustwarzen herum wuchs ein Ring länglicher, grauer Haare wie ein Federnkranz an den Hälsen greiser Adler. Maurice war zweiundzwanzig Jahre alt, als er nach vielem Zögern den Billardstock im »Treffpunkt Toni Montana« aus der Hand legte und sich zum ersten Mal traute, die steile Wendeltreppe zu erklimmen, die in ihre Wohnung über dem Club führte.

»Du schon mal ficken?«, fragte sie seine bebenden Hände.

»Ja, ja, klar.« Maurice ließ seine Finger erstarren, und das Zittern stieg ihm in die Kehle. Während sie an ihm lutschte, hörte er in der hallenden Stille das Klicken und Rollen der Billardkugeln auf dem grünen Filz. Er sah ihren auf und ab gleitenden, von ergrautem, aschblond gefärbtem Haar umwogten Scheitel. Als sie ihn bestieg, streifte sein Blick unrasierte Achselhöhlen und erstaunlich straff gebliebene Schenkel. Ihre Stimme war kaum zu hören.

»Dafür hab ich nicht genug Geld«, flüsterte er in die Plastikperlen an ihren Ohrläppchen, aber sie machte weiter. Seitdem kehrte er immer wieder zu der Hure zurück, deren Haut so weiß wie nebliger Arrak war, stieg die Wendeltreppe des Billardclubs in der Salma-Straße regelmäßig hinauf und hinab, und ihr Anisgeruch setzte sich in seinem Toupet fest.

Auch an jenem Sonntag, an dem Matti wegen ihres Geburtstags aus dem Internat nach Hause kam, besuchte Maurice abends nach Ladenschluss seine arrakhäutige Hure. Als er sie verließ, schnürte er seine Absatzstiefel, die ihn um ein paar Zentimeter größer machten, stramm zu, umarmte sich in seiner Wildlederjacke und marschierte in Richtung Tel Aviver Autobusbahnhof. Die ausgestellten Hosenbeine schlugen gegen seine Waden. Alle Haltestellen waren menschenleer, und er legte bei jeder eine kleine Erholungspause ein. Während der Heimfahrt an der Küstenstraße entlang gingen ihm viele Dinge durch den Kopf, bis er am Busbahnhof von Givat Olga ausstieg und seine wandernden Gedanken bei seiner Mutter Halt machten.

Als er noch das einzige Kind war und Irani eine blutjunge Frau, waren sie abends oft hierher gekommen. Tagsüber wimmelte der Busbahnhof von Menschen und Auspuffgasen, aber wenn sich die Dunkelheit herabsenkte, wurde es nach und nach gespenstisch still. Maurice suchte sich einen finsteren leeren Autobus aus, und Mama machte sich so lange an den Türen zu schaffen, bis sie aufsprangen und die beiden hineinließen.

»Bitte nehmen Sie hier Platz, Herr Chauffeur.« Sie legte seine kleinen Hände auf das riesige Lenkrad. »Und ich ...« »Heh, gnädige Frau, nicht vordrängeln!«, kreischte Maurice, glücklich und erschrocken zugleich. Sie reichte ihm eine Münze, erhielt einen Als-ob-Fahrschein und setzte sich. Er wusste noch, wie unbändig lebensfroh seine kurzen Beinchen gestrampelt hatten und wie drohend die Dunkelheit jenseits der Scheibe lauerte. Wie sehr hatte er Mama damals geliebt.

Immer wieder musste sie schwindlig und erhitzt auf den Klingelknopf drücken, aussteigen und wieder einsteigen, bezahlen und am Ziel ankommen. Die Sterne rieselten vom Himmel und funkelten auf ihrem schwarzen Haar. Alle seine Wünsche erfüllten sich. Rot und außer Atem nahm sie schließlich den vor Glück ermatteten kleinen Körper in die Arme, stützte den schläfrigen Kopf und trug ihn auf Händen, an denen der Geruch scharfer Reinigungsmittel haftete, nach Hause.

Viel Zeit war vergangen, seit die beiden fasziniert in die Luke der Waschmaschine gestarrt hatten oder zwischen Staubteilchen, die im Lichtschein tanzten, nach Diamantsplittern suchten. Früher hatte ihr Lachen den hellen Klang anstoßender Weingläser gehabt, wenn sie von der Braut sprach, die sie ihm suchen wollte.

»An deinem Hochzeitstag wird mir ein Pfauenschwanz wachsen, ach, mein kleiner Maurice, den trage ich dann anstatt eines Schwiegermutterkleides.«

Später drängte sie ihn nervös, doch endlich zu heiraten,

trichterte ihm Balzregeln ein und fütterte ihn mit aufge-
quollenen Chilbekörnern, die ihn in den bitter-süßen Duft
der Liebe hüllten.

»Maurice, nun mach schon … ein Mann ohne Frau … das
drückt wie ein neuer Schuh.«

Aber nachdem die Heiratsepidemie die Familie zerstört
hatte, suchte seine Mutter nur noch im bitteren Kaffeesatz
nach einer Frau für ihn, und ihr Gewürzgarten verdarb nach
und nach und starb. Seit Irani das Alter erreicht hatte, in
dem Frauen ihre Monatsblutung, ihre Sicherheit und ihr
seelisches Gleichgewicht verlieren, strömten die Tränen fast
unablässig. Manchmal weinte auch er, denn die um ihn
herum fließende salzige Flut reizte seine Augen, so wie ein
laufender Wasserhahn die Blase reizt, aber das sah niemand,
denn seine Tränen flossen im Dunkeln.

Die Sträuße, die er den Mädchen geschickt hatte, um die
er sich bemühte, waren längst verwelkt. Wenn er sah, wie
rasch die hübschen jungen Frauen nach ihrer Hochzeit ver-
blühten, war er heilfroh, dass sie seine Blumen und seine
Wünsche verschmäht hatten.

Seine Schwestern wurden vom Ehestand angezogen wie
am Strand vergessene Sandalen, die in den unnachgiebigen
Sog der Wellen geraten. Ergriffen vom Hochzeitsfieber wie
von einer ansteckenden Kinderkrankheit, die nur ihn verschonte, heirateten alle drei innerhalb eines Jahres, eine
nach der anderen, Marcelle, Sophia und Lisi. Dann musste
er mit ansehen, dass sie ins Haus der Eltern zurückge-
schwemmt wurden wie abgestorbene Algen, wie Muscheln,

wie unerwünschte Gäste, und dort stumm vor Kummer den Brandgeruch ihrer Erinnerungen verbreiteten.

Wenn Maurice schlafen ging, nahm er sein Toupet ab, kroch unter die Tigerdecke und malte sich seine Traumfrau aus. Schön sollte sie sein, aber nicht zu schön. Sie sollte oft und gern lächeln, das war ihm wichtig. Augen wie schwarzes Glas und der Körper schwanengleich. Er stellte sie sich mit schweren Hinterbacken vor, ebenso groß wie die Brüste, dann gehörten vier einander ebenbürtige Halbbälle ihm. Ihm allein.

Einen langen Hals und leuchtende Haut. Für die würde er eine rauschende Hochzeit ausrichten, die sollte staunen, und was für ein Brautkleid er ihr kaufen würde, olala, wie für eine Königin. Eine Band würde er bestellen, eine Tanzgruppe, ein Feuerwerk. Was sie wollte, sollte sie haben, er wollte an nichts sparen. Sie würde zwischen seinen Eltern stehen, seine Mutter mit hoch aufgetürmtem Haar, sein Vater mit einem strichdünn getrimmten Generalsbärtchen. Stolz wie die Pfauen sollten sie dastehen. Und wenn sie ihn unter dem Hochzeitsbaldachin anlächelte, dann würde er ihre Hand nehmen und ganz fest drücken. Vielleicht würde er auch Champagner aus ihren Brautschuhen schlürfen. Wie er es einmal in einem türkischen Film gesehen hatte. Und sie schlug die Hand verschämt vor den Mund, wenn er ihr Liebesworte ins Ohr flüsterte. Einfach klasse. Sie durfte sich niemals in die Sonne legen, gebräunte Haut mochte er nicht.

Im Winter könnte sie sich in den Regen stellen, dann dufteten ihre Haare wie Lorbeerblätter, die in einer heißen Suppe köcheln. Klug müsste sie auch sein. Ohne Flausen im Kopf. Und den ersten Slow für den Bräutigam und die Braut würden sie ganz langsam tanzen und die Gäste um sich herum vergessen. Zuerst Wange an Wange und dann Bauch an Bauch. Ihre Brustwarzen würden ihm entgegenschwellen, ihre Brüste sich mit Blut füllen und sich zu ihm hindrängen, und erröten würden sie auch, jawohl, erröten, und dann glitte die Röte in ihr Gesicht, wie schön, und strömte auch in ihre Schenkel. Ja, und ihr Name wäre kurz und einfach, Michal oder Osnat. Sigal Asisyan, vielleicht.

Ein schönes Nest würden sie sich einrichten, in das man abends gern zurückkehrte. In kalten Nächten würde er den Ölofen im Wohnzimmer in Gang setzen, einen Topf mit Wasser daraufstellen und Apfelsinen- und Pampelmusenschalen hineingeben. Sie würde sanft fragen: »Was machst du da, Maurice, mein Schatz?«

»Das wirst du gleich sehen«, würde er ihr antworten und sich an ihre Brüste und in ihr Haar schmiegen. Und wenn der Duft der Zitrusfrüchte den Ölgeruch übertönte und wie wohliges Geflüster belebend durch die Wohnung schwebte, dann würde sie genüsslich seufzen: »Oh, Maurice, wie ist das gut, oh, wie gut das tut ...«

# V.
*Matti Asisyans Geburtstag,*
*mittags bis abends*

# 27

Zu anderen Zeiten, in einfacheren Tagen wäre Matti vielleicht in ein Tigerfell gehüllt hinter Hirschen und Zebras hergepirscht, und ihre kühne Entschlossenheit hätte ihr einen Ehrenplatz im Kreis der Familie eingetragen. Aber in der engen Wohnung der Asisyans in der Straße der Unabhängigkeit in Givat Olga zu hocken, dafür war Matti nicht geschaffen. Nachdem sie ins Internats-Exil verfrachtet worden war, wo man ihr alle vier Stunden eine Ritalinpille in den Mund schob, wurde sie ruhig, genau wie die anderen gestörten jungen Geschöpfe, die sich hinter dem hohen, mit Stacheldraht umwickelten Gitter zusammenscharten und ebenfalls Ritalinpillen mit Wasser hinunterwürgten. Zuerst wollte Matti ausbrechen, wusste aber nicht, wohin. So erlosch ihr Licht hinter dem Zaun, auf dessen anderer Seite wilde Feigenkakteen wucherten, und normale Kinder riefen ihr auf dem Schulweg »Verrückte!« zu.

Anfangs weigerte Matti sich spuckend, kratzend und beißend, die Pillen zu schlucken. Dann gab sie auf, und alles, was anschließend geschah, geschah langsam und gedämpft. Von der doppelten Willenskraft, deren Propellerflügel sie durch die Welt gewirbelt hatten, blieb nicht einmal ihre eigene erhalten. Sie geriet unter die Herrschaft des Medikaments, das ihre wilden schwarzen Augen leerte und alles mit großem Vergessen bedeckte. Der Kern ihres Selbst, der einmal winzig, weiß und leuchtend gewesen war, knackte auf und zerbrach. Manchmal lehnte sie sich zutraulich an einen Baum, an einen Bettpfosten, an einen Erzieher und sehnte sich nach ihrem Vater und ihrer Mutter. Aber dann musste sie daran denken, wie entsetzt sich alle nach der Geschichte mit Sophias Baby von ihr abgewandt hatten, und Finsternis fiel in ihren Blick.

»Dich werde ich nie verlassen, Muni, hab keine Angst«, flüsterte sie tagtäglich dem Schatten zu, der sie auf ihrem Gang am Zaun entlang begleitete und ihr immer bleicher und schwächer erschien. Während sie bis abends um neun, wenn das Licht gelöscht wurde, am Zaun auf und ab ging, trabte ein Paar Apfelschimmel, die sich auf dem Heimgelände befanden, neben Matti und ihrem vergehenden Schatten her und stierte mit schönen, von Langeweile überfluteten Augen über die Schultern des Kindes hinweg in die Welt jenseits des hohen Zauns.

Nach einem Monat kam Irani mit zwei gefüllten Einkaufskörben zu Besuch, setzte sich auf den Bettrand und rief: »Matti! Matti! Matti!«

Matti reagierte nicht. Sie starrte in die Dornenlandschaft vor dem Fenster, bohrte in der Nase und beschäftigte sich intensiv mit dem Spalten ihrer Haarspitzen. Irani packte den Inhalt der Körbe aus und weinte während der Rückfahrt nach Givat Olga im Bus Nr. 641 vor Kummer und Reue.

»Vielleicht war es ihr zu langweilig mit dir?«, schlug Soli seiner Frau als Erklärung vor und fing in seiner offenen Hand ihre Tränen auf.

»Nein, Soli, das ist es nicht. Sie haben aus unserer Tochter ein Gewächs gemacht, und wir haben das zugelassen. Du würdest sie nicht wiedererkennen. Das ist ein ganz anderes Kind, eine Verrückte.«

Nachdem ein weiterer Monat vergangen war, nahm Soli Iranis Körbe und fuhr selbst mit dem Bus Nr. 641 ins Heim. Er setzte sich mit Matti vor die Feigenkakteen und redete mit ihr so höflich wie mit einer Fremden; weich und freundlich flossen die Worte über seine feuchte Zunge. Matti sah ihn aus schönen, von Langeweile überfluteten Augen an und scheute sich, ihn zu berühren.

»Ich weiß nicht … sie scheint gar nicht in der Wirklichkeit zu leben.« Solis Stimme zitterte, als er seiner Frau die leeren Körbe zurückbrachte. Vor Kummer und Reue hatte er schon allein geweint, während der ganzen Rückfahrt nach Givat Olga.

Doch Matti lebte sehr wohl in der Wirklichkeit. Sie war nur schläfrig, und ihre Träume füllten sich mit Trugbildern. Es kam vor, dass sie am helllichten Tag eindöste, unter den Tisch rutschte und auf dem Teppich weiterschlief. Anfangs war ihr etwas schwindlig und übel geworden, aber das ging vorüber. Nur ihre Gesichtsmuskeln zuckten nervös und fesselten sie an ihr verzerrtes Spiegelbild, das ihr von den Resopaltischen im Speisesaal, aus den seifigen Pfützen des Duschwassers und beim Abendbrot aus den Teetassen entgegenblinkte. Schaufenster gab es im Heim nicht, und Spiegel waren verboten. Sie vermisste den Wandspiegel hinter dem Lampenschirm aus buntem Glas, den Badezimmerspiegel, den hohen Doppelspiegel im Mädchenzimmer, den Toilettenspiegel im Schlafzimmer ihrer Eltern.

Morgens vor der ersten Pille musste Matti sich ihr Aussehen in Erinnerung rufen, sich vergewissern, dass sie aus zweien bestand, prüfen, ob sie sich noch ähnlich sah. Aber so, wie die Apfelschimmel vergeblich versuchten, über den hohen Zaun zu springen, nahm auch sie einen Anlauf und scheiterte, und dann kamen sie schon und gaben ihr eine Pille zu schlucken und nach vier Stunden eine weitere und dann noch eine und dann wurde das Licht gelöscht.

Matti hatte drei Monate im Internat verbracht, als ihre Eltern den Bus Nr. 641 gemeinsam bestiegen. Diesmal hatten sie keine Körbe dabei, denn sie wollten Matti heimholen.

»Wie ein Roboter ist sie geworden. Die geben ihr dort Drogen. Das soll ein System sein, das?«, marterte Soli sich und seine Frau.

»Lieber zu Hause die Hölle«, entschied Irani. »So kann man nicht leben. Matti dort mit all diesen Zurückgebliebenen!«

Als sie ankamen, stand Matti in der Dusche. Um sie zu überraschen, stellte ihr Vater sich hinter die Tür, und ihre Mutter setzte sich auf das Heimbett. Wasserdampf quoll unter dem Türschlitz hervor und mit ihm das Lied, das Matti unter dem heißen Strom vor sich hin trällerte.

Während der ganzen Rückfahrt nach Givat Olga weinte Irani vor Rührung und Erleichterung. Alle Betreuer hatten gemeint, dass Mattis Zustand sich wesentlich gebessert habe, dass das Zucken der Muskeln eines Tages aufhören würde und dass kein Grund bestünde, das Mädchen heimzuholen.

»Ihre Augen leuchten wieder ein bisschen. Hast du das auch gesehen?«, vergewisserte Soli sich des öfteren.

»Sie isst auch wieder ordentlich«, antwortete Irani und fragte: »Sie hat wieder Farbe im Gesicht, nicht wahr?«

Nach einem halben Jahr war Matti so ruhig geworden, dass man sie anläßlich ihres Geburtstags für vierundzwanzig Stunden nach Hause schickte. Sie verabschiedete sich mit einem Streicheln von den Apfelschimmeln und winkte den von Stacheldraht umwickelten Kindern mit den leeren Blicken zu. Ihre Betreuer versorgten sie mit sechs Ritalinpillen, die Matti, ohne die Absicht, sie je zu schlucken, in der Hosentasche vergrub. Gelegentlich griff sie nach ihnen, um aus der bloßen Berührung Beruhigung zu schöpfen.

Auch jetzt, als sie im lichtdurchfluteten Schlafzimmer mit kurz gestutztem Haar vor ihrer enttäuschten Mutter stand, tastete sie nach den Pillen, die zusammen mit den Perlen, die sie geschwind aus der honigbraunen Schatulle stibitzt hatte, durch die dunkle Tasche kreisten, und alle zu Boden gepurzelten Gemüsesorten sprangen wie von selbst in den Einkaufskorb zurück.

Lisi war anscheinend nicht gestorben, denn Matti sah sie

auf dem Sofa erwachen. Lisis Leib, den Maurice im Morgengrauen so misshandelt hatte, erinnerte sich an die Schläge und stöhnte vor Schmerz.

Matti grub die Hand in die zweite Hosentasche und fand dort die scharfe Schere und die Papiermünzen mit ihrem Gesicht, die sie aus den Familienfotos ausgeschnitten hatte. »Was bist du eigentlich für ein Kind, Matti? Bei meinem Leben, guck nur, wie du jetzt aussiehst«, murmelte Irani entsetzt und antwortete sich selbst verzagt: »Eine Verrückte, wie eine Verrückte.«

Mit einer Hand hielt sie Mattis Wangen fest, mit der anderen versuchte sie, die Haarbüschel zu glätten. Aber es war aussichtslos; entmutigt ließ sie Mattis Gesicht fahren und wandte sich missbilligend ab. Man sah ihr an, dass sie am liebsten in Tränen ausgebrochen wäre, sie standen schon in ihren Augen und schienen nicht recht zu wissen, ob sie verschwimmen oder übers Gesicht hinabrollen sollten. Wenn mir jetzt etwas Böses einfällt und ich erzähle es ihr, dachte Matti, nichts wirklich Schlimmes, nur einfach eine kleine Bosheit, dann würde Mama meine Worte gierig aufsaugen und ihren Tränen freien Lauf lassen können.

»Ich geh duschen...« Paillettenfunkelnd ächzte Lisi durch den Gang der indischen Götter. Iranis Augen folgten den blauen Flecken, bis die Tür sich hinter ihrer Tochter geschlossen hatte und Wasser aufrauschte. Sie atmete schwer und sog die von Lisis Schmerzgestöhn bedrückte Luft des Korridors ein, dann wandte sie sich wieder ihrer Jüngsten zu.

Matti versuchte, die Gefühle ihrer Mutter nachzuempfinden und zu ergründen, wie sie ihr helfen könnte, aber Irani erschien ihr wie eine fremde Mutter, die Mutter einer anderen. Ihr fiel ein, dass sie als Fünfjährige eines Tages wütend gebrüllt hatte: »Du bist böse, ich hab dich satt, ich will eine andere Mama, die Mama von jemand anderem!«

»Soso, eine andere Mama! Ich racker mich ab für dich und du ... bitte sehr, eine andere Mutter ...« Irani tobte auf dem ganzen Weg zum Markt. »Such dir doch eine!«

Zorn und Beleidigung verliehen den Fingern, die Mattis Arm umklammerten und sie bis zu den Verkaufsständen zerrten, doppelte Kraft. Als sie den dünnen Arm unvermittelt fahren ließen, blühten rote Reifen gestauten Bluts auf. Mama verschwand hinter Melonenbergen und tauchte nach einiger Zeit mit verweinten Augen hinter hohen Stapeln von Blumenkohlköpfen wieder auf.

Matti musterte ihre Mutter, die jetzt im Gang der indischen Götter stand, und sah, dass Irani auf dem weiten Marktplatz ihres Lebens genauso verloren umherirrte wie die verängstigte kleine Matti damals zwischen den Gemüseständen und den Müttern anderer Kinder. Ebenso wenig wie Matti, wenn sie Schläge eingeheimst hatte und weinte und alle ihr »Böse Matti, böses Kind!« nachschrien, wusste Irani, was sie falsch gemacht hatte, weswegen sie keine gute Mutter gewesen sein sollte und warum ihre Kinder sich so entwickelt hatten, wie sie jetzt waren.

Irani seufzte und nickte traurig, als hätte sie Mattis Gedanken gehört und müsste ihnen beipflichten. Matti ging auf sie zu, um ihr beim Schleppen des schweren Korbes zu helfen, ihr das seltsame Kopftuch abzunehmen, den schwitzenden Nacken zu streicheln und sanft lächelnd zu murmeln: »Mami, meine liebe Mami …«

Aber Irani war etwas anderes eingefallen; sie rang die Hände, schloss die Augen und verkündete entschieden und spröde: »Gut. In Ordnung. Geh jetzt bitte rüber zu Großmutter Turran und sag Sophia, dass ich hier Mittag mache. Sie soll den Kleinen mitbringen und bei uns essen. Ich muss mit euch reden.«

»Worüber?«, wollte Matti wissen.

»Geh erst und sag ihr Bescheid. Es gibt Kartoffelpüree, ist das gut?«

»Das willst du machen?« Matti konnte es kaum glauben.

»Wieso denn nicht? Oder magst du das nicht mehr?« Iranis Stimme zitterte verunsichert. »Kartoffelpüree und Klopse. Das isst du doch am liebsten, oder?«

»Ja, Kartoffelpüree und Klopse.« Die vertrauten Worte legten sich so wohltuend auf Mattis Herz wie Eisbeutel auf eine fiebrig glühende Stirn. Gehorsam stieg sie die Treppen hinab. Vorbei die Tage, an denen sie von Stock zu Stock gehüpft war und die Arme ausgebreitet hatte, um wie der Wind am Treppengeländer herabzugleiten, als sich ihre Augen in Erwartung des wohligen Schreckens geweitet hatten und ihre Stimme den dunklen Raum mit Rabenrufen spaltete. Sie griff nach dem kühlen Metall und tastete sich voran wie eine Greisin. Das Geländer war schwarz gestrichen, aber hier und da hatten sich Rostflecken durch die

Lackschicht gefressen, die sie an die kahlen Stellen auf ihrem Kopf erinnerten.

Die sechzig Stufen, die die Wohnung der Familie Asisyan vom Boden trennten, stieg Matti hinab, als würde sie Erinnerungen sammeln und als Wegzehrung für den vor ihr liegenden Pfad auf eine lange weiße Schnur fädeln. Sie machte vor jeder Wohnungstür Halt und stellte sich behutsam auf die Strohmatten vor den Schwellen. Sie ließ die Laute, die durch die Türschlitze krochen, in dünnen Strömen in die Ohren rinnen, Dämpfe brodelnder Mahlzeiten in die Nase steigen, brummende Gesprächsfetzen von der anderen Seite der Wand ans Ufer ihrer Gedanken branden. Ihr war kalt. Sie hüllte sich in die Geräusche und Dünste wie in ein altes Hemd und in weite, fadenscheinige, verwaschene Hosen. Ihr war, als würde sie die Kleider aller Nachbarn überstreifen, als wäre sie überall die kleine Schwester, die niemandem ähnlich sah und sammelte, was zu klein und zu schäbig geworden war, damit die anderen weiterhin in ihren schönen Zimmern wohnen und sich neue Sachen kaufen könnten.

Unten hielt sie im Schatten des Guavenbaums einen Augenblick inne. Süßer Schimmelgeruch erfüllte die Luft. Licht und Schatten spielten auf ihrem Gesicht. Sie pflückte sich eine schöne Frucht, biß hinein, spuckte den Bissen aber sofort in weitem Bogen aus. Er schmeckte fast wie eine verfaulte Birne, als hätte der Schatten von Mattis Zähnen ihn augenblicklich vergiftet. Angsterfüllt schüttelten sich die Loquaten von den Ästen und begingen Selbstmord, als Mat-

275

ti sich ihnen näherte. Nur oben in der Buschkrone baumelten noch einige wurmstichige Früchte.

Zu Füßen der Orangenbäume von Großmutter Turran umwarb der Hahn die Entendamen, und die Enteriche jaulten wie brünstige Katzen. Auf der anderen Seite ragte neuerdings ein Wohnblock auf. Ein tief fliegendes Flugzeug ratterte wie eine alte Nähmaschine. Hunde schnupperten Mattis Geruch von weitem und bellten allein ihretwegen. Matti wischte sich mit dem Handrücken übers Gesicht und stand verlegen da, die Taschen voller Beruhigungspillen und Papiermünzen, die ihr Bild trugen. Sie schloss die Augen und atmete tief durch.

»Beruhig dich, Muni, beruhig dich«, flüsterte sie zu sich selbst und überquerte die schmale Straße in Richtung Orangengarten.

Als sie an die Haustür der Großmutter klopfte, fiel ihr der Tag ein, an dem sie eine Zigarette aus Turrans Päckchen gestohlen hatte und damit schnurstracks in ihr Oleanderbuschversteck hinter dem Haus verschwinden wollte. Aber Großmutter Turran erwischte sie am Ohr und lächelte übers ganze runzlige Gesicht. Matti krümmte sich in den Schmerz hinein und machte sich auf eine Ohrfeige gefasst.

»Warum denn stehlen?«, hörte sie Turran fragen, als die das Ohr losließ. »Du brauchst nur schön zu bitten, dann schenk ich dir eine.«

Von ihrer Großmutter lernte Matti, den Rauch tief einzuatmen, ihn in den Lungen festzuhalten und nach einer Weile wieder auszustoßen. Matti hörte sie noch mit erstickter Stimme röcheln: »Du musst es genießen, lass dein Inneres den Rauch genießen.«

Sophia öffnete die Tür und schlug Mattis Gedankenbuch zu. Ihr langes, blond gesträhntes Haar tanzte im Luftzug, und die kahlen Stellen auf Mattis Kopf erschauerten. Sophia war so schön und starrte so überrascht auf Mattis geschorenen Kopf, dass diese sich schämte.

»Ja, ich war beim Friseur«, murmelte sie, und ihr Blick rieb sich an Sophias Fellhausschuhen.

»Das sehe ich, das sehe ich.« Sophia lächelte müde. Die schaukelnden schweren Goldohrringe zogen ihren Kopf von einer Seite zur anderen wie Waagschalen, die Gedanken abwägen.

»Mama will, dass du zum Essen kommst.« Matti sagte es ganz schnell, aber mit Nachdruck. Sophia bemerkte das Muskelzucken in Mattis Gesicht und fand ihre Schwester kleiner, als sie sie in Erinnerung hatte.

»Einen Augenblick, mein Schatz, komm erst mal rein.«

Matti trat verlegen zurück, denn mit der einladenden Geste hatte Sophia den Blick ins Innere des Hauses freigegeben, auf das große Bett mitten im Raum und auf das Baby, das darauf lag. Mattis Blick senkte sich schnell wieder zur Schwelle.

»Komm, Mattilein, komm rein, es ist doch schon lange her.« Sophia ahmte die helle Stimme einer Elfjährigen nach.

277

»Babys können sich an so was überhaupt nicht erinnern. Das ist Unsinn.« Sanft zog sie ihre Schwester ins Haus. Matti spürte das Zittern in Sophias Hand.

»Nicht wahr, das ist Unsinn?«, fragte Sophia ihren Säugling, eine Babystimme imitierend, und ging mit kreisenden Hüften, als würde sie durch Wasser waten, zu ihm hinüber. Matti schleppte sich hinter ihr her und betrachtete den rauschenden Satinsaum, der Sophias schmale Fesseln umtanzte.

Matti dachte über Sophia, ihre erwachsene Schwester, nach. Als sie damals aus den Flitterwochen zurückkam und ihr Mann wieder nach Afrika aufbrach, hatte sie Matti gebeten, in dem hohen Wohnturm von Bat Jam bei ihr zu schlafen, weil sie sich einsam fühlte und nachts allein Angst hatte. Im Dunkeln hatte Matti auf die Worte gelauscht, die Sophia im Schlaf murmelte.

»Tante Matti, komm her, wir wollen wieder Freunde sein, ja?« Sophia ahmte eine Babystimme nach. Sie ließ sich auf dem Bett nieder, und Matti setzte sich verkrampft dazu. Sophia nahm ihren Sohn in die Arme und legte ihn auf Mattis Schoß, der sich ganz langsam aufschloss.

»Er ist schwer geworden«, sagte Matti tonlos ohne Lächeln. Ein Schluchzen verstopfte Sophias Kehle, und sie massierte sich den Hals, um es zu lösen. Matti spürte das Herz des Kleinen mit dem ihren schlagen, blickte ihn jedoch nicht an. Sie hatte nur Augen für ihre Schwester und verweilte lange bei der Goldkette, die sich an Sophias Kehle schmiegte, und bei den Buchstaben des Namens Izik, die sich in ihrer Halsmulde hoben und senkten. Dann fiel ihr

Lisis Säugling ein, den sie vor ihr versteckten und von dem sie behaupteten, er sei eingebildet.

»Du kannst ihn gerne streicheln, Matti, hab keine Angst«, ermunterte Sophia sie, aber Matti traute sich nicht. Mit großer Anstrengung riss sie ihren Blick, der sich so tief und fest in ihrer Schwester verfangen hatte, dass sie gar nichts anderes mehr sah, von Sophia los und wandte ihn dem Kindergesicht zu. Sie bemerkte, wie groß und schön die Babyaugen waren, genau wie die von Sophia, wirklich genau wie aus dem Gesicht geschnitten.

»Guck nur, Muni, wie herrlich es ist, wenn man sich ähnlich sieht«, sagte sie in ihrem Herzen, und ihre angespannten Muskeln lösten sich.

Der Kleine lallte etwas, mit der gleichen Stimme, die Sophia nachgeahmt hatte, als sie für ihn sprach. Wie unschuldig und lieb er aussieht, wenn er nicht hustet, dachte Matti, ein bisschen mädchenhaft und auch ein bisschen jungenhaft. Wie ein Blinder, der tastend etwas erkennen will, streckte er eine kleine Hand nach ihrem Gesicht aus, doch die Arme waren zu kurz, und die kleinen Finger flatterten durch die Luft. Sanft beugte sie sich über ihn, aber urplötzlich erschien vor ihrem geistigen Auge die Schere und schnitt schnipp schnapp ein kreisrundes Loch in den süßen Hauch zwischen ihr und dem Baby, das die Stirn kräuselte, als ob es sich doch an sie erinnerte.

»Mama sagt, ihr sollt zum Mittagessen kommen.« Sie erhob sich rasch, riss ihren Blick vom Babygesicht los und streckte das Bündel seiner Mutter entgegen.

»Sie kocht etwas!«, rief Matti aufgeregt und schluckte einen Mundvoll Speichel herunter. In ihren Kniekehlen sammelte sich Schweiß.

Sophia umklammte ihr Baby mit einer Hand und wischte sich mit der anderen die Tränen ab, die ihr unversehens übers Gesicht rollten. »Mama kocht etwas zum Mittag?«, murmelte sie traurig, als würde sie erst jetzt erwachen. »Das ist ein gutes Zeichen. Warte, ich zieh mir nur was über, dann gehen wir zusammen hoch.«

Es war schon halb eins. Sophia setzte ihr Baby seitlich auf die Hüfte und ging voran. Draußen war es herbstlich. Matti stieg mit der Schwester und ihrem kleinen Neffen zur Wohnung hoch und fand wieder, dass es dort verbrannt roch. Lisi war inzwischen mit nassen Haaren aus der Dusche geschlüpft, und Marcelle hatte sich erschöpft aus der Wohnung der gelähmten Frau heimgeschleppt.

Matti stand am Fenster und blickte hinunter auf den Hof, der jetzt im Schatten des neuen Wohnblocks lag. Zwischen den Loquatenbüschen und Guavenbäumen gebärdeten sich die Katzen wie Königinnen und reizten mit erhobenen Schwänzen die Hunde, die Matti aus der Ferne riechen konnten und die nur ihretwegen bellten. Sie fand ihre sonst immer auf der Fensterbank bereitliegenden Steinchen nicht und streichelte verlegen über den Arm, der schon zum Wurf ausholen wollte.

Sie erkannte die noch nicht verwischten, schwarz versengten Kreise der Lagerfeuer vom Lag-Ba-Omer-Fest, die beiden Steine, die das Fußballtor markierten, in das sie schon seit einem halben Jahr keinen Ball mehr geschossen hatte, den am Korbballmast klaffenden Rachen, auf den sie seit Monaten nicht mehr gezielt hatte, und den Oleanderstrauch, ihr perfektes Versteck. Als sie den Kindertrupp des Viertels aus der Schule heimkommen sah, duckte sie sich schnell weg und spähte heimlich nach ihm aus.

Die Guavenkinder und die Loquatenkinder, ihre Ranzen auf den Rücken und baumelnde Brotbeutel vor der Brust, die kleineren Geschwister im Schlepptau, schrien aus voller Kehle, selbstsicher im vertrauten Rudel. Wie ein kaltblütiger Killer durch das Visier seines Gewehrs betrachtete Matti aus ihrem Versteck ein Gesicht nach dem anderen. Je näher sie rückten, desto tiefer zog sie sich in sich selbst zurück, ins Dunkel ihrer Hosentasche zu den sechs Ritalinpillen.

Matti war krank und fehlte schon seit vielen Tagen in der Schule, aber niemand dachte daran, ihr die Hausaufgaben zu bringen. Heute hatte sie Geburtstag, und keiner kam zu ihrer Party. Der Anblick der Kinder tat ihr weh. Sie versteckte sich noch lange, nachdem das Getrappel treppaufwärts stürmender Sandalen und Turnschuhe verstummt und auch die letzte aufgerissene Tür ins Schloss gefallen war.

»Es gibt nur dich und mich, Muni, sonst nichts«, flüsterte sie sich zu.

Das Prasseln der Fleischklopse, die im Bratfett hüpften, traf auf ihren verkrampften Rücken. Matti drehte den Kopf, denn sie meinte, im Zischen aus der Küche das Lachen ihrer

Mutter erkannt zu haben. Ob Mamas Fleisch jetzt wieder wie früher vor Vergnügen bebte, als würde es in heißem Öl gebraten? Aber Irani stand mit hängenden Schultern, Rauch in den Augen, die Bratpfanne in der Hand, vor den schmierigen Herdplatten. Sophia schälte Kartoffeln, Lisi schnitt Gurken in Scheiben, und Marcelle spülte Geschirr.

Matti wartete darauf, dass eine von ihnen die Augen und die gezupften Brauen hob, um sie zu suchen, oder stirnrunzelnd ihren Namen rief; dass sie ihnen plötzlich in den Sinn käme, dass eine von ihnen ihretwegen den Rücken oder doch zumindest den Nacken drehte; dass ein Augenpaar, jählings von Furcht überflutet, nach ihr Ausschau hielt, um zu sehen, was sie gerade anstellte, denn immerhin lag das Baby unbeaufsichtigt in der Wiege, und Matti war verrückt und lief frei im Haus herum. Aber alle fuhren schweigend fort zu braten, zu schälen, zu schneiden und zu spülen, und nicht einmal die Armreifen, Goldanhänger oder Fußkettchen klimperten. Nur Seufzer, Wasserrauschen, Fettgeprassel und Messerschaben waren zu hören.

Sie ging ins Wohnzimmer, und ihr Blick irrte über den Fußboden, trat auf die Teppiche, wanderte zum Balkon. Ihre Wimpern fegten über den staubigen Dreck auf der Fensterbank, und dort standen ihre Augen still. Eine Kolonne großer, bronzefarben und schwarz gefleckter Ameisen mit gewölbten Hinterteilen kroch zu ihrem Nest in der Ecke neben dem Fensterrahmen. Matti bückte sich noch einmal, als wollte sie sich verstecken, und musterte die in der Herbstsonne aufleuchtenden Insekten. Ihr fiel der dicke

Junge ein, der sie einmal geärgert hatte, und den sie daraufhin über einem Nest roter Ameisen fesselte. Damals durfte Matti keine Süßigkeiten essen, weil sie die schlechten Zähne ihres Vaters geerbt hatte und weil in der Klinik der Krankenkasse jemand zu Irani gesagt hatte, dass es vielleicht am Zucker lag, dass Matti so reizbar war. Aber jenen dicken Jungen hatte das nicht gekümmert. Er streckte eine rote Zunge aus, stopfte sich schokoladenüberzogene Waffeln in den Mund, kaute genüsslich Bissen um Bissen, sprach sehr langsam und lutschte an seinen Worten wie an einem Bonbon.

»Ätsch bätsch, Matti ist bescheu-ert und geht in die För-der-klasse!«

»Nimm dich vor mir in Acht!«, warnte Matti ihn, kurz bevor sie die Kontrolle verlor.

»Matti ist bescheu-ert und muss die Straßen scheuern! Matti ist besch …«

Sie wusste noch genau, wie verzweifelt er ihre Arme gepackt hatte, als sie ihn mit einem Eisendraht an den Strommast band, wie er sie geschüttelt hatte, damit aus dem bösartigen Biest eine gute kleine Matti herausfiel oder ein kleiner Junge, der ihr wie aus dem Gesicht geschnitten war, und das Biest besänftigte: »Lass gut sein, Matti, guck nur, das ist doch bloß ein armer Schlucker.« Aber Matti hatte ihn mit einem Schlag zu Boden geschmettert. Die in Panik geratenen Ameisen krabbelten über seine fleischigen Oberschenkel und bissen hinein. Er krümmte sich, als würde er gekitzelt, und weinte ein seltsames Weinen, ein stilles, inneres Weinen, bei dem leise rosa Wellen über seinen Körper liefen. Die Ameisen stachen in sein süßes Fett und fanden in der Honigkuchenhaut reiche Beute. Matti hatte alldem ohne Erbarmen zugesehen. Er war ihr vorgekommen wie ein riesiger Lolli, den Kinder angeleckt und speichelfeucht weggeworfen hatten.

Matti spähte zum Säugling hinüber. Aus seinem Gesicht lächelten ihr Sophias Augen entgegen. Immer mehr Ameisen krochen in ein Loch am Fensterrahmen hinein, wie eine Kolonne aus der Schule heimkehrender Kinder. Sie marschierten selbstbewusst und gelassen, als wäre diese Wohnung seit langem leer und sie nähmen sie jetzt in Besitz.

Matti wartete und wartete, unbeweglich wie eine der indischen Götterstatuen. Schließlich nahm der feine Strom ein Ende, nur einige Nachzügler umrundeten noch den Rand der Fensterbank. Die letzte Ameise klaubte Matti zwischen Zeigefinger und Daumen auf und warf sie ohne zu überlegen hinaus. Dann streckte sie sich, um den winzigen Punkt ein Stockwerk nach dem anderen hinunterfallen zu sehen, aber als sie sich über die Brüstung beugte, hatte der Wind die Erinnerung an das funkelnde Insekt schon verschluckt. Alle anderen Stammesbrüder waren in der Wand verschwunden. Matti stellte sich vor, dass die gefallene Ameise sicher sehr lange brauchen würde, um den Weg nach Hause zu finden, dass man sie in der Familie inzwischen bestimmt vergäße, und es tat ihr Leid, dass sie sie so einfach hinuntergeschmissen hatte.

In einem der Fenster des gegenüberliegenden Wohnblocks erschien ein anonymer Arm und schüttelte ein gestreiftes Tischtuch aus; Brotkrumen kreiselten auf ihrem Weg durch die Luft.

Hinter ihrem Rücken hörte Matti Porzellanteller klappern und metallisches Besteckgerassel. Die Holzschublade des Küchenschranks quietschte in den Schienen, und das Geschirr berührte den Tisch so zaghaft wie ein großer Zeh in kühles Flusswasser taucht. Matti wurde ernst. Sie reckte sich, und in ihrer Brust ballte sich freudige Erwartung. »Matti! Komm essen!«, hörte sie ihre Mutter rufen.

Die Nadel des Alltäglichen stach in Mattis Lungenballon, der sich bis in ihre Kehle gebläht hatte. Ohne Luft wollte sie zu Mama rennen, ihr schwer um den Hals fallen, sie küssen und umarmen und das Essen in sich hineinschaufeln, um ihr eine Freude zu machen. Aber Matti konnte sich nicht rühren: Sie musste es einfach noch einmal hören, ein letztes Mal.

»Matti, wo steckst du? Das Essen ist fertig!«

Sie wollte zu ihrer Mutter und ihren Schwestern stürzen und ihnen etwas furchtbar Lustiges erzählen, worüber auf der Stelle alle in Lachen ausbrechen müssten, in so ein umwerfendes, haltloses Lachen, bei dem man sich in die Hosen macht und dessen Ungestüm Sophias Seufzen, Marcelles Schweigen und Lisis Taubheit ein Ende bereitete. Sie wollte das frühere Lachen aus ihrer Mutter herauslocken, das Lachen, das den Dunst wohltuender Tränen in Mamas Augen trieb, das sie zwischen ihren Zähnen zerbiss und das sie schließlich vor Vergnügen stöhnen ließ: »Ei, ei, was ist unsere Matti doch für ein Muntermacher, ja, ja, unsere Matti.« Aber wahrscheinlich waren Mamas Muskeln schon so ermüdet, dass sie nicht einmal ein Lächeln zustande brächte, ganz egal wie komisch der Witz war, den Matti für sie erfand.

## 28

Ich war heute an Munis Grab.«
»Was?«
»Ja, heute ist es genau elf Jahre her. Und dann, und dann hab ich da noch diesen Rabbi getroffen, und der hat gesagt, ihr müsst eure Namen ändern. Er hat gesagt, die Namen, die ich euch gegeben hab, bringen euch kein Glück. Er hat gesagt, ich soll euch andere Namen geben.«
»Was?«
»Ja, Maurice soll ›Schalom‹ wie Friede heißen, Sophia ›Ge'ula‹ wie Erlösung, Lisi ›Tikwa‹ wie Hoffnung, Marcelle ›Bracha‹ wie Segen und Matti ›Masal‹, das Glück.«
»Wie bitte?«
»Ja, und er hat auch gesagt, das Baby sollen wir ab sofort ›Nes‹ nennen, das Wunder. Und wenn das erst einmal in euren Personalausweisen steht und ihr im Bethaus gesegnet werdet, hat er gesagt, dann gewöhnt man sich ganz schnell daran.«

Irani Asisyan sprach, und ihre Worte trafen ihre Töchter wie Säure. Matti verstand überhaupt nicht, warum die Namen geändert werden sollten, aber sie sah, dass Mamas Atem das Fleisch ihrer Schwestern versengte, und wieder stieg ihr der Brandgeruch in die Nase. Sie saßen in der Küche und aßen die Mittagsmahlzeit, die Irani für sie zubereitet hatte, Kartoffelpüree, Klopse und Gurkensalat. Soli war auf dem Meer und Maurice in seiner Gewürzhöhle. Tiefes Schweigen umgab Irani und ihre Töchter und wurde schwarz wie ranziges Bratfett.

Die Stille dauerte an und verdichtete sich; Irani spürte, dass die unheimliche Ruhe sie von allen Seiten angriff. Sophias Lider schlossen sich enttäuscht, als wollten sie sich nie wieder öffnen, Marcelle guckte trauriger denn je, und Lisi zog sich in ihren blinden Blick zurück.

»Warum?«, fragte Matti endlich, und ihre Augen schweiften über Iranis Antlitz wie die Augen eines unfreundlichen Erwachsenen über ein Kindergesicht.

»Wie?« Irani stützte die zitternden Hände auf die Hüften, und ihre Ellbogenspitzen ragten in die Luft.

»Warum die Namen ändern, die du uns gegeben hast? Was ist an ihnen so schlecht?« Matti konnte es wirklich nicht verstehen.

Plötzlich begann das Fett an Iranis Armen zu beben. Tränen stürzten aus ihren Augen, und sie brach in erschütterndes Weinen aus.

»Weil, weil, weil, ich weiß ja schon ... schon nicht mehr, was ich machen soll ... nichts weiß ich mehr ... was soll ich denn machen … was kann ich für euuuch tun … was kann ich denn tuuun? Ich weiß nicht mehr weiter … ich bring mich um … was kann ich denn noch tuuun für euch …?«

Irani war genauso gefühlsbetont wie ihre Mutter, deren Herz erkrankte, weil sie zu viel Gebrauch von ihm machte. Als Sophie Asisyan bewusst wurde, dass ihre Tochter ihr weiches Naturell geerbt hatte, vertraute sie ihr an: »So sind wir Frauen alle, mein Seelchen. Aber weißt du, was dein Vater sagt? Er sagt, dass persische Frauen besonders oft weinen, sogar, wenn es gar nicht nötig ist. Was sollen sie machen, die Ärmsten? So sind wir nun einmal.«

Iranis Töchter wussten, dass ihre Mutter maßlos litt. Seit dem sengenden Sommer aß sie nichts Süßes mehr und saß meistens betend an der Wiege des kranken Säuglings. Seit Monaten lag das Haus im Finstern, und Irani las dem Baby aus ihrem Band mit Psalmen furchteinflößende, traurige Geschichten vor, die es nicht verstand und deren Ende nicht abzusehen war. Das Mitleid mit ihren Kindern, der Schmerz über ihr Unglück hatte Irani so heftig erschüttert, dass sie zu einer anderen Frau, zu einer anderen Mutter geworden war.

Ihre Mutter, die immerzu nur ihre Mutter gewesen war, hatte sich plötzlich verändert. Ihre Mutter, die es verstand, in allen Zimmern zugleich zu sein, deren einzige Freundinnen ihre Schwestern waren, die niemals ohne ihre Kinder irgendwo hinfuhr, die, wenn sie abends ausging, nur im engeren Familienkreis an einer Hochzeit, Bar-Mizwa oder

Beschneidungsfeier teilnahm, die in ihrem Leben nie im Café gesessen hatte, die außer ihrem Muttersein keinen Beruf und kein Hobby kannte: diese Mutter hatte sich vor ihren Augen verändert.

So viele Jahre, nachdem sie Maurice zur Welt gebracht hatte, wurde Irani wieder zum kleinen Mädchen ohne Busen, zur Heranwachsenden, die nach der Verzweiflung der Welt verlangte, zu einer fremden, mit tiefen Falten geschminkten Frau. Sie gab ihre Stellung als Mutter auf, raffte alle Sorgen der Familie in ihren Armen zusammen und zog sich in eine enge, intime, verschlossene Kammer des Leidens zurück. Sie pflegte ihren Schmerz wie eine neu entdeckte Liebhaberei, und vernachlässigte seinetwegen sogar ihren Mann.

Ihre Kinder sahen, wie sie sich von ihm entfernte. Sie zerfetzte in ihren Fängen vielerlei Lieben: die gestorbenen, die ungeborenen, die totgeborenen, und weigerte sich, ihre Beute mit ihm zu teilen.

Soli Asisyan war ein sanfter Mann, weich wie sein Unterhemd, verschämt wie ein Gast, und er hatte sie all die Jahre lang mehr geliebt als sich selbst. Er sah den Glanz ihrer Augen ermatten, die sie nie mehr erhob, um ihn direkt anzusehen.

Sie verbarg sie hinter abweisenden Händen, wenn sie montags und donnerstags, an den Tagen, an denen in den Bethäusern die Thorarollen geöffnet werden, Seelenkerzen anzündete und die vorgeschriebenen rituellen Gesten vollzog. Er sah das Psalmenbrevier in ihren Fingern zittern und den Einband in ihren verschwitzten Händen speckig werden.

Abends ging sie entweder nach ihm ins Bett oder stellte sich schlafend, und er streichelte den reinen Duft, der aus der Nische hinter ihren Ohrmuscheln strömte, bis er einschlief. Jede Nacht benetzte sie das gemeinsame Lager mit Tränen und stahl sich fort ins Bethaus, bevor er aufwachte. Er wusste wohl, dass sie das Kopftuch der Frommen trug, um ihr schönes Haar vor ihm zu verbergen, und dass sie die schwarze Pracht mit der Lavendelessenz alter Frauen bestäubte, um seine Lippen abzuschrecken.

Eines Abends fiel ihm auf dem Weg ins Bad ein, dass er vergessen hatte, saubere Socken mitzunehmen; gedankenverloren kehrte er ins Schlafzimmer zurück. Seine Frau saß, den Rücken zur Tür gewandt, auf dem Bett. Wie ein Wasserfall strömte ihr befreites Haar aus dem Kopftuch, das ihre Frömmigkeit bezeugte und unter dem sie alle ihre Begierden erstickte. Trauriger, hellbläulicher Kräuterdunst stieg aus den langen, leblosen, nach vielen Tagen ohne Wäsche fade und fettig gewordenen Flechten auf.

Der Anblick ihres Haars brach den Apfel der Sehnsucht in Solis Kehle auf. So unbändig war seine Lust und so gewaltig sein Schreck, dass er auf der Schwelle kehrtmachte und ohne Socken ins Badezimmer floh. Bevor Irani den ersten Knopf öffnete, drehte sie sich auf ihrem Platz um, lauschte durch die Wand auf das Geräusch des Wasserstrahls und schälte sich erst dann aus den Kleidern. Sie wusste nicht, dass ihr Mann sie mit offenem Haar erwischt hatte, und dass

er jetzt im Badezimmer ähnliche Qualen litt wie ein uner-
fahrener Junge, der durchs Fenster einer fremden schönen
Frau beim Entkleiden zugesehen hat.

Achtundzwanzig Jahre waren vergangen, seit er die
Angelrute seiner Liebe nach ihr ausgeworfen hatte, sein
Köder sich in ihrem Fleisch verfing und er sie an sich zog.
Jetzt verwandelte sie sich in eine andere Frau, die Frau eines
anderen.

Manchmal, wenn ihre Blicke sich begegneten, sah Irani,
dass ihr Mann sie genauso zweifelnd musterte wie an jenem
Winterabend vor vielen Jahren, bevor die Dachteerer zum
dritten Mal kamen, als Regentropfen durch die Decke leckten und beim Aufprall in die überall aufgestellten Blechge-
fäße eine metallische Melodie trommelten. Er kam von seinem Fischstand auf dem Großmarkt zurück, und sie öffnete
ihm die Tür mit einer neuen Frisur, die Sophia und Marcelle, damals noch am Anfang ihrer Friseurlehre, ihr verpasst
hatten. Den ganzen Nachmittag hatte sie zwischen Wasser-
eimern gesessen, die das Echo der platschenden Regentropfen verstärkten, während ihre Töchter sich über ihr langes
Haar hermachten.

»Das wird toll«, jubelten sie, als sie es aubergine einfärb-
ten.

»Umwerfend!«, behaupteten sie, als sie dicke Cremes
auftrugen, damit es sich besser aufrollen ließ.

»Sagenhaft!« Sie bauschten es in der heißen Zugluft ihres
Föns auf.

Am Abend fiel der Strom aus, und Kerzen erhellten die

Zimmer. Irani hörte die Schritte ihres Mannes auf der Treppe und erhob sich, um ihn zu begrüßen: schöngemacht, liebevoll, lächelnd. Müde und verlegen erschien Soli auf der Schwelle. Seine Augenbrauen, die kleine Rinne im unteren Teil der Stirn, hatte dem Regen, der draußen auf ihn einprasselte, nicht standgehalten, und seine Augen standen voller Wasser.

»Oh, Verzeihung, ... ich bin hier falsch!« Er stammelte eine feuchte Entschuldigung, machte errötend kehrt und schloss die Tür hinter sich. Er hatte sie nicht erkannt und war hinausgegangen, um seine Frau zu suchen.

Seine Frau hatte nichts anderes gelernt, als die Mutter seiner Kinder zu sein. Seit sie klein waren und sich in Wäschehaufen versteckten, im Wohnzimmer hinter einem Sessel hervorlugten, unversehens aus Küchenschränken krabbelten, versprach ihre Mutter ihnen, dass sie, sollten sie jemals Hunger leiden, sich ohne Zögern das Brot aus dem Mund ziehen würde, um es ihnen zu geben. Oft und gern hatte sie ihnen erklärt, sie habe für jedes Kind einen Finger an ihrer Hand, der nur für dieses eine Kind allein bestimmt sei.

Die Kleinen schossen in die Höhe und wurden erwachsen, Iranis tief liegendes Herz jedoch erhob sich nicht mit ihnen. In Bergen schmutziger Wäsche, hinter dem Wrack, das einmal ein Ecksofa war, und in den Küchenschränken, die sich geleert hatten, suchte sie nach ihren kleinen Rangen. Ihre Schützlinge waren groß, aber das Herz der Mutter schlug noch am selben Fleck, in Kinderkopfhöhe. Auf dieser

Höhe blieb ihr nichts anderes übrig als zu weinen. Sie wusste ja am besten, wie viel Liebe ihre Töchter brauchten und wie sehr ihrem Sohn eine Frau fehlte. Also grub sie die Liebe zu Soli aus ihrem Herzen aus, als wäre sie das Brot, das sie sich zugunsten ihrer Kinder aus dem Mund zog. Für ihre Finger fand sie keine Beschäftigung.

Schade, dass sie groß geworden sind, dachte sie manchmal, besann sich und dachte nach einer Weile wieder: Schade, dass sie so schnell groß geworden sind.

Sie hatte nichts anderes gelernt, als die Mutter ihrer Kinder zu sein. Also leerte sie ihnen zuliebe die Räume ihres Herzens, die so hoch wie Säle waren, verwandelte das weite Fundament in einen Lagerkeller und füllte es bis an den Rand mit den Sorgen ihrer Kinder. Und wenn das Herz einer Frau so düster und beladen ist, dann weint sie ohne Unterlass und wendet sich hilfesuchend an Gott.

In ihren Holzpantoffeln, ein nach Lavendel duftendes Tuch auf dem Kopf, bestieg sie den Autobus, der am frühen Morgen von der sephardischen Synagoge abfuhr, und mischte sich unter die Greisinnen und Alten, die sich genau wie sie aufgemacht hatten, um den Segen zu pflücken, der aus den Gräbern der Gerechten wuchs. Unter Oliven-, Feigen- und Johannisbrotbäumen, vor Einsiedlernischen, vor in Felsen gehauenen Höhlen, manchmal auch vor prächtigen, marmorgefliesten Monumenten warf Irani sich nieder und flehte um Hilfe für ihre Kinder.

»Bitte mach, dass meine Marcelle zu ihrem Mann zurückkehrt«, flüsterte sie den Eisentoren der Frauenabteilung am

Grab des Wundertätigen Rabbi Meir von Chamat Tiberia zu. Als Zeichen des Bundes mit dem Schutzengel, der für den Ehefrieden zuständig war, band sie ein Stück Stoff, das sie aus einer Bluse von Marcelle herausgerissen hatte, an einen niedrigen Olivenzweig und war fest davon überzeugt, dass der schlafende Schutzpatron sich erheben, ihr Flehen in den Himmel tragen und Gott um Erhörung bitten würde. Sie glaubte unerschütterlich daran, dass Joel und Marcelle Chajbi binnen kurzem verliebt und glücklich im See Genezareth baden und die bunte Stoffblume erlösen würden. Aber als sie nach Tagen zum Grab zurückkehrte, flatterte Marcelles Stofffähnchen noch einsam und verblichen im Wind.

»Bitte, schenk Sophias Säugling Gesundheit, bitte …«, weinte sie stumm an der Gruft des Baba Sali in Netivot, von deren Steinen der feuchte Dunst unzähliger Tränen aufstieg. Sie sah, dass Hinkende, Lahme und Kranke mühsam heranpilgerten, um für körperliche Genesung zu beten, und ihr Herz füllte sich mit Hoffnung. So wie die anderen Verzweifelten tröstete auch sie sich mit Legenden von all den Wundern, die sich allein durch Fürbitte des Gerechten zugetragen haben sollten, und lauschte gierig den Berichten von Geschwüren, die spurlos verschwanden, und von Krüppeln, die sich staunend von ihren Karren erhoben.

»Mach, dass meine Lisi mit all dem aufhört …«, murmelte sie mit frommem Augenaufschlag an der Grabstätte des Rabbi Schimon Bar Jochai in Meron, legte einen Stein auf die Felskuppel und stopfte einen Zettel in die bröckelnden

Fugen. Wachskaskaden tropften von den Seelenkerzen auf den Boden der Nischen.

»Sophia braucht Kraft, bitte, gib ihr Kraft zu leben.« Sie rieb ihre Stirn am Grab Rachels in Bethlehem, und Myrtenduft füllte ihre Nase.

»Schick meinem Maurice eine Braut, er braucht eine gute Frau ...« Sie drängte sich durch die Menge, die sich um das Grabmal des Jochanan Ben Usiel scharte.

»Und bitte sorg dafür, dass Mattis Herz etwas ruhiger wird und meine Kleine nicht verbrennt«, schluchzte sie neben einer Gruppe von Jeschiwa-Studenten, die am summenden Grab von Dan Ben Jacob in Eschta'ol inbrünstig beteten. Sie ließ die Kerzenflamme über die niedrige rußige Decke tanzen, ihre Tränen glitzerten, und Frauen mit massigen Hintern streichelten tröstend ihr Lavendelkopftuch.

Heute morgen, nachdem Maurice auf Lisis blaue Flecken eingedroschen hatte, war Irani zum Grab des toten Zwillings gegangen und hatte anschließend auch Großmutter Turrans Grab aufgesucht. Dort traf sie den Rabbiner, der ihr nahelegte, ihren Kindern neue Namen zu geben.

Zu Hause gähnten die leeren persischen Messinggefäße, die spinnwebfeinen Häkeldeckchen waren vor Staub ergraut, die Schuppen der Goldfische verblichen. Auf dem Küchentisch erkaltete das Püree, die Klopse schrumpften, und die Gurkenscheiben schwammen schlaff in der Salatschale. Iranis Töchter verschlossen ihre Mienen und schwiegen. Ihre Mutter weinte.

Traurigen Auges musterte Marcelle ihre Mutter, so wie

man eine neue Bekannte mustert, die einem zur Begrüßung die Hand entgegenstreckt. Zuerst sieht man in die Augen, dann ins Gesicht und dann huscht der Blick verstohlen über die ganze Gestalt. Irani rutschte unruhig auf dem Stuhl hin und her. Das ist meine Mutter, Marcelles Herz zog sich schmerzlich zusammen, und der feine Flaum auf ihren Armen sträubte sich.

Wieder lagen Marcelle die Worte auf der Zunge, die sie ihrer Mutter schon vor zwei Monaten hatte sagen wollen, als sie noch im Brautausstattungssalon »Klassik 2000« arbeitete. Damals war Irani auf der Straße vorbeigegangen und für einen Augenblick hereingekommen. Marcelle feilte gerade einer aufgeregten Kundin die Fingernägel, und aus dem Radio erklangen die letzten Sommerlieder. Sie hob den Blick, um zu sehen, wer gekommen war, sah eine unscheinbare Frau und setzte ihre Arbeit fort. Nach einer Sekunde dämmerte ihr, dass die gebeugte Person mit dem zerfurchten Gesicht ihre Mutter war.

»Guten Tag, meine Seele«, sagte Irani verlegen.

Marcelle hatte ihr nicht geantwortet, denn die Worte, die in ihr aufstiegen: »Oh, Mama, wie hast du dein Gesicht zugerichtet!« wollten nicht passen.

Damals hatte sie geschwiegen, und sie schwieg auch jetzt. Ihre Finger zerkrümelten auf dem Küchentisch unsichtbare Brösel. Denn in solchen Momenten sagt man nicht, was man eigentlich sagen will. Die großen Worte lauern im Mund, röcheln im Rachen, schicken Schauder über den Rücken, ziehen über warnenden Blicken die Brauen zusammen und bleiben letzten Endes dann doch zwischen den Zähnen stecken.

Obwohl die großen Worte nicht klein beigaben und sich verschlucken ließen, stellte sich Marcelle genau vor, wie sie jetzt aufsprang und fragte: »Warum denn nur, Mama? Warum belastest du dich mit all unseren Sorgen? Warum mußt du Tag und Nacht um uns weinen? Warum schonst du dein Herz nicht ein bisschen, Mama?«

Nach den ersten Sätzen hätte sie sich noch weiter vorgewagt: »Warum hast du uns denn so furchtbar lieb? Ich meine … eh, das heisst, es ist einfach zuviel so, ich meine, du solltest einen Strich ziehen und sagen: bis hierher und nicht weiter. Wie viel kann ich mir noch zu Herzen nehmen? Es reicht, ich ersticke ja daran. Du solltest dir vielleicht sagen, das bin ich, das ist mein Körper, ja? Hier an meiner Haut endet mein Fleisch. Dann kommt ein Zwischenraum, nicht wahr? Und hier in diesen Zwischenraum stecke ich die Sorgen meiner Kinder. Hier, Mama. Zwischen dir und mir. Zwischen dir und Sophia. Zwischen dir und Maurice, und Lisi, und … ja, auch zwischen dir und Matti. Und Gott weiß, wer sonst noch. Ich will nur sagen: Du musst nicht immerzu weinen. Soll doch jeder seine eigenen Sorgen und seinen eigenen Dreck auf sich nehmen und um sich selber weinen! Nur er! Es ist doch unser Leid, Mama, nicht deins, also Schluss damit! Schluss, sage ich! Hör endlich auf zu heulen!«

Dann tief Luft holen, den Speichel schlucken, der im Mund schäumt, wenn man sich ereifert, und weitere machen: »Guck mal, Mama, dir selbst ist doch nichts passiert. Bei dir ist Gott sei Dank alles in Ordnung. Du hast dich im Unterschied zu mir nicht scheiden lassen. Du bist, unberufen, noch verheiratet. Deine Kinder sind, Gott sei Dank, gesund, und dein Mann schläft nachts bei dir in deinem Bett. Dein Gehirn hat sich keine Schwangerschaft eingebildet, deine Ohren sind nicht taub geworden, du hast dich nicht wie eine blöde Gans für nichts und wieder nichts verheiratet, du hattest keine Fehlgeburt, und dein Mann prügelt dich nicht zu Tode. Stimmt doch, oder? Du liegst nicht wie ein stinkender Hund im Bett, ohne Frau, ohne Kinder, ohne Liebe. Das sind wir. Verstehst du, was ich sagen will? Wir sind es, Mama, wir, um Himmels willen! Und es stimmt: Uns geht es nicht gut. Wir haben es schwer, und jeder weint Blut, wegen der Scheiße, die er fressen muss. Uns ist alles schief gegangen. Das tut weh, und wir heulen und heulen, weil es schade um uns ist. Aber wir haben uns das selbst eingebrockt. Uns ist das passiert und nicht dir, Mamale, verstehst du mich?«

Aber nichts dergleichen kam über ihre Lippen. Sie schwieg. Nicht einmal die Energie aufzustehen und ihre Mutter zu berühren, war ihr geblieben. Ihr Kopf lag schwer in ihren Händen, ihre Finger pressten sich ins Fleisch der Wangen, und ihre Ellenbogen stützten sich auf den Tisch. Es sah aus, als wolle sie das Gesicht vor dem Fallen bewahren und anschließend behutsam auf den leeren Teller betten. Ihre traurigen Samtblicke streichelten den schmutzigen Boden.

Irani entging das Erschauern des hellen Flaums auf

Marcelles Armen; sie konnte das verborgene Manuskript
müder Gedanken, die ihrer Tochter durch den Kopf fuhren, nicht entschlüsseln: »Du hast genug geweint, Mama,
hör jetzt auf damit, es wird schon alles wieder gut werden.«
Eine unsichtbare Hand klaubte die großen Worte aus
Marcelles Kehle, bevor sie richtig reifen konnten, und ließ
in ihrem Mund ein trockenes, dürres, kratzendes Zweiglein
zurück, das nur so trübe Fasern trieb wie:»Hast du ein bisschen geschlafen?« und »Komm essen« und »Kein Zucker
mehr da« und »Wir müssen Maurice daran erinnern, er soll
ihn mitbringen.« Aber wenn Marcelle ausgesprochen hätte,
was ihr auf der Seele lag, dann hätte Sophia sich vielleicht
auch ein Herz gefasst, und sie wäre aufgestanden und hätte
Irani ohne Worte ganz fest in die Arme genommen. Irani
war seit langem nicht mehr so richtig umarmt worden.

Da aber Sophia ihre Mutter nicht umarmte, kam Irani gar
nicht darauf, den Kopf an der Brust ihrer Tochter zu bergen,
ihre Nase zwischen die hager aufragenden Halsknochen zu
schieben, wie sie es vielleicht gern getan hätte, und die
Juwelen der Kette mit ihren Tränen zu benetzen. Wie liebevoll hätte Sophia sich in solchen Augenblicken über ihre
Mutter gebeugt, den Rücken gestreichelt, ihre Brüste und
den Raum zwischen ihren beiden Körpern gespürt. Ihr
Blick wäre durch die Küchentür ins Wohnzimmer gefallen,
genau auf das Hochzeitsbild ihrer Eltern. Von der Feuchtigkeit vieler Jahre gewellt, stand es wie eh und je im Geschirrschrank. Irani lächelt unter einer silbrig glänzenden Glasku-
gel in Schwarzweiß, und die übermütige Schönheit ihrer

kecken Brüste zeichnet sich sogar unter dem schweren Perlenkleid deutlich ab.

Der Busen ihrer Mutter, der im Bild und der an ihrer Brust, hätten Sophia in Gedanken Kraft gegeben, ganz sanft zu murmeln: »Sieh mal, Mama, du warst noch keine fünfundzwanzig und hattest schon vier Kinder. Und hinterher kam dann auch noch Matti.« Von ihren eigenen Worten bestärkt, hätte Sophia ihre Mutter noch fester an sich gedrückt, voller Zuneigung das mehlige Armfleisch getröstet, die erschlafften Brüste und den weichen Bauch gewärmt.

»Du warst ja damals noch ein richtiges Kind. Was wusstest du denn überhaupt vom Leben? All deine Kraft hast du uns gegeben. Aber sieh mal, jetzt ist dein Bauch leer, und wir sind, Gott sei Dank, erwachsen, keine Kinder mehr. Dass du uns zur Welt gebracht hast, das heisst ... das bedeutet, dass du uns unser Leben geschenkt hast. Du hast uns unser Leben geschenkt, damit wir es leben, nicht wahr? Genug, du hast uns genug gesäugt, genug gewickelt, und jetzt hast du keine kleinen Kinder mehr. Also hör auf, all diese toten Gerechten zu besuchen, als wären sie die Mutter-und-Kind-Klinik. Unsere Namen sind nicht mehr zu ändern, wir haben ja schon welche. Zaubertricks und Wunderrabbis brauchen wir nicht. Bitte. Wir werden auch ohne all das zurechtkommen, du wirst schon sehen.«

Aber Sophia stand nicht auf und sagte kein einziges Wort. Mit Augen so schwarz wie die der indischen Götter auf dem Gang starrte sie aus dem offenen Fenster. Tränen würgten sie. Sie umarmte sich selbst, als bestünde sie aus zwei Personen; die eine ließ traurig ihre Schultern hängen, und die Arme der anderen umschlangen sie. Ab und zu betastete sie ihre Schmuckstücke, um sich zu vergewissern, dass sie noch da waren, dass sie an ihnen Halt fände, wenn sie plötzlich straucheln sollte.

Hätte Sophia ihren Gefühlen freien Lauf gelassen, wäre der Funke möglicherweise auch auf Lisi übergesprungen. Viel geredet hätte sie wohl nicht. Wahrscheinlich wäre sie mit gesenkten milchigen Mondsichelaugen am Tisch sitzengeblieben. Aber gesagt hätte auch sie etwas, so etwas wie: »Mama, es reicht«, und mit bebenden Rabenfedernwimpern bei ihren Schwestern Beistand gesucht. »Findest du nicht auch, Marcelle? Du bist doch unsere Mutter, du musst stark sein, das brauchen wir jetzt. Stimmt doch, Sophia, oder? Es ist so schade, dass man vor lauter Falten deine Augen nicht mehr sieht. Deinen Busen versteckst du unter all diesen Lumpen. Und wo hast du deine Haare gelassen? Nur dein persischer Akzent ist so geblieben, wie er immer war.«

Beflügelt von Iranis scheuem Lächeln und dem beifälligen Kichern ihrer Schwestern, wäre Lisi von Wort zu Wort kühner geworden, und am Ende hätte sie gerufen: »Heh, Mama, was ist denn los? Geht die Welt unter? Brennt das Meer? Ja, ja, lach ruhig mal. Es wird schon wieder werden, auch das geht vorbei. Wie war der neue Name, den du mir geben wolltest? Tikwa, die Hoffnung? Dann musst du auch daran glauben. Tikwa Asisyan hält, was sie verspricht! Es lebe die Hoffnung!«

Aber Lisi brachte diese Worte nicht heraus, und unausgesprochen lagen sie schwer auf der Zunge, schmolzen im Mund, lösten sich im Körper auf und wurden zu Tränen, Schweiß und Schmerz.

Lisi stand auf, um auf die Toilette zu gehen, und ließ ihre Mutter, ihre Schwestern und das Schweigen in der Küche zurück. Das Schweigen, das sich vor einem Sommer eingeschlichen hatte, dieser schwergewichtige Gast, der sich die Treppen hinaufstemmte und für den man eiligst einen Stuhl bereitstellte, auf dem er sich mit feisten, übereinander geschlagenen Beinen niederließ; das Schweigen, das sich entschlossen hatte, noch einen Tag zu bleiben, und dann noch einen, dessen klaffend offene Koffer die Zimmer ausfüllten, das sich hier täglich heimischer wähnte und sogar schon an den Kühlschrank ging und die Beine auf den Tisch legte. Das Schweigen, das im Wasser der Toilettenspülung rauschte, die Lisi jetzt betätigte, und in dem Seufzer hallte, mit dem sie über den Gang der indischen Götter schlich, quietschte auch in den Eisenfedern, als sie sich auf das Bett ihrer Eltern warf, und schrie aus dem Schrei, der ihr entfuhr:

»Was ist denn das? Wer hat unser Album zerfetzt?«

»Was sagt sie? Was hat sie?« Irani wandte sich zu Marcelle, die sich an den Kopf griff, und zu Sophia, die sich selbst in den Arm nahm, als sei ihr kalt.

»Lisi, was ist los?« Sie sprangen auf und gingen hinaus. Matti blieb allein zurück und spiegelte sich im Salatlöffel, im Bratöl, in den leeren Tellern.

Matti zog das Stethoskop unter ihrem Hemd hervor, stopfte sich die Enden in die Ohren, presste den Verstärker gegen ihr erschrecktes kleines Herz und hörte plötzlich eine Kinderstimme:

»Matti? Heh, Matti!«

Sie drehte ihren Kopf in die Richtung, aus der die Stimme kam.

»Muni«, wollte sie sagen. Er stand in der Küchentür, streckte ihr die flache Hand entgegen, und Matti wusste schon nicht mehr, wessen Spiegelbild sie im Salatlöffel, im Bratöl, auf den leeren Tellern sah.

»Komm, Matti, lass uns hier weggehen.«

»Muni, mein Muni…« Sie brachte es nicht heraus.

»Nun komm schon, lass sie einfach allein.« Er öffnete die Tür. »Wir haben doch heute Geburtstag«, und schon waren sie draußen.

## 29

Wie ähnlich er ihr sah!
»Nein, Matti, nicht nach unten. Komm hierher.«
Wie überaus ähnlich. Sie konnte sich nicht von der Stelle rühren.

»Nun komm doch endlich. Steht da wie angewachsen. Vorsicht, der Blumentopf!«

Muni griff nach ihrer Hand und zog sie durch den ganzen dritten Stock bis zur letzten Tür, hinter der die kinderlosen Nachbarn wohnten. Das Paar war zur Arbeit gegangen und hatte die Wohnung leer zurückgelassen. Er wartete, bis sie eingetreten war, und schloss die Tür hinter ihr.

Matti blickte in seine schwarzen Augen, musterte die dunkle Augenbrauenschlange, die schmale Oberlippe, die schön gewölbte Unterlippe, die etwas abstehenden Ohren.

So überaus ähnlich, so wie aus dem Gesicht geschnitten.

Aus gleicher Höhe lächelte er sie an, mit genau dem gleichen Lächeln.

»Matti, meine Matti«, murmelte er, presste seine Wange an die ihre, drückte ihre Nase an seiner Schulter platt und umarmte sie mit aller Macht. Mattis Finger zitterten, aber in Munis Händen steckte die Kraft eines ausgewachsenen Mannes, seiner Haut dagegen haftete der Geruch eines Neugeborenen an. Nur seine Haare und Wimpern bewegten sich so langsam und sacht, als befände er sich tief unten im Meer.

»Matti!« Iranis Rufe hallten durch alle Stockwerke. »Matti, wo bist du?«

Muni schien nervös zu werden. »Weißt du was? Ich sterbe, ich sterbe vor Hunger!«

Er schleppte sie hinter sich her in die Küche und öffnete den Kühlschrank.

»Guck mal einer an!« Er kicherte. »Komm mal her, das ist doch kaum zu glauben ...«

Er zog einen Riesenkuchen mit Schokoladenüberguss und bunten Zuckerstreuseln heraus.

»Viel Glück für Matti«, stand dort in weißen Schlagsahne-Buchstaben.

Matti zählte die Kerzen, genau zwölf, elf für die vergangenen Lebensjahre, eine für das kommende neue Jahr.

»Ein echtes Geschenk des Himmels!« Muni strahlte und grub fünf Finger in den Kuchen. Sie bissen zu, rissen ein großes Stück heraus und stopften es direkt in den Mund.

»Glück für Matti«, sagte die Schlagsahne.

»Weißt du was?« Er sprach und kaute mit vollen Backen. »Ich finde dein Haar eigentlich ganz schön so.« Seine linke Hand fuhr über ihren Kopf, und gleichzeitig leckte er sich schmatzend die Finger der rechten. Dann runzelte er die Stirn bis hinab in die Augenbrauen, saugte das Wangenfleisch in den Mund und rieb sich das so entstandene Fischmaul, wie jemand, der Zahnschmerzen hat.

»Na, was meinst du?« Lächelnd kniff er ihr ins Kinn. »Wollen wir uns auf den Weg machen? Wir haben nicht alle Zeit der Welt. Komm!« Mit einer Hand griff er nach dem

Kuchen, mit der anderen nach Matti, drückte mit dem Ellbogen die Türklinke herunter, streckte den Kopf vor und vergewisserte sich, dass niemand im Treppenhaus war.

»Okay.« Er machte ihr ein Zeichen, ihm zu folgen. »Was für ein Gestank... wieder riecht es so verbrannt. Dass du dabei einschlafen konntest ...«

Der Brandgeruch stieg auch in Mattis Nase. Sie ließ die Augen nicht von Muni und ging mit schleppenden Schritten hinter ihm her, betäubt wie eine Überlebende, die sich mit versengtem Haar über rußige Trümmer hinweg durch ein niedergebranntes Haus tastet. Muni stieg eilig hinunter und blickte aus dem zweiten Stock zu ihr hoch.

»Wie hast du es nur fertiggebracht, gestern Nacht diesen Traum zu träumen?«, fragte er.

Matti blieb stehen.

»Warum kommst du nicht?« Er stieg ihr entgegen. »Was hast du denn? Gib mir mal deine Hand.«

»Welcher Traum?«

»Na, den mit der weißen Katze, und wie sie alle durch die Luft flogen.«

Die Erinnerung an den Traum leuchtete schlagartig auf. Sie ritt auf der weißen Katze, die sie einmal gehabt hatten, und von oben riefen Mama und Papa nach ihr. Sie hob den Kopf und sah ihre Mutter auf einer Taube sitzen und ihren Vater auf einem großen Fisch. Sie flogen durch die Luft und winkten ihr zu. Und dann sah sie auch die anderen hinter ihren Eltern her fliegen: Maurice auf einer gelbäugigen Eule, Großmutter Turran auf einer Ente, Marcelle auf einem

Raben und Sophia auf dem Rücken ihres blauen Säuglings, dessen Hände hilflos durch die Luft ruderten wie auf dem Höhepunkt eines Hustenanfalls. Auch Lisi war dabei: Sie hielt sich an den Ohren ihres eingebildeten Babys fest. Alle entschwanden; nur Mattis weiße Katze war nicht imstande, sich vom Boden zu heben.

»Woher wusstest du, dass ich träume?«, fragte sie ihn, als sie unten angelangt waren.

»Matti, Matti, Matti«, er seufzte. »Was soll denn diese Frage? Ich bin's doch: Muni. Hast du das vergessen?«

»Dann hast du …?«

»Was?« Er schrie sie an und legte eine Hand ans Ohr. »Red lauter. Jetzt, wo ich hier bin, kann ich nicht mehr alles hören!«

»Dann hast du all die Zeit lang …«, Matti gab sich Mühe, lauter zu sprechen, und ihre Stimme zitterte im Wind. »Dann hast du immerzu alles gehört, was ich dir erzählt hab? Alle meine Gedanken, die ich extra fest gedacht hab, damit du sie hörst?«

»Klar hab ich das gehört. Bin doch nicht taub!«

Sie überquerten die Straße, und Muni führte sie zum Oleandergestrüpp hinter Großmutter Turrans Haus, dem besten Versteck im ganzen Viertel. Er kroch unter den Busch, wo die dichten Zweige sich um eine runde Höhle schlossen, und streckte ihr die Hand entgegen, damit sie ihm folgte. Matti blickte zurück und sah die weiß blühenden Rispen im Wind zittern, zu Boden fallen und die Spuren ihrer nackten Füße verwischen. Drinnen in der Oleanderhöhle brannten ihre Zehen, und die Knie juckten. Seit sie ins Heim geschickt worden war, hatte sich auf dem Boden ein dichter Brennnesselteppich ausgebreitet, und die Zigarettenschachtel und die Streichhölzer, die Matti nach Großmutter Turrans Tod hier versteckt hatte, waren mit ihm in die Höhe gewachsen.

Niemand kennt mein Versteck, dachte Matti, und ihr wurde kalt. Durch den Blättervorhang hinter Munis Schulter erschien ihr das Gebäude, in dem sie wohnte, wie ein riesiges Tier aus Beton, das auf den Hinterpfoten sitzt und zwischen den Guaven Wasser läßt.

»Zuerst zeig mir mal all die Bilder, die du ausgeschnitten hast.«

Matti kramte die Münzen mit ihrem Gesicht hervor, und sie rieselten auf den Nesselteppich. Auch die Schere fiel aus der Tasche. Muni hatte ein brennendes Streichholz in der Hand und zündete die Kerzen an, die noch auf dem ruinierten Kuchen standen.

»Herzlichen Glückwunsch, Matti und Muni«, sagte er und küsste sie auf die Stirn. »Und vergiss nicht, dir etwas zu wünschen!« Aber bevor Matti ein Wunsch eingefallen war, hatte Muni die Kerzen schon ausgepustet. Ein Windstoß fegte unter Mattis Haut, und sie wollte weinen.

»Was hast du dir gewünscht?«

»Dass du mich niemals … dass du mich nicht noch einmal verlässt.«

»Prima! Das ist genau das, was ich hören wollte! Und jetzt: brausenden Applaus für den Zauberer! Guck mal,

Matti, ein toller Trick. Hoppla!« Wieder entzündete sich ein Streichholz in seiner Hand. Die Flamme kitzelte seine Fingerspitzen und griff gierig nach Mattis lächelnden Mienen. »Guck nur mal, wie schön das flackert!«

Matti sah zu, wie sie verging. Sie brannte lichterloh, denn das Streichholz war von guter Qualität, das rote Köpfchen loderte kraftvoll und verbreitete Schwefelgestank, der die Nase reizte. Ihre Tränen tropften auf die Brennnesseln. Sie sah ihren Hals in Flammen aufgehen, ein Abbild mit schlauen Augen, eins mit verrückten Augen, die abstehenden Ohren und das Haar, das einmal lang gewesen war. In der bläulichen Feuerzunge schmolz die Farbe der Bilder, und als das letzte Lächeln verlosch, blieben von Matti nur schwarze Flocken zurück.

»Mattiii … Mattiii«, rief Sophia von oben aus dem Fenster, »wo bist du? Komm nach Haus!«

Matti blinzelte durch die Tränen und durch den Blättervorhang und sah Sophia, die mit ihrem Sohn an der Schulter vom Balkon in die Wohnung zurücktrat. Ihre Augen wanderten wieder zu Muni. Er streckte einen Finger aus und berührte eine Träne. Die Träne trocknete. Er berührte noch eine und dann noch eine, bis alle Tränen getrocknet waren.

»Matti, meine kleine Matti«, sagte er und kam ihr ganz nah. Der Finger rutschte langsam die nassen Pfade hinab, glitt übers Kinn und ließ ihren Hals erschauern.

»Mein kleines Zwillingsschwesterchen«, raunte er und küsste ihre Augen. Er küsste das Schauern auf ihrem Hals, und es sank hinab in den Bauch.

»Du verlässt mich nicht noch einmal, nicht wahr? Niemals mehr?«

»Bestimmt nicht!«, versicherte er flüsternd. »Hast du dich denn so sehr nach mir gesehnt?«

Matti nickte, und Muni küsste die Wurzel ihrer krummen Nase.

»Wie ähnlich du mir siehst ...«

»Und du bist schön, nicht wahr?«

Wieder nickte Matti, und Muni verschränkte seine Finger mit ihrer zitternden Hand.

»Und ich liebe dich, denn du bist meine Seele, mein Augenlicht, du bist mein Leben, nicht wahr?«

Seine zweite Hand griff nach ihren freien Fingern.

»Und wir hängen aneinander, für immer!«

Matti nickte.

»Und jetzt kommst du mit mir mit und tust alles, was ich dir sage, ja?«

Zwanzig Finger verschlangen sich auf einen Schlag miteinander.

Matti nickte.

»Dann nimm jetzt die Schere.« Er löste eine Hand aus der Verklammerung und steckte ihr die kalten Metallringe an Daumen und Zeigefinger.

»Willst du auch wirklich alles tun, was Muni dir sagt?«

Matti gab seine fünf Finger, die die ihren noch umschlangen, frei, und sie öffneten sich wie Blütenblätter. Sie suchte die Lebenslinie, um sie mit ihrer eigenen zu vergleichen.

Dann hielt sie Munis Hand unter ihre Nase und schnupperte den Neugeborenengeruch.

»Auch wenn es am Anfang ein klitzekleines bisschen wehtut, ja?«

»Matti, Matti«, schrie Marcelle von oben aus dem Fenster, »komm nach Haus.«

Muni hob besorgt den Kopf und sah zum Balkon hinauf.

»Guck mal, Muni«, sie streifte ein Scherenauge über seinen Finger und das andere über ihren, »wie Ringe.«

»Ja, ja«, er hörte ihr gar nicht richtig zu und schluckte aufgeregt.

»Und wenn du es getan hast, dann wirst du sehen, dass wir immer beisammen sind.«

»Lass uns Braut und Bräutigam spielen!« In ihren Augen leuchteten Fackeln auf, und der Wind entfachte die Flammen.

»Bitte! Muni, bitte!«

»Hinterher, meine Kleine, hinterher.«

»Nein, jetzt gleich«, bettelte sie. »Ich möchte doch auch so gern heiraten.«

»Na gut. Was muss ich machen?« Der Wind schlug die offenstehenden Fenster von Großmutter Turrans Haus in panischem Schrecken hin und her.

»Nichts. Ringe haben wir. Einen Kuchen haben wir. Und einen Baldachin und Blumen.« Matti erhob ihr großes Lächeln zur geduckten Oleanderkuppel.

»Jetzt brauche ich nur noch eine Schleppe.«

Der Wind rüttelte am Vorhang aus Zweigen, und Matti

sah eine kleine weiße Wolke in der kalten Luft treiben. Sie schlüpfte aus ihrem Versteck. Das Wölkchen schwebte über Turrans Haus, kreiste in einer Bö und senkte sich langsam auf das Kind herab. Ein alter zerrissener, mit verwelkten Narzissen geschmückter Schleier landete auf ihrem Kopf. Es begann zu regnen.

»Matti, komm zurück! Sofort, sag ich dir!«

Sie tat, was Muni wollte, und fiel in seine Arme.

Grauer schmutziger Regen strömte in silbrigen Fäden auf die weißen Oleanderblüten, und sie senkten sich ergeben.

Kleine stechende Tropfen klopften auf Mattis geschorenen Kopf, schmolzen den schwarzen Staub, der von ihren Bildmünzen übrig geblieben war, und verschmierten den Kuchenrest, aus dem ein Bach von Schlagsahne, Schokolade und bunten Streuseln rann. Eingehüllt in Munis Neugeborenengeruch, erblickte Matti durch den klebrigen feuchten Schleier auf ihrem Gesicht und die nassen Oleanderzweige hindurch die Guavenkinder und die Loquatenkinder. Sie stürzten jubelnd auf den Hofplatz und hopsten im Regen herum.

Die Frauen aus dem ersten Stock rannten erschrocken zu ihren Wäschespinnen, die Frauen aus dem zweiten Stock rissen hastig mit dunklen Tropfen gepunktete Laken von den Leinen, und im dritten Stock erspähte Matti eine Frau, die rasch die Fenster schloss und dabei angsterfüllte Blicke auf die Straße warf. Dünne Regenfinger malten feine Streifen in die Staubschicht, die sich während des Sommers auf den Scheiben niedergelassen hatte, und spülten in schmalen Rinnsalen durch die Falten, die sich in der gleichen Zeit tief ins Gesicht der Frau gegraben hatten. Matti sah, dass die Frau hinter dem Fenster mit stummen Lippen »Matti… Matti… Matti…« stammelte.

»Meine Seele, meine Seele«, flüsterte Muni mit feuchten weichen Lippen. »Guck nur mal, wie nass du bist, meine schöne Braut, und dazu auch noch barfuß …« Er streichelte den Schlamm von ihren Füßen.

Muni blickte auf seine Schuhe, die der Regen geputzt hatte, bis sie durchsichtig funkelten, fast silbrig.

»Du kannst doch nicht barfuß heiraten, meine schöne Zwillingsbraut.« Er zog sich den rechten Schuh aus und tauchte seinen nackten Fuß ins Brennnesseldickicht.

»Du machst, was ich dir sage, ja?«

Muni bückte sich und zog ihr seinen rechten Schuh an.

»Genau die gleiche Größe«, flüsterte Matti verwundert und sah hinab auf die vier Füße, ein Paar barfuß, ein Paar in Munis Silberschuhen.

»Hör auf dein Herz, kleine Matti. Was es dir sagt, das musst du tun.« Er fuhr mit dem Stethoskop über ihre Brust. Dann küsste er sie lange, lange auf den Mund, und dann hielt er ihr die Schere hin, steckte ihre Finger in die Metallaugen und öffnete das Raubtiergebiss der Schneiden. Es regnete in Strömen, und Mattis Herz schrie. Sie sah in Munis brennende Augen.

»Tiiigerr…«, brummte er ohrenbetäubend durch den Stethoskopverstärker. »Tiiigerr…«, dröhnte es in ihrem

Kopf, und die Scherenschneiden schabten an ihrem Hals. Matti kniff die Augen ganz fest zu, befreite ihre Hand aus der Schere und ließ sie in die Hosentasche fahren. Sie schöpfte die sechs Ritalinpillen heraus, legte sich vier davon auf die Zunge und öffnete ihre Lippen weit dem Regen, der das Mittel in ihren Rachen spülte.

»Muni!!!« Matti hielt die Augen fest geschlossen.

»Muni!!!« Durch den Verstärker des Stethoskops schrie sie in die eigenen Ohren. »Bitte geh weg, bitte geh jetzt weg! Komm nicht wieder, meine Seele, hörst du. Bitte, lass mich in Frieden, es ist genug!«

Matti sah nicht, dass ihre Worte wie Steine in die Regenpfützen sanken, die sich inmitten der Brennnesseln gebildet hatten, sah nicht, dass Katzen aus den Müllkübeln hervorschossen, sah nicht, dass die Loquatenkinder und Guavenkletterer ihren Tanz jählings unterbrachen, erschrockene Blicke auf Großmutter Turrans Haus warfen und die Treppe hinauf zu ihren Müttern stoben. Durch ihre fest aufeinander gepressten Lider sah Matti nur sich selbst, schrie in ihren inneren Aufruhr hinein.

»Geh, geh weg von hier. Geh dorthin, wo du hingehörst, und komm nie mehr wieder!«

In der Ferne gurgelte dumpf ein Säugling, über den sich viel Wasser ergoss.

»Matti, meine Seele, Mattiii, meine Seeeele …«, hörte sie ihn weinen. Das gelbliche, sprudelnde Wasser färbte sich rötlich, floss in seinen Rachen, schäumte in seinem Atem und quoll in seine Lungen. Seine Haut leuchtete auf und wurde fahl. Er erstickte und lief blau an, versank strampelnd und regte sich nicht mehr.

Als Matti erwachte, war es schon fast Abend. Der Regen tröpfelte noch schwach, aber der Wind hatte sich gelegt. Sie war allein unter dem Oleanderbaldachin. Sie betastete ihren Hals und fand einen kleinen Kratzer an der Kehle. Mit den Händen schaufelte sie unter dem Brennnesselteppich ein Loch und begrub darin die Schere, den Schleier und die Perlen, die vom Hochzeitskleid ihrer Mutter übriggeblieben waren. Das Stethoskop nahm sie ab und legte es dazu, bevor sie alles sorgfältig mit Erde bedeckte. Dann begab sie sich, den ganzen Weg auf einem Bein hüpfend, nach Haus.

Die Haustür stand offen. Sprachlos und nass blieb Matti auf der Schwelle stehen. Die Wohnung blitzte vor Sauberkeit. Verwundert bestaunte sie die unter dem Lampenschirm lächelnden Engelchen, die funkelnden Fliesen, die indischen Götter, die ihr aus dem Gang entgegenstrahlten. Im Aquarium schwamm das Goldfischpaar durch klares Wasser. Auf dem Geschirrschrank leuchteten die Messinggefäße. Sogar das falsche Kristall schimmerte echt. An der Wand schlummerte die Dame im Rosengarten, der Riesenpfau spreizte seine Schwanzfedern, und der persische König salutierte in seiner Uniform.

Lisi stand in einem der verblichenen weißen Kleider ihrer Mutter schwitzend neben der Balkontür und wrang über dem Wassereimer einen nassen Putzlappen aus. Ihr Haar war nach hinten gerafft.

»Na, bist du wieder da?«, fragte sie, als sie Matti entdeckte, und ließ ihre Blicke über das durchnässte Kleid wandern. Matti meinte, Lisi müsste niesen, aber ihre Schwester lachte ihr zu und streckte ihr die Hand entgegen.

»Guck mal einer an, jetzt sind auch dir welche gewachsen!«

»Was?« Matti verstand nichts.

Sophia kam aus dem Mädchenzimmer, auf einem Arm den Kleinen, unter dem anderen eine Wäschewanne. Marcelle trat mit Scheuerpulver und Schrubber aus dem Badezimmer. In der Küchentür erschien Irani, in jeder Hand ein Ei. Alle trugen fadenscheinige blasse Kleider, hatten das Haar nach hinten gebunden und blieben wie angewurzelt stehen, um Matti anzustarren, als wäre sie zum Fenster hereingeflogen. Sogar Sophias Säugling gurgelte überrascht. Zuerst schauten sie alle in Mattis Augen, dann auf ihre Schultern, dann auf ihre Brust. Dort angelangt, lächelten sie wohlwollend und tauschten staunende Blicke.

»Herzlichen Glückwunsch, meine Seele, sie fangen an zu sprießen. Viel Spaß damit«, sagte Lisi.

Matti guckte an ihrem nassen Hemd herunter und erschrak so sehr, dass ihr Herz aus allen Hautporen pochte. Als sie den Kopf hob, sah sie Lisi vor sich knien.

»Ach, ich würde mein Leben zur Sühne für deine schönen Brüste geben«, verkündete sie strahlend und setzte einen Kuss auf jede geschwollene Knospe.

Auch Marcelle, Sophia und Mama kamen, von Seifenpulver-, Scheuersand- und Rühreigerüchen umgeben, heran und knieten sich lächelnd vor Matti hin.

»Ach, ich würde mein Leben zur Sühne für deine schönen Brüste geben, meine Seele«, sagte eine jede und bedachte die festen kleinen Äpfelchen ebenfalls mit einem Kuss. Lisi musterte ihre kleine Schwester, die sie ein halbes Jahr lang nicht gesehen hatte und deren Brüste inzwischen zu knospen begonnen hatten. Ihre eigenen wog sie in ihren Händen; sie fühlten sich unter dem fadenscheinigen Kleid ihrer Mutter und der warmen Schweißschicht weicher an denn je. Lisi schien es, als ob auch ihr, und ganz gewiss auch Marcelle und Sophia, in diesem Sommer neue Brüste gesprossen waren, ein neues Paar anstelle des alten, vor zehn Jahren erblühten. Und in diesem neuen Fleisch, dessen Schwellen nur sie und ihre Schwestern spürten, würde auch all das gedeihen, was nötig war, um das Leben zu bestehen.